U0097335

古典詩歌研究彙刊

第二七輯

龔鵬程 主編

第 8 冊

重啓的對話：明人選明詩研究
（第二冊）

王 曉 晴 著

國家圖書館出版品預行編目資料

重啟的對話：明人選明詩研究（第二冊）／王曉晴 著 — 初版

— 新北市：花木蘭文化事業有限公司，2020〔民 109〕

目 6+190 面；17×24 公分

（古典詩歌研究彙刊 第二七輯；第 8 冊）

ISBN 978-986-485-978-8（精裝）

1. 明代詩 2. 詩評

820.91   109000188

ISBN-978-986-485-978-8

9 789864 859788

古典詩歌研究彙刊
第二七輯　第八冊
ISBN：978-986-485-978-8

重啟的對話：明人選明詩研究（第二冊）

作　　者　王曉晴
主　　編　龔鵬程
總 編 輯　杜潔祥
副總編輯　楊嘉樂
編　　輯　許郁翎、張雅淋　美術編輯　陳逸婷
出　　版　花木蘭文化事業有限公司
發 行 人　高小娟
聯絡地址　235 新北市中和區中安街七二號十三樓
　　　　　電話：02-2923-1455／傳真：02-2923-1452
網　　址　http://www.huamulan.tw 信箱 hml810518@gmail.com
印　　刷　普羅文化出版廣告事業
初　　版　2020 年 3 月
全書字數　466326 字
定　　價　第二七輯共 19 冊（精裝）新台幣 32,000 元　　版權所有・請勿翻印

重啓的對話：明人選明詩研究（第二冊）

王曉晴　著

目

次

第五章　歧異裡的「共見」──明詩流變與名家的在場

　　王兵在《清人選清詩與清代詩學》一書曾經指出：

　　　雖然每部選本的具體編選情況差異很大，選家們的理論水平也是參差不齊，但是這些選本都從不同側面完成了選家主體對於清詩史的建構。而當若干清詩選本組成一個類群之後，這些清詩選本將通過集體篩選的方式，進一步遴選出能代表清詩發展成就的名家作，組成一個相對完整的序列，在對名家的抑揚、進退中顯示出清詩選本的文學史意識。〔註1〕

固然，並不是每一部選本都具有強烈、鮮明的「文學史意識」〔註2〕。但通過刪選，選家如何認識當代詩歌，當代詩歌、詩家如何透過若干選本確立自身的定位，都將在這個過程中，無論選家是有意識地或者無意識地被呈顯出來。換言之，藉由明人選明詩選錄情況的分析，包括選家在序跋、評點中的論述文字，對於瞭解選家自身的文學史意識，渠等對明代詩歌發展的體認、明詩史的建構過程，顯然有一定的

〔註1〕 王兵：《清人選清詩與清代詩學》（北京：中國社會科學出版社，2011年），頁90。
〔註2〕 王兵指出：「所謂文學史意識，簡言之就是對文學史的關注和認識。」王兵：《清人選清詩與清代詩學》（北京：中國社會科學出版社，2011年），頁90。

助益。特別是，對於一個時代的文學發展，後人的評價、看法，有時不免凌駕於當代人的眼光，作為後設的角度，這樣的品評是否真的「客觀」？只緣身在此山中，如果不足以看清全貌，身在最高層，難道就能保證一覽無遺？

過往，對於明代文學的討論，不乏對《四庫全書總目》評述的依賴，何宗美指出「直到二十世紀九十年代，文學史才漸漸脫離《總目》明代文學史觀的侷限，並對《總目》中的明代文學評價問題有所辨析」〔註3〕。若然，長期以來，代表著官方觀點的《總目》或許正左右著明代文學的種種認識。然而，「在官學約束的背景之下，以及諸多客觀因素乃至人為干預導致其學術缺失」，這種「思想意識、文學觀點的偏頗」〔註4〕，是否能夠真正地反映明代文學？對明代文學而言，《總目》的有意形塑，又是否成為了一場浩劫？

緣是，縱然明代選家的好惡，可能只是一隅之見，基於相信當代人的思考，所體現著的時代氛圍，有以提供明代詩歌發展的相關線索；凝聚出的共見，能夠呈現即便「主觀」，卻可能「相對客觀」，且更為實際、具體的，關於明詩史的建構軌跡。是則，本章將透過明詩選家對明代詩歌發展的論述、諸選本在收錄詩家上的差異，作一歸納分析，以梳理明詩總體的發展脈絡。其次，進一步就明人選明詩之收錄情況，聚焦詩家有以「在場」的基本要件，並舉詩家為例，探究作為明人選明詩中的代表詩家，其詩名的確立過程。

第一節　明代詩歌發展史的建構

《四庫全書總目》曾謂：「明之詩派，始終三變」，以為：

> 洪武開國之初，人心渾樸，一洗元季之綺靡。作者各抒所
> 長，無門戶異同之見。永樂以迄宏治，沿三楊臺閣之體，

〔註3〕何宗美等：《《四庫全書總目》的官學約束與學術缺失》（北京：人民文學出版社，2017年），頁299。

〔註4〕何宗美等：《《四庫全書總目》的官學約束與學術缺失》（北京：人民文學出版社，2017年），頁300。

務以春容和雅，歌詠太平。其弊也冗沓膚廓，萬喙一音，
形模徒具，興象不存。是以正德、嘉靖、隆慶之間，李夢
陽、何景明等，崛起於前；李攀龍、王世貞等，奮發於後。
以復古之說，遞相唱和，導天下無讀唐以後書，天下響應，
文體一新。七子之名，遂竟奪長沙之壇坫。漸久而摹擬剽
竊，百弊俱生，厭故趨新，別開蹊徑。萬歷以後，公安倡
纖詭之音、竟陵標幽冷之趣，幺弦側調，嘈囋爭鳴，佻巧
蕩乎人心，哀思關乎國運，而明社亦於是乎屋矣。〔註5〕

依所敘，明代詩歌之演變，殆可分為四期：第一期：洪武開國之初，
國初詩家之各展所長；第二期：永樂以迄弘治，以三楊臺閣體詩作
為代表；第三期：正德、嘉靖、隆慶之間，有李夢陽、何景明、李
攀龍、王世貞等先後崛起，以復古之說，引領詩壇；第四期：萬歷
以後，則見公安、竟陵之爭鳴。類似的論調《明史・文苑傳》亦見，
且於明初詩歌，更標舉高啟、楊基、張羽、徐賁、劉基、袁凱等人
〔註6〕。這樣的說法，基本上構成了往後對明代詩歌的認識。甚至，

〔註5〕〔清〕永瑢等撰：《四庫全書總目提要》，收於王雲五主編：《萬有文
　　　庫簡編》（上海：商務印書館，1940年），第5冊，總集類5，卷190，
　　　頁85。

〔註6〕《明史・文苑傳》論明代文學係詩文合觀，對弘、正之間，李夢陽、
　　　何景明倡言復古，引領時風，以及嘉靖後各家在詩文上的推動、爭鳴，
　　　乃至於天啟、崇禎年間皆頗有論述，明言詩文之變者，即見二次，云：
　　　「明初，文學之士承元季虞、柳、黃、吳之後，師友講貫，學有本原。
　　　宋濂、王禕、方孝孺以文雄，高、楊、張、徐、劉基、袁凱以詩著。
　　　其他勝代遺逸，風流標映，不可指數，蓋蔚然稱盛已。永、宣以還，
　　　作者遞興，皆沖融演迤，不事鉤棘，而氣體漸弱。弘、正之間，李東
　　　陽出入宋、元，溯流唐代，擅聲館閣。而李夢陽、何景明倡言復古，
　　　文自西京、詩自中唐而下，一切吐棄，操觚談藝之士翕然宗之。明之
　　　詩文，於斯一變。迨嘉靖時，王慎中、唐順之輩，文宗歐、曾，詩仿
　　　初唐。李攀龍、王世貞輩，文主秦、漢，詩規盛唐。王、李之持論，
　　　大率與夢陽、景明相倡和也。歸有光頗後出，以司馬、歐陽自命，力
　　　排李、何、王、李，而徐渭、湯顯祖、袁宏道、鍾惺之屬，亦各爭鳴
　　　一時，於是宗李、何、王、李者稍衰。至啟、禎時，錢謙益、艾南英
　　　準北宋之矩矱，張溥、陳子龍撷東漢之芳華，又一變矣。」〔清〕張
　　　廷玉等：《明史》（臺北：藝文印書館，2010年，清乾隆武英殿原刊

往上溯源，從明人選明詩的序跋文字、明人對當代詩家的分期歸類，似乎還能找到一些「共識」，證成《總目》、《明史》的說法。

比方，嘉靖時，黃佐、黎民表《明音類選》，在詩人名氏中將詩家分爲三期，國初至洪武末、永樂至成化、弘治到嘉靖。選者雖無法預知嘉靖以後明詩的演變，然而對於弘治以前詩家表現，已能留意到洪武開國之初，與永樂後詩歌上的不同，遂將之別爲二期，此與《總目》論明詩第一、二期的概念大抵相合。萬曆初，顧起綸纂有《國雅》，附《國雅品》一卷品評詩家，分有士品四：國初迄洪武、永樂迄成化、弘治迄正德、嘉靖迄今。其中，前二期與《明音類選》同，顯然，將國初與永樂以後詩家分別爲觀，在明代應該不是一個陌生的現象。而顧起綸將弘治到嘉靖詩家，另列嘉靖迄今（即萬曆）爲一期，殆有見於當時詩家蔚起的可能〔註 7〕。是則，嘉靖以後，明詩當又更見發展，對應《總目》所論時間亦頗有相合。

崇禎年間，陳子龍、李雯、宋徵輿編《皇明詩選》，李雯〈皇明詩選序〉論明詩發展，同樣有「三變」之說，云：

> 紀厥源流，殆有三變。洪永之初，草昧雲雷，靈臺偃革，菽林未薙，而精英澄湛之風，已魄已兆。時則有季迪、伯溫唱之，而袁、楊諸公和之，皆飈然特起，才穎初見。雖騰踔甫驚，而流風不競。俚者猶元，腐者猶宋。至於弘正之間，北地（李夢陽）、信陽（何景明），起而掃荒蕪，追正始。其于風人之旨，以爲有大禹決百川，周公驅猛獸之功。一時並興之彥，蜚聲騰實，或咢或歌，此前七子之所以揚丕基也。然而二氏分流，各有疆畛。勁者樂李之雄高，秀者親何之明婉。蓋才流競爽，而風調不合者。又三四十年（約嘉靖、隆慶之際），然後濟南（李攀龍）、婁東（王世貞）出，而通兩家之郵。息異同之論，運材博而搆會精，譬荊棘之既除，又益之

本），第 6 冊，列傳第 173，卷 285，頁 3135。

〔註 7〕《國雅品》敘士品人數，國初迄洪武 25 人、永樂迄成化 21 人、弘治迄正德 33 人、嘉靖迄今 53 人。

以塗茨，此後七子之所以揚盛烈也。自是而後，雅音漸遠，
曼聲竝作。本寧（李維楨）、元瑞（胡應麟）之儔，既夷其
樊圉，而公安、竟陵諸家，又實之以蕭艾蓬蒿焉。神、熹之
際，天下無詩者蓋五六十年矣。（頁4～5）

相較於《總目》之說，李雯所謂明詩「三變」，在時間年號上雖略有
出入，然亦聚焦在幾個時間點上：第一、洪武、永樂之初；第二、
弘治、正德迄於嘉靖、隆慶；第三、萬曆以後。對於明初詩家的草
創、特起，以及前後七子等人之主導詩壇，乃至公安、竟陵的繼起
（基本上是負面的評述），也都有著同樣的關注。

　　換言之，《總目》所揭示的，清人對明代詩歌的瞭解，未嘗沒有
一定的根據，而四庫館臣們的評價，亦未必全是偏誤〔註8〕。只是，
明人與四庫館臣的「共識」是否代表著彼此立場的全然相同？如果
說四庫館臣的論述，背後其實受制於強烈的官方權威〔註9〕，明人
如何建立了他們的明代詩歌史觀？依何宗美所言：「明代文學發展過
程十分複雜，從不同的角度對明代文學進行審視有著完全不同的發
展路線。」〔註10〕那麼，藉由明詩選家的視角，明代詩歌呈現出了
什麼樣的發展樣貌；諸選本所提供的訊息，反映出了明人哪些對當
代詩歌的體察，應當是一有意義的嘗試。

〔註8〕　何宗美、劉敬指出：「……，但四庫館臣錯誤地認為明代文學不是『演
　　　　進』的文學，而是『演退』的文學，把明代文學史看成是一部走向倒
　　　　退的文學史，受到這種文學史觀的支配，對明代各個階段文學的評價
　　　　就產生了極大的偏誤。」何宗美、劉敬：《明代文學還原研究──以
　　　　《四庫總目》明人別集提要為中心》（北京：人民出版社，2014年），
　　　　頁1～2。

〔註9〕　曾守正述《四庫總目提要》體例時，嘗云：「〈提要〉體例來自「聖斷」，
　　　　帶有強烈官方權威的意味，其下貫於書寫當中，包含了作者的『論世
　　　　知人』，書籍的『訂辨』，以及個體表現、群體表現的詮釋與評價。」
　　　　曾守正：《權力、知識與批評史圖像──《四庫全書總目》「詩文評類」
　　　　的文學思想》（臺北：臺灣學生書局，2008年），頁6。

〔註10〕　何宗美等：《《四庫全書總目》的官學約束與學術缺失》（北京：人民
　　　　文學出版社，2017年），頁300。

一、建構的前提：對明詩定位的省視

透過明人選明詩的序跋文字，不難發現明人對歷代詩歌發展的關注。這種對詩歌源流的重視、詩體演變的留意，或多或少反映出他們對詩歌承繼的期待、對詩歌創作的要求。也就是說，在歷代詩歌譜系的建構下，往往不只是對過往詩歌、名家的確立，對當代詩歌定位的反思、企盼，回顧而前瞻，可能才是他們的真正目的，這是選家對明詩發展的關心，亦反映出了選家對明詩的種種認識。如李騰鵬於《皇明詩統》序言中細數詩歌源流發展，由孔子刪詩、漢魏六朝、唐、宋以迄於元〔註11〕，進以暢論明詩之盛，曰：

> 洪武之初，天造初闢，有若高、楊、張、徐變胡元之體，倡正始之音，稱為四大家外，若袁景文、林子羽、孫仲衍、浦長源等相與並驅齊轂，以及今三百年之間，皆駸駸乎日益月盛，如春鳥秋蟲各應其氣候以鳴，雖和暢淒切之聲不同，均足以美聽聞而感人心也。（頁3）

從吳中四傑——高啟、楊基、張羽、徐賁的一轉元風，到袁凱、林鴻、孫蕡、浦源等人的相與呼應，三百年以來，明詩發展益為蓬勃，李騰鵬在稱美之餘，遂憂「作者如林，易於湮沒」，於是「積有歲年，窮蒐博採」（頁 4）。即使如此，李氏亦也謂《皇明詩統》有「酌以

〔註11〕李騰鵬〈皇明詩統序〉：「蓋三代之文莫盛於周，孔子刪詩有取於邶、鄘十三國之風，吳越及楚不與焉，非夷之也，詩未備也，況當時閩海、嶺南、百粵、滇、蜀尚在荒服之外乎？炎漢混一，西京為勝，尤莫盛於建元、元鼎間，蘇、李之外蓋寥寥焉，降及晉、魏、六朝，如歐陽詢所纂、鍾嶸所品，非不稱富，然土宇分裂，氣漓而體弱，蓋難乎以統言之矣。李唐代隋，終三百年之間以詩取士，聲律之學於斯為極，今觀《唐詩紀事》所載，一千一百六十餘人，可謂盛矣。然廣闊之間，止於張曲江、歐陽詹而已，五季不足言，宋以文治開國，詩莫盛於真、神之際，時陳、梅主盟，歐、黃、王、秦數人外，指不多屈也。南渡以後，陳簡齋、陸務觀、范志能、楊萬里外，蓋寥寥矣。女真偏處北土，余所取者，元好問一人，餘無足道焉。元以夷狄腥穢中土，當時有志之士爭自奮勵，如虞、范、楊、揭、薩天錫、趙孟頫外，他亦無可稱述，及其季世，楊維禎、倪瓚、吳穎淵林林軰出，未易更僕，元不得而尊之，蓋天降時雨，山川出雲，蓋天將開我皇明一代昌明之運，諸君子得氣之先也。」（頁1～3）

鄙意」者，係「合格律者取之，關風化者取之、紀時事者取之」（頁4），且體裁次序「準諸楊仲弘唐音」（頁 5），顯示《皇明詩統》並不純然只是蒐羅補闕之作，詩歌的內涵、體例均在取捨考量之間。李騰鵬自述《皇明詩統》之命名，更云：

> 使後之觀者知土宇之廣者，莫過於吾明，文治之盛者，亦莫過於吾明，不必曰詩莫盛於唐，明詩莫盛於何、李，此命名之意也。（頁5）

由李騰鵬所以命名可知，《皇明詩統》在彰顯明朝「土宇之盛」、「文治之盛」之外，要強調的可能更在追溯詩歌源流後，對明詩成就的肯定、明詩定位的確立。

　　其它諸作，選者雖未必一一回溯歷代詩歌發展，然單就選集命名，如劉仔肩《雅頌正音》、徐泰《皇明風雅》、顧起綸《國雅》、《續國雅》等，選者除了對明朝文治士風表達頌美，渠等祖紹《詩經》，上追風雅，以為明詩溯源，冀求承繼、延續的用意不難想見〔註12〕。又或者在編纂體例上，對詩歌體裁的分類要求，即便多半援引前賢之例──如楊士弘《唐音》、高棅《唐詩品彙》、《唐詩正聲》，然而詩體的編次、歸類（如：樂府是否載入各體詩歌）所反映的辨體觀，仍然隱約透露了選者對詩體演變的留意。是以，當華淑〈明詩選序〉謂：

> 三百以前未有三百，三百創者也；舍三百而後有十九，十

〔註12〕如徐泰〈皇明風雅題辭〉述命名之由，云：「名之以風雅，何也？曰：盛世之音也。風雅之義，云何？曰：詩有六義，曰風，曰雅，曰頌，曰賦，曰比，曰興。舉風雅而六義備矣。……曰：國家方隆億萬載無窮之治，後固有當采擇之任者。」（頁 1）既歌頌明朝之治，亦以《詩經》六義連繫明詩成就；顧起綸於《國雅》凡例，亦謂：「卜商序詩曰：言形於四方謂之雅。雅者，正也。蓋政有大小，故有大雅焉，有小雅焉。大抵極藻麗之辭，得情性之正，斯雅在其中矣。揚雄亦云：詩人之賦典以則；沈約又云：啟心閑體，典正可採。然而，則也，正也，非雅之謂歟？余也採方國之盛音，纂明代之正始，乃祖述二三子者，於是乎名之曰國雅。」（頁 1）顧起綸透過子夏、揚雄、沈約諸子對「雅」的詮解，連結了明詩與《詩經》間的關係，隱含明詩出乎雅正，《國雅》所採係盛世之音，為明朝文治之反映。

> 九之創也，正以舍三百而不用也；舍十九而後有近體，近
> 體之創也，正以舍十九而不用也。（頁 2）

由詩三百、古詩十九首到近體，華淑強調的「創」與「捨」，背後突
顯的正是他對詩歌發展、詩體演變過程的觀察，是一種前進的文學
史觀。於是，對於詩歌，他肯定創新，反對摹擬，認為「何獨於詩
而一經摹擬便增聲價」（頁 4），選詩上，追求著「一人自為一人之
詩，不相襲也；一題自為一題之詩，不相冒也；一代自為一代之詩，
不相借」（頁 3～4）的明人作品，以為已能「卓然上陵漢魏，下軼
三唐矣」。衍伸而來，在看待明詩的發展時，即云：

> 明興二百餘年來，詩道隆隆，稱焉極盛，高、何、李、楊
> 標勝於前，王、屠、湯、袁振響於後，京山、雲間之典型
> 尚在，宛溪、竟陵之赤幟方新。而説者謬謂不及乎唐，則
> 曰唐之制科在焉耳，夫漢魏亦何嘗以詩取士乎？（頁 3）

從高啓、何景明、李夢陽、楊慎，到王世貞、屠隆、湯顯祖、袁宏
道等人，歷數明初迄至中、晚明詩壇名家，對當前詩壇京山李維楨、
雲間陳繼儒既立之典型、宛溪湯賓尹、竟陵鍾惺開拓之新境，華淑
不拘一派，均有肯定，而不落貶詞，進以突顯明代詩壇之蓬勃繼起，
詩道昌盛，並由漢魏亦未嘗以詩取士，批駁明詩不及於唐的說法。
是知，在留心歷代詩歌發展、詩體演變的背後，摻拌著的終究是明
人對當代詩歌的反省。即便選家未必在選本中逐一對詩體的淵源流
變作論述，選詩傾向所透露的，他們對某一詩體、詩風，乃至於某
些詩家的好惡，大抵源自於他們對歷代詩歌的觀察，而選家藉由選
詩，標舉出代表詩作、詩家，展現出明代詩歌的成就，同時亦表達
了他們對明代詩歌的看法，無形中建構出了明代詩歌發展的脈絡。

　　簡言之，明人選明詩中呈現了選家對明詩的認識與關心，蘊含
著為明詩尋求定位的想法，無論是選集命名、上溯詩歌源流、詩體
演進，乃至直接對明詩進行分期上的討論，且這種關注的程度，在
明詩的日益發展、選本的更見蓬勃下，愈發鮮明而強烈。

二、脈絡的梳理──以詩家收錄比例爲觀察起點

　　雖說明詩選家未必於序跋、評述文字間，完整表述對明詩發展的看法。然而，藉由收錄詩家的統合比較、歸納分析，除了能夠窺見個別選本的選錄情況，更可呈現在不同的意見中，明詩選者如何共同梳理出一明詩發展脈絡。

　　準此，以下將以明人選明詩的收錄詩家爲觀察起點，瞭解各選本間的選錄情況，依編纂時間爲序，歸納出各選本間收錄相同詩家的比例，如洪武初，劉仔肩《雅頌正音》收有 61 名詩家，在同屬洪武年間選本的沈巽、顧祿《皇明詩選》中，這些詩家計有 53 名重複，比例達到 44.9%，在正統元年《滄海遺珠》中，則未見一名，比例爲 0%，其餘選本以此類推。在統合、比較數據後，結合選家相關之論述文字，爬梳在明詩選家集體的撰寫下，明詩發展脈絡之變化，以探究不同詩期詩家地位之確立情況。

　　經統計，明人選明詩之詩家收錄比例結果如下表，從總體的數據資料，可以發現，選本自身收錄的詩家數，將是影響比例的主要原因，然而，透過比較諸選本的比例差距變化，仍然提供了一些訊息：

表十：明人選明詩家收錄比例總覽（註13）

選集	年代	詩家數	雅頌	%	（沈）	%	滄海	%	士林	%	風雅	%
雅頌正音	洪武3年	61										
皇明詩選（沈）	洪武30年	118	53	44.9								
滄海遺珠	正統元年	21	0		2	9.5						
士林詩選	天順5年	29	0		0		0					
皇明風雅	嘉靖4年	473	45	9.5	76	16.1	18	3.8	9	1.9		
皇明詩抄	嘉靖15年	96	19	19.8	31	32.3	3	3.1	2	2.1	67	69.8
明音類選	嘉靖37年	299	34	11.4	47	15.7	5	1.7	6	2.0	149	49.8
古今詩刪	萬曆初	151	8	5.3	16	10.6	1	0.7	3	2.0	69	45.7
國雅	萬曆改元	289	11	3.8	17	5.9	1	0.3	0	0.0	52	18.0
續國雅	萬曆改元	215	8	3.7	15	7.0	1	0.5	6	2.8	76	35.3
國雅、續國雅	萬曆改元	502	19	3.8	32	6.4	2	0.4	6	1.2	128	25.5
明詩正聲（盧）	萬曆19年	844	20	2.4	39	4.6	3	0.4	8	0.9	166	19.7
皇明詩統	萬曆19年	1849	52	2.8	87	4.7	9	0.5	15	0.8	422	22.8
明詩正聲（穆）	萬曆41年	120	6	5.0	11	9.2	0	0.0	1	0.8	31	25.8
明詩選	萬曆46年	341	18	5.3	27	7.9	4	1.2	4	1.2	116	34.0
明詩選最	萬曆間	411	17	4.1	27	6.6	4	1.0	3	0.7	115	28.0
國朝名公詩選	天啓元年	322	11	3.4	20	6.2	1	0.3	4	1.2	83	25.8
石倉初、次集	崇禎3年	485	18	3.7	36	7.4	18	3.7	8	1.6	170	35.1
石倉三集以後	崇禎3年	984	0	0.0	1	0.1	0	0.0	0	0.0	5	0.5
石倉明詩選	崇禎3年	1469	18	1.2	37	2.5	18	1.2	8	0.5	175	11.9
皇明詩選（陳）	崇禎16年	196	5	2.6	10	5.1	2	1.0	2	1.0	48	24.5
明詩歸	清初	530	16	3.0	27	5.1	4	0.8	1	0.2	87	16.4

〔註13〕因顧起綸《續國雅》為《國雅》之續作（僅有兩詩家重複），且《續國雅》每附於《國雅》後，《國雅》、《續國雅》視為一體，因此表格中除分別列出《國雅》、《續國雅》後，另將《國雅》、《續國雅》視為一體，合併觀之。

選本（年代）	詩抄	%	類選	%	詩刪	%	國雅	%	續國	%	國全	%	(盧)	%	詩統	%
雅頌正音（洪武3年）																
皇明詩選（沈）（洪武30年）																
滄海遺珠（正統元年）																
士林詩選（天順5年）																
皇明風雅（嘉靖4年）																
皇明詩抄（嘉靖15年）																
明音類選（嘉靖37年）	88	29.4														
古今詩刪（萬曆初）	29	19.2	66	43.7	71	47.0	24									
國雅（萬曆改元）	29	10.0	75	26.0	71	24.6	2	0.0								
續國雅（萬曆改元）	23	10.7	83	38.6	24	11.2			2	0.9						
國雅、續國雅（萬曆改元）	51	10.2	157	31.3	95	18.9	2	0.0								
明詩正聲（盧）（萬曆19年）	64	7.6	169	20.0	139	16.5	213	25.2	108	12.8	319	37.8			583	69.1
皇明詩統（萬曆19年）	93	5.0	284	15.4	151	8.2	261	14.1	182	9.8	441	23.9	583	31.5		
明詩正聲（穆）（萬曆41年）	22	18.3	47	39.2	51	42.5	89	74.2	6	5.0	94	78.3	108	90.0	110	91.7
明詩選（萬曆46年）	53	15.5	147	43.1	103	30.2	127	37.2	60	17.6	186	54.5	252	73.9	262	76.8
明詩選最（萬曆間）	52	12.7	135	32.8	102	24.8	130	31.6	57	13.9	186	45.3	252	61.3	266	64.7
國朝名公詩選（天啓元年）	34	10.6	100	31.1	64	19.9	190	59.0	68	21.1	256	79.5	204	63.4	251	78.0
石倉初、次集（崇禎3年）	59	12.2	155	32.0	56	11.5	95	19.6	73	15.1	168	34.6	176	36.3	289	59.6
石倉三集以後（崇禎3年）	4	0.4	23	2.3	47	4.8	109	11.1	41	4.2	149	15.1	163	16.6	255	25.9
石倉明詩選（崇禎3年）	63	4.3	178	12.1	103	7.0	204	13.9	114	7.8	317	21.6	339	23.1	544	37.0
皇明詩選（陳）（崇禎16年）	27	13.8	66	33.7	77	39.3	101	51.5	29	14.8	129	65.8	151	77.0	167	85.2
明詩歸（清初）	44	8.3	100	18.9	72	13.6	113	21.3	38	7.2	149	28.1	177	33.4	233	44.0

選集（年代）	(穆)	%	華	%	選最	%	國朝	%	石1	%	石2	%	石全	%	(陳)	%
雅頌正音（洪武3年）																
皇明詩選（沈）（洪武30年）																
滄海遺珠（正統元年）																
士林詩選（天順5年）																
皇明風雅（嘉靖4年）																
皇明詩抄（嘉靖15年）																
明音類選（嘉靖37年）																
古今詩刪（萬曆初）																
國雅（萬曆改元）																
續國雅（萬曆改元）																
國雅、續國雅（萬曆改元）																
明詩正聲（盧）（萬曆19年）																
皇明詩統（萬曆19年）																
明詩正聲（穆）（萬曆41年）																
明詩選（萬曆46年）	88	25.8														
明詩選最（萬曆間）	88	21.4	304	74.0												
國朝名公詩選（天啓元年）	83	25.8	151	46.9	152	47.2										
石倉初、次集（崇禎3年）	44	9.1	109	22.5	115	23.7	105	21.6								
石倉三集以後（崇禎3年）	49	5.0	108	11.0	118	12.0	108	11.0								
石倉明詩選（崇禎3年）	93	6.3	217	14.8	233	15.9	213	14.5								
皇明詩選（陳）（崇禎16年）	70	35.7	115	58.7	116	59.2	103	52.6	60	30.6	83	42.3	143	73.0		
明詩歸（清初）	65	12.3	150	28.3	153	28.9	112	21.1	119	22.5	81	15.3	200	37.7	91	17.2

（一）洪武時期，倡「正始之音」

《四庫全書總目》所論「明之詩派，始終三變」中，述及洪武時期，嘗謂「人心渾朴，一洗元季之綺靡」，係「作者各抒所長，無門戶異同之見」〔註14〕，對明初詩歌表現似乎頗有肯定。張曉芝就《總目》明人別集提要進行整理，亦發現四庫館臣確實鍾情於明初文學，視之爲明代文學至高點，並舉出例證，云：「館臣著錄明初作家七十餘位，這在二百餘篇提要之中所占比重極高，約有三分之一，這個比例或許也能夠說明明初文學在館臣眼中的地位。〔註15〕」而倘若返歸明人選明詩之序跋，留意渠等對明初詩歌的看法，同樣能看到一些類似的稱美文字，如：

> 我朝奄有六合，氣運之盛，自秦漢以來所未有者。列聖繼作，以仁厚之澤，涵育萬物，而鴻生儁老出於其間，作爲歌詩，以彰太平之治。其言醇正，其音平和，前世萎靡乖陋之風，於是乎丕變矣。（天順五年，柯潛〈士林詩選序〉，頁396）

> 皇明正位厥德，既滌胡元之陋，海內斐然向風，摛爲文辭，必漢魏盛唐爲宗。亦惟草昧之初，勝國髦士非洗濯無以自見，故學博氣兹，若鬪渾淪，實啓太平之基云。永樂諸賢，席垂拱之運，涵濡始於館閣，體漸夷粹。（嘉靖三十七年，黎民表〈皇明類選後序〉〔註16〕）

> 自洪武初，高、楊諸公倡爲正始，此明之初音也。歷永、成間，假無姚、曾、李、石數公，稍振頹風，幾亡詩矣，故采中不敢廢。（萬曆年間，顧起綸《國雅・凡例》，頁2）

〔註14〕〔清〕永瑢等撰：《四庫全書總目提要》，收於王雲五主編：《萬有文庫簡編》（上海：商務印書館，1940年），第5冊，總集類5，卷190，頁85。

〔註15〕何宗美等：《《四庫全書總目》的官學約束與學術缺失》（北京：人民文學出版社，2017年），頁304。

〔註16〕轉引自王文泰：《明代人編選明代詩歌總集研究》（上海：復旦大學博士學位論文，2005年），頁59。

> 我明興之初，高、楊、張、徐首倡國朝之音，聿變季元之
> 陋。至弘、正間，北地、信陽力挽衰頹，振宣風教。(萬曆
> 十九年，盧純學〈明詩正聲敘〉，頁2)
>
> 洪武之初，天造初闢，有若高、楊、張、徐變胡元之體，
> 倡正始之音，稱為四大家外，若袁景文、林子羽、孫仲衍、
> 浦長源等相與並驅齊轂。(萬曆十九年，李騰鵬〈皇明詩統序〉，
> 頁3)

可見，一變元末詩歌萎靡之陋，開創明詩氣象，為彰顯太平治世的
「正始之音」，是明初詩歌所以獲得肯定的地方，即如洪武年間選
本，劉仔肩《雅頌正音》之逕以雅、頌為名，沈巽、顧祿《皇明詩
選》序言中，貝翱以為是時詩歌乃「鳴國家之盛」〔註17〕者。這些
看法貌似與四庫館臣相同，然而，如果留意到黎民表稱永樂詩家已
是「體漸夷粹」，趨於平和、顧起綸謂若無姚廣孝、曾棨、李東陽、
石珤等人之「稍振頹風」，則「幾亡詩矣」，又或盧純學認為李夢陽、
何景明乃是「力挽衰頹」。可知，在嘉靖、萬曆以後，明初詩家雖
有著「國朝之音」的成就，但明人的注意力似乎更多放在此後詩壇
可能出現的低迷、得以力挽頹勢的詩人身上。遑論時而可見的批評
之語，如盧純學《明詩正聲》，陳文燭為之序，以為「國朝經義科
諸生，詩道闕然。洪武初，沿襲元體，頗存纖詞，時高、楊為之
冠。」（頁2），又或陳子龍等《皇明詩選》，李雯序之，有謂洪、永之初
「雖騰踔甫驚，而流風不競。俚者猶元，腐者猶宋。」（頁4）皆拋
開了既往對明初「正始之音」的全面肯定，點出了明初詩歌仍帶有
的宋、元習氣，包括無由振起詩壇風氣的缺憾，亦即在明人選明詩
中，明初詩家的地位未必能如四庫館臣所認定的那般，獲得對等的
重視。

〔註17〕貝翱〈皇明詩選序〉：「我太祖高皇帝，起自布衣，削平群雄，歸四
海於一統、復中華於三代，偃武脩文三十餘年，時和歲豐、民安物
阜，固必有宏才碩學出於其間，以鳴國家之盛，而為一代之文，誠
出於天地自然之運，豈偶然哉？」(沈巽、顧祿《皇明詩選》，頁1)

　　反映在收錄詩家上，比方《雅頌正音》選錄的詩家在萬曆以後選本中的出現量（比例）大幅降低，天啟後更未超過四％，以人數上來說，則幾乎未超過二十人，獨《皇明詩統》收有五十二人，但佔該書比例僅居二點八％。另一部洪武時期選本，沈巽、顧祿《皇明詩選》同樣有類似的情況，即便選錄數量、比例略有提升，在萬曆以後選本的比例仍落在十％以下。合計洪武時期選本，劉仔肩《雅頌正音》、沈巽、顧祿《皇明詩選》收錄詩家約一百二十六名，數量不為不多，但在嘉靖、萬曆以後的選本中，卻似乎未見青睞。稍晚，正統元年，沐昂鎮撫雲南，纂有《滄海遺珠》，所收主為洪武、永樂間詩家，有「前選所不及者」〔註18〕，然而在比例上只是更見低落，未有超過四％。固然，或以所選多為「明初流寓遷謫於雲南」〔註19〕者，詩作在流傳上本即困難，特別是在「二十人皆無專集」的情況下，單憑《滄海遺珠》的選錄，要得到其他選家的留意，確實並不容易〔註20〕。是則，可以瞭解到的是，或許因為地域上的所處偏遠，加上刊刻的未盡發達，明初詩歌的流傳顯得不易，以致後來的選本收錄有限。當然，另一種可能是，在嘉靖、萬曆以後，明人對於開國之初的詩家表現，其實有所保留。或者，也可以說，隨著詩壇風氣、論詩意見的轉變，洪武時人對詩歌、詩家的看法，已和嘉靖、萬曆以後產生了差距。

〔註18〕楊士奇〈滄海遺珠序〉，頁1，總頁碼451。
〔註19〕《四庫總目提要‧滄海遺珠》：「……皆明初流寓、遷謫於雲南者，每人姓名之下，各註其字號里居，以其為劉仔肩、王偁諸家詩選所不及，故曰遺珠。二十人皆無專集，此編去取頗精審，所錄多斐然可觀。」〔清〕永瑢等撰：《四庫全書總目提要》，收於王雲五主編：《萬有文庫簡編》（上海：商務印書館，1940年），第5冊，總集類4，卷189，頁48。
〔註20〕以選錄《滄海遺珠》詩家比例較高的兩本選本為例──楊慎《皇明詩抄》、曹學佺《石倉詩選》（初、次集），與《滄海遺珠》的地域關係都算緊密，如楊慎所選係貶謫雲南之時，且他與沐家頗有交游，沐昂所著《玉岡詩集》，即楊慎所為序。而曹學佺於天啟二年（1622），嘗任廣西右參議，廣西鄰近雲南，又所著《大明一統名勝志》，有雲南二十三卷，他對雲南的熟悉度自是不難想見。

（二）宣德至天順，詩壇的沉寂

在明初「正始之音」後，詩壇似乎一度出現了沉寂。黎民表稱「永樂諸賢，席垂拱之運，涵濡始於館閣，體漸夷粹」，將焦點隱隱指向了永樂年間臺閣文風的平和雅正，即便此中未必帶有批判之意。而顧起綸之謂永、成間，若無姚、曾、李、石等人，「幾亡詩矣」，則明確點出了永樂以迄成化詩壇的相對暗淡。

以選本的收錄情況來看，嘉靖年間，黃佐、黎民表《明音類選》收錄詩家總計三百零四位，永樂至成化間佔一百四十二位，幾近半數，比例仍高，然而，在萬曆以後選本中，這種情況卻不復再見〔註21〕。由顧起綸就《國雅》所選詩人進行詮評之《國雅品》來看，分列有士品、閨品、仙品、釋品、雜品。其中，士品分國初迄洪武、永樂至成化、弘治至正德、嘉靖至隆慶四期，並以永樂至成化之選評人數最少〔註22〕，是則，不難瞭解何以顧起綸會發出「幾亡詩矣」之嘆。即便是爲顧起綸稱美的姚廣孝、曾棨、李東陽、石珤等人，在嘉靖以後選本中，亦僅有曾棨每每爲選家收錄〔註23〕，足見選家對這段期間的詩家表現確有忽略。且，這份忽略尤其表現在宣德以迄天順間的詩家身上，徐泰《詩談》即嘗謂：「我朝詩莫盛國初，莫衰宣、正閒」〔註24〕，又依盧純學《明詩正聲》、華淑《明詩選》所收詩人名氏世次之整理，各時期之詩家人數如下表〔註25〕：

〔註21〕依選者對詩人活動時間的歸納：顧起綸《國雅》、《續國雅》收永樂至成化（天順）詩家，總計71位、盧純學《明詩正聲》計133位、華淑《明詩選》計73位，收錄詩家數量均遠低於選本對弘治以後詩家的收錄數——分別爲683、582、267位。

〔註22〕顧起綸《國雅品》士品一選國初迄洪武25人、士品二選永樂至成化21人、士品三選弘治至正德33人、士品四選嘉靖至隆慶53人。

〔註23〕如姚廣孝，楊慎《皇明詩抄》、黃佐、黎民表《明音類選》、陳子龍、李雯等《皇明詩選》未收：李東陽，楊慎《皇明詩抄》未收：石珤，徐泰《皇明風雅》、楊慎《皇明詩抄》、李攀龍《古今詩刪》、穆光胤《明詩正聲》、陳子龍、李雯等《皇明詩選》未收。

〔註24〕徐泰：《詩談》（清道光辛卯（11年）六安晁氏活字印本），頁6。

〔註25〕閨秀、釋子、青衣等未列入表格計算。

表十一：盧純學《明詩正聲》、華淑《明詩選》各時期詩家收錄人數比較

	洪武	永樂	宣德	正統	天順	成化	弘治	正德	嘉靖隆慶	萬曆
盧純學《明詩正聲》	85	56	9	19	13	35	41	66	322	143
華淑《明詩選》	61	30	4	9	10	20	25	34	135	74

由收錄人數上的懸殊差距可知，宣德至天順間的詩家成就、表現，在明人心中確實沒有受到太多重視。

　　進一步以天順五年（1461）懷悅所纂《士林詩選》來看，依柯潛序，是集乃懷悅遐搜博取古、今人詩，考量古詩已有選集，遂錄今詩，並延致博雅之士，共同揀其精者所作〔註26〕。其中，於宣德、正統間詩家多有選錄，但在爾後選本中的出現量，除了嘉靖四年（1525）徐泰《皇明風雅》，以時間稍近，收錄比例稍高之外，均未有超過三％者。雖說《士林詩選》所收多為懷悅之交游〔註27〕，係「鄉先生所為詩歌」〔註28〕，在選錄範圍上不免侷限，然懷悅身處有地利之便的嘉興（今浙江），書籍傳播發達，卻有幾近半數以上的詩家缺席於往後詩選，那麼，也就表示，無論是選本又或詩家本身，

〔註26〕 柯潛〈士林詩選序〉：「嘉興懷均用和，居相湖之上。上下山水穿幽透深，絕無嗜好，惟好古今人詩，遐搜博取，得之如拱璧。古詩先有集不復錄，獨錄今詩，積薰滿窗几，又延致博雅之士，共料揀其精者，名曰《士林詩選》。」（總頁碼 395）

〔註27〕 丘吉〈書士林詩選後〉：「今嘉禾鐵松懷用和，讀書嘗努力於風賦比興中，故立家塾，恆接海內名碩，凡知篇什者，靡不與游，以倡和為事，久而蘊之累篋，殆漫漶不可檢，暇日？其良可尾於古者，擇而類編之，題曰《士林詩選》。」（總頁碼 491）

〔註28〕 呂原〈士林詩選序〉：「嘉興懷用和氏，嗜學，工於詩。其於鄉先生所為詩歌，求錄其稿，而珍藏之。累千百篇，又念其未得表見於世，爰擇其間五七言律、絕句、長歌、古選等編，編次為卷。」（總頁碼 393）

可能都沒有得到太多的支持，即便懷悅所選，志在取錄當世賢者之作，「否則詞雖好弗取」〔註29〕，有「望乎後之選者有所取」〔註30〕的願景，但這些爲懷悅認可的詩家，恐怕不盡然符合其他選家的期待。

換言之，縱然選本在選者主觀的刪選下，本即有優劣、精粗之別，但藉由選本在各時期詩家收錄情況的比照，《士林詩選》所錄詩家在往後選本上的忽略，仍然透露著永樂以迄成化，特別是在宣德至天順間，詩壇可能有過的蕭條沉寂。這種沉寂或許未必代表著詩人不再投入於詩歌，文人間的唱酬停擺，何宗美即指出「正統到天順的社會總趨勢是發展上升，不斷走向繁榮的」〔註31〕，「這一時期文學社性社團即詩社已顯出初興的跡象」〔註32〕。只是，這些詩家的努力，是否足以形塑出一種風氣，帶動整個明代詩壇，讓選家得以留意，無由忽視？從《士林詩選》的選錄比例上來看，顯然影響的範圍還是相當有限的。廖可斌曾經談到：

> 當時吳越一帶的詩人，大多繼承了吳越詩文的傳統風格，描繪個人日常生活，抒寫文士情懷，詞藻華美。除「景泰十子」中數人外，還有邱吉（歸安人）、懷悅（嘉興人）、朱翰（嘉興人）、劉泰（錢塘人）、馬洪（仁和人）、劉英（錢塘人）等。總的來看，他們的創作成就都不高。其意義在於，這些人已在一定程度上擺脫程朱理學的束縛，開始在詩歌中表達情感，抒寫志向，並以其怪奇和豔麗的文風，引起了人們的注意，從而打破了臺閣體壟斷文壇的局面。〔註33〕

〔註29〕柯潛〈士林詩選序〉，總頁碼396。

〔註30〕呂原〈士林詩選序〉，總頁碼394。

〔註31〕何宗美：《文人結社與明代文學的演進》（北京：人民出版社，2011年），上冊，頁88。

〔註32〕何宗美：《文人結社與明代文學的演進》（北京：人民出版社，2011年），上冊，頁99。

〔註33〕廖可斌：《明代文學思潮史》（北京：人民文學出版社，2015年），頁134。

《士林詩選》正是一部展現吳越地方文人詩歌表現的代表性選集，景泰十子中的王淮、沈愚、劉溥、蘇平、蘇正，引文中所提及的邱吉、懷悅、劉英都在選錄之列。撇開創作成就高低與否的問題，在臺閣體的「體漸夷粹」之後，詩人們嘗試擺落程朱理學的束縛，打破臺閣體的壟斷，但怪奇與豔麗的文風是否足以符合明人對詩歌的期待，還是終究只能引起一時或一地的注意？如果說，懷悅所選但爲「鄉先生所爲詩歌」，影響力恐怕有限，即如景泰十子，「這一詩人群體所代表的詩風曾一定程度影響他們所在的時代，只是其流派之『流』尚屬有限，比起臺閣體、茶陵派、復古派等文學流派來說，它只能算一個小流派而已」〔註34〕。更別說宣德至天順間明詩別集的出版其實未盡蓬勃〔註35〕，側面反映出了當時明詩創作上的低潮，而選本能夠選錄的詩家、詩歌有限，編選的需求自然不高，衍伸而來，往後選家在看待這段時期的詩歌時，態度也就變得保守許多，少有評述，而多關注在弘治以後，詩壇的發展演變。

（三）弘、嘉以迄萬曆中，復古勝場，詩家蔚起

　　《四庫全書總目》於何景明《大復集》提要中，曾經提到「正、嘉之閒，景明與李夢陽俱倡爲復古之學，天下翕然從之，文體一變」〔註36〕，著眼於正德、嘉靖之間，將李、何帶起的復古風潮，視爲明代文體之一變，這番說詞在《總目》間並不陌生〔註37〕，足見「館

〔註34〕 何宗美：《文人結社與明代文學的演進》（北京：人民出版社，2011年），上冊，頁100。
〔註35〕 按《千頃堂書目》所收明人別集之作者繫年，洪武、永樂間作品多達90餘冊，宣德至天順間的作品僅有28冊，數量明顯降低。關於明人別集與明詩選的關連，參照第二章第三節。
〔註36〕 〔清〕永瑢等撰：《四庫全書總目提要》，收於王雲五主編：《萬有文庫簡編》（上海：商務印書館，1940年），第5冊，別集類24，卷33，頁88。
〔註37〕 如《四庫全書總目提要・考功集》：「正、嘉之際，文體初新，北地、信陽聲華方盛。」《四庫全書總目提要・明詩綜》：「正德、嘉靖、隆慶之閒，李夢陽、何景明等，崛起於前；李攀龍、王世貞等，奮發於後。以復古之說，遞相唱和，導天下無讀唐以後書，天下響應，

臣對復古派尤其是前七子在明代文學發展史上的關鍵作用是有所認識的」〔註38〕。倘由明人選明詩以觀，選者對於這股復古風潮其實不無留意，且基本上共識性地強調李夢陽、何景明所扮演的關鍵性角色。不同的是，有別於館臣對復古派引發的「文體一變」，終究帶有著貶抑明代復古文學地位的目標導向〔註39〕，在明代，縱然對復古流弊不乏批評，選者立場或異，但對弘治、正德以來，由李、何等人一路引領的詩壇盛況，乃至嘉靖、萬曆，名家蔚起，多能抱持著正面肯定的態度。

　　以選本收錄情況來看，嘉靖以後選本的詩家收錄比例情況，大多在二十％以上，且有漸次提昇的情況。萬曆中葉的兩部選本，盧純學《明詩正聲》、李騰鵬《皇明詩統》選錄千名左右詩家，在往後選本中更出現了六、七十以上的比例，除了是選錄人數龐大所致，亦也暗示嘉靖迄於萬曆中葉，詩壇確然有過盛景，在盧純學《明詩正聲》中，嘉靖至萬曆詩家即有四百六十五人；李騰鵬《皇明詩統》共有四十二卷，嘉靖以後詩家亦收有近二十卷之多〔註40〕，足見當時詩家創作之蓬勃。且，如此詩家蔚起的現象，早在弘治、正德間，

文體一新。」〔清〕永瑢等撰：《四庫全書總目提要》，收於王雲五主編：《萬有文庫簡編》（上海：商務印書館，1940年），第5冊，別集類25，卷33，頁95；總集類5，卷190，頁85。

〔註38〕何宗美、劉敬：《明代文學還原研究──以《四庫總目》明人別集提要爲中心》（北京：人民出版社，2014年），頁292。

〔註39〕何宗美即云：「館臣確有刻意壓低復古文學地位的傾向，這種壓低從某種程度上說是人爲的：首先是先入爲主的復古批判論，其次是文獻梳理向『利己言論』傾斜，並導致文獻誤讀，再次是對明代文學作品的熟悉度不夠，依據序跋、詩話、詩評和墓誌等已有評價進行主觀推測。」根據四庫館臣著錄明人別集情況，又指出：「復古作家存目之書的數量遠超著錄之數。」何宗美等：《《四庫全書總目》的官學約束與學術缺失》（北京：人民文學出版社，2017年），頁308、310。

〔註40〕李騰鵬《皇明詩統》共計42卷，採依人繫詩之形式。其中，卷40至42，分天橫、閨秀、羽人、衲子類爲收，前39卷則大抵依詩家之活動時間編排，卷1〜10約爲洪武至永樂詩家、卷11〜15約爲永樂至成化詩家、卷16〜20約爲弘治至正德詩家、卷21〜39約爲嘉靖至萬曆詩家。

即已蓄勢而發。

　　徐泰《皇明風雅》纂於嘉靖四年（1525），收錄弘治以後詩家數量雖然有限，然其詩話論著《詩談》嘗云：

> 我朝詩莫盛國初，莫衰宣、正閒，至宏治西涯倡之，空同、
> 大復繼之，自是作者森起，雖格調不同，于今爲烈。〔註41〕

不同於顧起綸《國雅》將李東陽置於永樂迄成化的代表詩家，徐泰將重心擺放在弘治年間李東陽於詩壇的引領地位，呼應著《詩談》中他對李東陽的品評，以爲「大韶一奏，俗樂俱發，中興宗匠」〔註42〕。事實上，李東陽（1447～1516）於天順八年（1464）登進科第後，屢屢參與文學唱和，所結甲申同年會的活動時間「從成化元年（1465）長至首會到弘治十六年（1503）三月舉行的十同年雅集，前後持續近四十年」，「伴隨了茶陵派由興起到發展的主要過程，也涵蓋了李東陽文學生涯的大半時間」〔註43〕。是則，無論從李東陽的生卒年、文學生涯的橫跨成、弘，顧起綸、徐泰的說法並不衝突。值得留意的是，徐泰強調李夢陽、何景明的繼之而起，以爲詩壇由是蓬勃迄今，有詩家之各展風貌，雲蔚並興，連接了李東陽與李、何間的關係，隱然將李東陽作爲開啓復古派之先聲〔註44〕。類似的論調，萬曆間，陳文燭（1536～1595）〈明詩正聲序〉亦嘗提及：

> 及乎弘、德，文教大起，吾楚李文正公爲詞林文學之冠。
> 開閣延賢，推轂後進，學士蕈出，力振古風，盡削凡調，

〔註41〕徐泰：《詩談》（清道光辛卯（11 年）六安晁氏活字印本），頁 6。

〔註42〕徐泰：《詩談》（清道光辛卯（11 年）六安晁氏活字印本），頁 5。

〔註43〕何宗美：《文人結社與明代文學的演進》（北京：人民出版社，2011 年 3 月），上冊，頁 181。

〔註44〕廖可斌嘗論茶陵派與復古派之關係，即指出：「前七子對李東陽的抨擊，主要是由於政治方面的原因，……在文學方面，一方面，他們確實受到了李東陽及茶陵派的啓發。他們的許多觀點，就是直承李東陽的主張而來的。」是則，徐泰所以聯繫李東陽與李、何間的關係，或許正是留意到了渠等主張上的類近，著眼在弘治以來復古之風的蔚起。參見：廖可斌：《明代文學思潮史》（北京：人民文學出版社，2015 年），頁 154。

> 一變而爲杜。時李、何爲之倡，嘉、隆以來，宰相嚴惟中，
> 詩頗清逸，意不右文，詞人淪落，七子並興，號稱專門，
> 王、李猶爲大家，蔚乎盛矣。(盧純學《明詩正聲》，頁 2～3)

陳文燭同樣強調李東陽引領詩壇的影響力，並進一步地勾勒出了在李東陽作爲文壇盟主，振興古風下，李夢陽、何景明的承繼提倡，乃至嘉靖、隆慶以來，復古派七子並興，王世貞、李攀龍之儼爲名家，在詩壇昌盛中，一路延續著的復古之風。是知，弘治以來，在名家的提倡下，詩風已趨鼎盛，同時，這股風潮大抵縈繞在對復古的一種追求，而尤以唐代杜甫爲尙。

換言之，明人對於當時的復古風潮顯然並未全然抱持著批評的態度，他們的關注點或許更在詩壇是否有以重振、蓬勃開展，如：顧起綸《國雅·凡例》直指：「至弘、嘉間諸名公作而大暢風雅，此明之盛音也。」（頁 2）又或盧純學有謂：「至弘、正間，北地（李夢陽）、信陽（何景明）力挽衰頹，振宣風教，而嘉隆、萬曆，大雅輩出」（〈明詩正聲敍〉，頁 2）、穆光胤之云：「我朝自高、劉開其源，李、何、邊、徐標其盛，而王、李諸君子，又人人赤幟，家家牛耳，迄今猶方盛未艾。」（〈明詩正聲敍〉，頁 4）等等。乃至復古之學，恐有的摹擬弊端，亦有能夠平心而視者，如黎民表肯定詩家之努力述作，以爲有不亞於中唐者，有云：

> 施及弘、德，宋學溢被禪海，而士人方佔嗶以取青紫，其
> 於述作，謙讓未遑。二三好古者，始力程試之習，抗志劘
> 切，追逐騷雅，雖章擬句襲，瑕瑜莫掩，而刻勵瑰詭，則
> 軋景龍、開元而上之。〔註45〕

可知，弘治、正德之際，程朱理學影響仍茂，士人爲求仕進，多著力於此，難免影響創作，而黎民表認爲此時猶有所謂「二三好古」者（當指復古派），能擺脫科舉八股文章之習，致力於詩歌創作上的突破，於是予以肯定。顯示，明人對復古派的強調，不盡作批判，

〔註45〕轉引自王文泰：《明代人編選明代詩歌總集研究》（上海：復旦大學博士學位論文，2005 年），頁 59。

有一部分實來自於這些文人所帶起的，拋開科舉、理學約束，對於詩歌創作的重新思辨。廖可斌曾經指出：

> 復古派實際上是以復古的形式，不自覺地表達了當時人們力圖擺脫程朱理學的束縛、開始追求主體自由的新的歷史要求。〔註46〕

以詩歌作為一種自我表述，主體自由的顯現，在復古的形式中重新審視，這股由復古派引領的復古風潮，蘊含著當時明人企圖擺落的既有理學束縛，開展出了明詩可以有的另一種思考，在名家的帶動下，創作緣是蔚然興起，而隨之引動著的詩壇盛況，尤其在刊刻發達的推進下，詩家別集、選集的湧現，更督促著明人在詩歌創作上重新進行審視、體察。反映在選本中，嘉靖以後的選家在說明篩選立場時，已不純然只是對盛治、教化的一種歌頌〔註47〕，如：徐泰《皇明風雅・凡例》云：「詩皆擇其偶愜鄙意者錄之」（頁1），又或楊慎《皇明詩抄》，程旦序文敘有楊慎語，云：「噫！予何所去取乎哉？予漫錄之而已。」（〈皇明詩抄後語〉，頁2）即便，選家未必能說得清楚，但在愜合心意、隨手漫錄之間，選者的「鄙意」、「予錄」已隱隱透露著選家自有愛好。甚至，萬曆以後，李攀龍《古今詩刪》乃「于鱗取其獨見而裁之」〔註48〕，有選家的獨特見解；盧純學《明詩正聲》所取「以音調格律不出準繩之外也」（《明詩正聲・凡例》，頁1），直接標榜著對詩歌音調格律的要求，選家的詩歌鑑賞標準乃是更顯明確。

　　是以，對明人而言，弘、嘉以迄萬曆中葉，的確是詩壇蓬勃開展的時期，在這樣的「共識」之下，選本的詩家收錄比例有所提昇

〔註46〕廖可斌：《明代文學復古運動研究》（北京：商務印書館，2008年），頁446。

〔註47〕如同陳正宏論徐泰《皇明風雅》即指出：「它標志著明人編纂當代詩文總集的目的，已從明代早期的為輔佐教化、歌頌聖治，逐步向單純地為文學本身轉變。」陳正宏：《明代詩文研究史》（上海：上海文化出版社，2000年11月），頁47。

〔註48〕王世貞：〈古今詩刪序〉，頁4。

不難想見，而這種詩家創作的盛景，當時的選家既無法忽視，往後的選家亦多所留意，名家地位由是得以奠定，並聚焦在復古派的詩家上，諸如李夢陽、何景明、李攀龍、王世貞等。

（四）萬曆中葉以降，詩壇的反響爭鳴

對四庫館臣而言，弘、嘉以來的復古風潮，已走向「末俗承流，空疏不學」〔註49〕之境，萬曆以後的詩壇，更是衰頹至極。對於公安、竟陵之起，徒視作「嘈囋爭鳴」〔註50〕，以爲佻蕩人心，甚至將明朝之覆亡歸究於此。由「絕大部分明集僅以存目甚至禁毀」〔註51〕，可知，這一時期的詩壇表現確實受到了館臣強烈的否定。倘若對應明人之見，崇禎年間，李雯〈皇明詩選序〉嘗云：

> 自是（後七子）而後，雅音漸遠，曼聲竝作。本寧（李維楨）、元瑞（胡應麟）之儔，既夷其樊圃，而公安、竟陵諸家，又實之以蕭艾、蓬蒿焉。神、熹之際，天下無詩者蓋五、六十年矣。（頁5）

無論是對復古派末五子李維楨、胡應麟不足以揚烈前賢之慨，或者對公安、竟陵諸家表現之逕作荒生蔓草看待，李雯對於當時的詩壇（萬曆、天啓以來）同樣表達了不滿，以爲乃是「天下無詩」。

然而，事實是，首先，詩社活動的持續進行：根據何宗美對明代文人結社的考察，萬曆中期（十六至三十年）至少有七十例，「比

〔註49〕《四庫全書總目提要‧少室山房類稾》：「考七子之派，肇自正德，而衰於萬歷之季，橫踞海內，百有餘年。……末俗承流，空疎不學，不能如王、李勦剟秦漢，乃從而勦剟王、李。黃金白雪，萬口一音。一時依附門牆，假借聲價，亦得號爲名士。時移事易，轉瞬爲覆瓿之用，固其所矣。」〔清〕永瑢等撰：《四庫全書總目提要》，收於王雲五主編：《萬有文庫簡編》（上海：商務印書館，1940年），第5冊，別集類25，卷172，頁118。

〔註50〕〔清〕永瑢等撰：《四庫全書總目提要》，收於王雲五主編：《萬有文庫簡編》（上海：商務印書館，1940年），第5冊，總集類5，卷190，頁85。

〔註51〕何宗美等：《《四庫全書總目》的官學約束與學術缺失》（北京：人民文學出版社，2017年），頁310。

前階段二十年，有了較大幅度的增長」〔註52〕；萬曆後期（三十一至四十八年）則超過一百例，且結社地域範圍有了擴展，並以詩社爲主要形式〔註53〕；至泰昌迄於崇禎，「短短二十幾年中，結社近二百例」，「論結社之聲勢規模則爲此前任何時期無以倫比。」〔註54〕形式雖主爲文社，然詩社活動仍在繼續。李聖華嘗指出「晚明詩壇風會遠較明中葉繁榮，一定程度上要歸功於結社之興。」〔註55〕

其次，詩人別集、詩歌總集的增加：自嘉靖以來，明人詩歌別集的數量已是大幅提升，迄至天啓、崇禎，數量亦未有衰減〔註56〕。王文泰指出，就現存可考約五百餘種的明代詩歌總集（含當代、通代詩選）來看，萬曆時期的數量尤其達到顛峰〔註57〕，至明末仍持續編纂，不見中斷。

換言之，萬曆中葉以來，明代詩歌並無衰頹之象。萬曆四十一年（1613），穆光胤〈明詩正聲序〉論詩壇景況猶謂「方盛未艾」（頁5）；稍晚，華淑〈明詩選序〉之標舉名家，有云「王、屠、湯、袁振響於後，京山、雲間之典型尚在，宛溪、竟陵之赤幟方新」（頁3），作爲明代「詩道隆隆」之證。詩家名氏爵里總收七十四位萬曆詩家，數量僅次嘉靖、隆慶，且詩家之活動時間迄至天啓、崇禎者，不乏其人。尤其，華淑《明詩選》選錄湯顯祖（1550～1616）詩作高達

〔註52〕何宗美：《文人結社與明代文學的演進》（北京：人民出版社，2011年3月），上冊，頁350。

〔註53〕相關討論參見何宗美：《文人結社與明代文學的演進》（北京：人民出版社，2011年3月），上冊，頁352～374。

〔註54〕何宗美：《文人結社與明代文學的演進》（北京：人民出版社，2011年3月），上冊，頁424。

〔註55〕李聖華：《晚明詩歌研究》（北京：人民文學出版社，2002年），頁16。

〔註56〕參見第二章第三節〈明詩創作與論詩風氣的促成──以明人別集、詩話爲主的討論〉。

〔註57〕明代詩歌總集數量係依王文泰所考，又王文泰指出「萬曆時期編選的明代詩歌總集，在數量上遠勝明代前期。從編選的角度看，這一時期也是本朝詩歌總集編選的高峰。」參見王文泰：《明代人編選明代詩歌總集研究》（上海：復旦大學博士學位論文，2005年），頁27。

三十九首，居全書之冠，堪爲華淑肯定萬曆詩家表現之最佳例證。無獨有偶，天啓年間，署名陳繼儒所編《國朝名公詩選》收錄詩數前五名之詩家（含詩數相同者，共計九位），活動時間迄至萬曆者佔有三名〔註58〕。且，其中之一，即爲李雯視作詩壇「蕭艾、蓬蒿」之公安派代表人物——袁宏道，詩數收有二十九首，位居全書第三。顯然，萬曆以降，詩壇仍見蓬勃發展，且不乏名家，明季王汝南〈明詩歸序〉亦也謂「明興三百年，詩人滿天下，莫不各具性情，莫不性情各具于詩」，發出「人謂明無詩，不亦冤哉？」〔註59〕之嘆。是則，李雯之謂「天下無詩」，對詩壇風尙的批判，當非明人之共見。

　　呈現在選本的收錄比例上，比方《石倉明詩選》三集以後的詩家（正德、嘉靖以後），相較初、次集，在陳子龍、李雯等《皇明詩選》中，相同詩家的人數由六十提昇至八十三位，反觀《明詩歸》卻由一百一十九位降至八十一位。除了透露《石倉明詩選》三集以後的詩家，未盡符合《明詩歸》的選詩標準外，亦也表示《皇明詩選》、《明詩歸》縱然編纂時間差距不遠，但彼此間對詩家的取捨、選詩偏好（尤其正德、嘉靖以後），可能已有著很大的分歧。

　　而明人歧見之所生，殆如陳子龍所云：

　　是以昭代之詩，較諸前朝，稱爲獨盛。作者既多，莫有定論，仁鄙竝存，雅鄭無別，近世以來，淺陋靡薄，浸淫於衰亂矣。（〈皇明詩選序〉，頁1）

陳子龍的立場與李雯相符，針對萬曆以來的詩風，均視作詩壇衰亂之象。然而，陳子龍忽略的是，明代詩歌既爲獨盛，詩家眾多，已是難有定論，「仁鄙」、「雅鄭」之所指，詩歌創作內涵、鑑賞之論見，

〔註58〕署名陳繼儒《國朝名公詩選》詩數前五名之詩家，依序爲王世貞（35首）、李攀龍（31首）、皇甫汸（31首）、徐有貞（31首）、唐寅（29首）、袁宏道（29首）、王守仁（28首）、高啓（27首）、華察（27首）。詩家主要活動時間迄至萬曆者，計有皇甫汸、王世貞、袁宏道。
〔註59〕收於署名鍾惺、譚元春《明詩歸》，頁531。

又將從何認定，以防一偏之見？亦即，隨著明詩的發展，弘、嘉以來，復古風潮的鼎盛到漸生流弊，各種的詩壇變化早已推促著明人進行詩歌創作的重省，包括明詩發展的走向、明詩成就的定位，乃至明詩代表作家的確立。是以，繼之復古派後七子，末五子李維楨、胡應麟的「夷其樊圃」，不惟是對詩歌復古的重整步伐，公安、竟陵的「實之以蕭艾、蓬蒿」，只是證實了明人亟求拋開剽抄摹擬的復古包袱，對於詩歌創作的再思辨。且，這股的聲勢、力量強大到明季文人諸如陳子龍、李雯等認為編纂《皇明詩選》一部分是為詩壇「攘其蕪穢，存其菁英」（頁 1），甚至清代四庫館臣需視之為「淫哇競作」，以致「明祚遂終」〔註60〕。而《明詩歸》成書於清初，王汝南以鍾惺、譚元春同邑後學之身份，為書作序，卻認為詩歌在鍾、譚手中，「一為拈出，使若興比皆在所略，盛晚俱可勿論，而一種真性真情，結為纏綿，散為幽情，無不令人感嘆低回」，肯定所選係「明一代風雅所歸也」（頁 531）。凡此種種，不過再次證成了萬曆以後，在詩歌創作之蔚然盛景下，詩壇確實迴響著不同的聲音，圍繞在明詩前景之可能，更為開展、激昂的論詩對話，作為復古風潮的諸多反響，迄於明末，餘音仍是裊裊未絕，而未竟顯現在四庫館臣的論見中。

　　總結上述，選家對明詩發展的關心展現在選集的命名，序跋文字間，透過對詩家、詩歌的刪選，近似於文學史家地，他們表達了對明詩的想法，鋪寫出了一部簡要的明代詩歌發展史，並揭示著詩家在明代如何被接受的一個過程。對四庫館臣而言，明人選明詩往往是「堅持畛域，各尊所聞」〔註61〕，但是，在總合諸選本的收錄

〔註60〕《四庫全書總目提要‧御定四朝詩》：「明詩總雜，門戶多岐，約而論之，高啟諸人為極盛。洪熙、宣德以後，體參臺閣，風雅漸微。李東陽稍稍振之，而北地、信陽已崛起與爭，詩體遂變。後再變而公安，三變而竟陵，淫哇競作，明祚遂終。」〔清〕永瑢等撰：《四庫全書總目提要》，收於王雲五主編：《萬有文庫簡編》（上海：商務印書館，1940 年），第 5 冊，總集類 5，卷 190，頁 75。

〔註61〕《四庫全書總目‧明詩綜》：「大抵二百七十年中，主盟者遞相盛

情況後，這種群體的意見，也許足以打破原先的框限，而過往明詩發展每每依賴的四庫館臣之說，從中或許也能得到一些翻轉。比方，四庫館臣推尊明初詩歌的地位，「長達近兩百年的明代文學在復古與反復古的糾結中徘徊，館臣據此論斷明初文學最優」〔註62〕，但事實上，隨著嘉靖、萬曆以來選本的發達，以選詩作爲一種論詩意見的表述，明初開國之音的吸引力、宣德至天順間詩家嘗試擺落臺閣之風所泛起的詩壇漣漪，遠遠不及弘治、嘉靖以來復古風潮所帶動的，對於詩歌創作的重新檢討，一時名家輩出的詩壇榮景。對館臣而言，明代文學或許在復古與反復古間糾結，然而，對明人而言，實是他們深耕詩歌，期望確立明詩定位的具體展現，每一次的徘徊，是步履的重整，論詩主張或許分歧，但終歸在追求明詩發展的路途上。萬曆以降，這些詩壇對話仍在進行，選本的選錄亦未嘗停擺，崇禎間，曹學佺《石倉明詩選》全書架構龐大，〈明興詩選序〉已自言針對明初至萬曆詩歌，有初集纂至四集之規畫，更陸續有所增補，雖最後編纂未成，然曹學佺試圖建構「明詩史」的壯心可見〔註63〕，明人對明詩的熱情與關注實不言可喻。那在四庫館臣眼中「總趨勢是『大演退』而不『大演進』」〔註64〕的明代文學，在明人選明詩所紀錄下的卻滿是明人不斷努力前進的種種痕跡。

衰，偏袒者互相左右，諸家選本，亦遂皆堅持畛域，各尊所聞。」〔清〕永瑢等撰：《四庫全書總目提要》，收於王雲五主編：《萬有文庫簡編》（上海：商務印書館，1940年），第5冊，總集類5，卷190，頁85。

〔註62〕何宗美等：《《四庫全書總目》的官學約束與學術缺失》（北京：人民文學出版社，2017年），頁304。

〔註63〕許建崑指出：「相對於漢魏唐宋元之古代詩選而言，曹學佺的《明詩選》可以稱作『當代詩選』了。他試圖建構『詩史』，『古詩』部分只是詩之源起，而明代詩學的發展才是他主訴的重點。」許建崑：〈曹學佺《石倉十二代詩選》再探〉，收於氏著：《曹學佺與晚明文學史》（臺北：萬卷樓圖書股份有限公司，2014年），頁153。

〔註64〕何宗美等：《《四庫全書總目》的官學約束與學術缺失》（北京：人民文學出版社，2017年），頁311。

第二節　詩家的在場——以明詩名家為主的討論

　　明詩選家藉由刪選，表達了對明代發展的想法，鋪排出了他們所認可的名家名作。由於選家各有選錄標準，想法上未盡相同，不同選本提供的名單難免有所出入。呈現在明詩發展的進程中，倘若詩家的在場、缺席只是單一現象，或許可以說是選家個人偏好、選本素質優劣所致，但以選本在明代的蓬勃發展，選家的編選往往帶有彰顯明詩之盛、采詩嘉惠後學的用意，在總合了各選本的選錄情況後，所凝聚出的「共識」，詩家的在場與否便格外顯得有意義。尤其，選本群所構築的是一部由明人集體編纂的明代詩歌發展史，詩家的在場，正是在這樣的撰寫過程中，取得了他們的代表性地位，而詩家的缺席，無疑宣告著他將告別於明詩成就的碑誌，隱沒在萬千明詩的浪濤中，隨著時間的洪流淘洗而去，無論他曾經展演過多少輝煌。

　　承上節，有別於四庫館臣所見，在明人選明詩的視域底下，明詩的發展呈現了不同的變化曲線〔註65〕，弘治以迄萬曆中，尤為選家所看重的明詩輝煌期，透過嘉靖以來選本的發達、推動，這時期的詩家相對地得到了特別多的關注，於是此前的詩家在時空距離、論詩風向的變化中，原先的詩壇定位多少有所轉變、調整；而萬曆中葉以降，詩家的成就表現亦難免受到比較，加上詩壇論見紛呈，選本的收錄狀況由是更顯分歧。

　　植基於此，不同於由選本序跋所歸結的編選動機與目的，本節進一步要探討的是，在這條由諸選本共同釐定的明詩發展脈絡中，有哪些詩家得以獲得出場的機會，能夠得到選家的共同認可〔註66〕，堪為明人眼中的明詩代表？即便有選錄詩數多寡之別，這些詩家何以能讓

〔註65〕何宗美即指出：「特別是從茶陵派之後，館臣對明後期文學的描述如果用曲線表示，其圖像顯示的完全是急劇滑落狀態。」何宗美等：《《四庫全書總目》的官學約束與學術缺失》（北京：人民文學出版社，2017年），頁306。

〔註66〕為求行文之便，文中將以「共同詩家」逕稱之。

選家無論選詩立場都依然堅持選入？由共同詩家出發，追索渠等身上呈現出了哪些「共相」，適足以作爲觀照明代詩歌發展的基本要件。其次，根據基本要件，舉詩家爲例，探究作爲選家眼中的明詩代表，其詩名之奠定過程。瞭解在作品的刪選間，這些詩家是如何逐步確立自己的創作成就，有哪些詩作成爲了選本認可的經典範式，堪爲詩家的代表作品。藉以觀察選本所發揮的作用、扮演的關鍵性角色，背後呈顯的明代詩壇風氣。職是，以下茲就明詩名家的確立條件、詩家個案分析兩部分，分別論述之。

至於，那些未能獲得任一選家青睞的詩家，他們的「共同缺席」表示，「明詩」視界的不曾踏入，顯然，作爲「明代詩人」的條件他們難以具足，姑不在討論之列。而曾經在場，爾後又缺席選本間，或者曾經缺席，隨後又在場的詩家，擺放在不同的選本間，興許是選家的編選標準不同，若是成爲一種共同現象，詩家成就的時而重視，時而忽略，所反映出的詩壇風向、突顯著的詩家定位之起浮升降，恰足以作爲探究明人眼中明詩樣貌的生成變化，則爲下一章的討論重心。

一、明詩名家的確立條件

雖說明人選明詩或有不同的選錄傾向，然根據選本編纂的時間後先，逐一核對選本均有收錄之詩家，適可凝聚出選者之共見〔註67〕，即在明詩發展脈絡中，每爲選者所留意之明詩代表，亦本文所謂的明詩名家〔註68〕，總計三十一位。以下依其主要活動時間，整理如

〔註67〕 詩家之核對，以明人選明詩均有選錄爲基本前提，依選本編纂時間由後往前，逐步核對相同詩家，以利掌握詩家在選本中的接受情況。若詩家爲選本編纂者，未收入己詩，不列入未收錄情況，如李攀龍、楊慎。

〔註68〕 蔣寅於〈家數·名家·大家——有關古代詩歌品第的一個考察〉一文，嘗就古代文學批評相關資料，具體探究「名家」、「大家」之實質意涵。本文所述「名家」，則主要強調這些詩家有名於當世，爲明詩選者所重視，故逕稱之「名家」。名稱使用雖非源於明代文學批評術語，然倘依蔣寅所云：「從詩史研究的角度說，則大家與名家的差

表〔註69〕：

表十二：明詩名家之字號、籍貫、仕宦情況簡表

詩　人	字	號	封諡	籍貫	仕宦／遊歷	備註
劉基（1311～1375）	伯溫	黎（犂）眉子	封誠意伯諡文成	栝蒼（青田）（浙江）	御史中丞兼學士追贈太師	
楊基（1330-1378~1385）〔註70〕	孟載			原籍：嘉州（四川）蘇州（江蘇）南直隸	江西省暮賓山西按察使（廉訪使）	吳中四傑
張羽（1333～1385）	來儀			原籍：潯陽（江西）湖州（烏程）（浙江）	郡學訓導翰林侍制太常（史）司（寺）丞	吳中四傑
徐賁（1335～1380）〔註71〕	幼文	北郭		祖籍：毗陵（常州）蘇州（江蘇）	刑部主事廣西參政河南（左）	吳中四傑國初十才子

別又可以引出一個帶有規律性的假說：大家總超越時代，而名家相對來說更代表着時代的特色。」若然，由明詩選家對對代表詩家的重視，這些共同詩家似乎也能稱得上「代表著時代的特色」，堪為明詩「名家」。參見蔣寅：〈家數・名家・大家──有關古代詩歌品第的一個考察〉，《東華漢學》（2012年），第15期，頁177～212。

〔註69〕生卒年主要參照國立中央圖書館：《明人傳記資料索引》（臺北：文史哲出版社，1978年），兼佐譚正璧編：《中國文學家大辭典》（上海：上海書店，1985年）、姜亮夫纂定；陶秋英校：《歷代人物年里碑傳綜表》（臺北：文史哲出版社，1985年）。另外，字號、封諡、籍貫、仕宦係參照論題研究之明人選明詩所附資料。詩家為進士者，姓名後方標有＊及進士入選年。

〔註70〕楊基生卒一般作（1326～？），據今人楊雋考證，應為（1330～1378~1385），參見楊雋：〈楊基生卒年考辨〉，《四川師範學院學報》（哲學社會科學版）（1990年），第2期，頁45～47。

〔註71〕徐賁生卒一般依張習（成化五年（1469）進士）《北郭集後錄》作（1335～1393），據今人陳學霖所考，應為（1335～1380），參見陳學霖：〈《明史・徐賁傳》糾謬〉，收於氏著：《明代人物與傳記》（香港：香港中文大學出版社，1997年），頁57～63。

				南直隸	布政使 廣東布政使 〔註72〕	
高啓（1336～1374）	季迪	青丘（子）（生）		蘇州（吳縣）（江蘇）南直隸	翰林國史編修 戶部侍郎	北郭十友 吳中四傑
浦源（1344～1379）	長源	梅生東海		常州（無錫）（江蘇）南直隸	晉府（引禮）舍人	
林鴻（1344、1345～1411？）〔註73〕	子羽			閩／福清（福建）	將樂儒學訓導 禮部（膳部）員外郎	閩中十才子
王恭（1344～1423？）	安仲（中）	皆山（樵者）		福州（閩）（福建）	文淵閣纂修國史 翰林院典籍	閩中十才子
曾棨*永樂二年（1372～1432）	子啓（棨）		謚襄敏	吉安永豐（江西）	少詹事兼翰林（侍讀）學士	狀元
李夢陽*弘治六年（1472～1529）	天賜獻吉	空同（子）崆峒		關中（慶陽）（甘肅）陝西布政司	江西提學副使	徙居開封（大梁）／弘治十才子
王廷相*弘治十五年（1474～1544）	秉（子）衡	浚川	謚肅敏	儀封（河南）	兵部尚書 左都御史兼司馬 太子太保	
邊貢*弘治九年（1476～1532）	庭（廷）實	華泉		歷城（山東）	（南京）戶部尚書	弘治十才子
顧璘*弘治九年（1476～1545）	華玉	東橋		祖籍：蘇州 南直隸應天（江蘇）	南京籍刑部尚書	江東三才 弘治十才子

〔註72〕據今人陳學霖所考，徐賁行誼多依同郡張習之說，然實則徐未仕有刑部主事、廣西參政之職。參見陳學霖：〈《明史‧徐賁傳》糾謬〉，收於氏著：《明代人物與傳記》（香港：香港中文大學出版社，1997年），頁57～63。今依明人選明詩所錄官職，故仍列二職以誌。

〔註73〕參見蔡瑜〈高棅年譜——附閩中十子事蹟繫年〉，收於氏著：《高棅詩學研究》（臺北：國立臺灣大學出版委員會，1990年），頁233～284。

何景明*弘治十五年（1483～1521）	仲默	大復		信陽（河南）	陝西提學副使	弘治十才子
孫一元（1484～1520）	太初	太白山人		關中／秦中（陝西）陝西布政司	山人嘗游吳越隱於西湖苕溪之間	苕溪五隱
楊慎*正德六年（1488～1559）	用修	升菴（庵）	贈光祿寺少卿	新都（四川）	翰林修撰雲南永昌衞	狀元／楊廷和子
薛蕙*正德九年（1489～1541）	君采	西原		鳳陽亳州（安徽）南直隸	（吏部）考功郎中	
王廷陳*正德十二年（1493～1550）〔註74〕	稚（穉）欽	夢澤		黃岡（湖北）湖廣布政司	翰林庶吉士編修禮科左給事謫裕州守	
謝榛（1495～1575）〔註75〕	茂秦	四溟（山人）		臨清／臨淄（山東）	山人（嘗游燕晉間）	五子七子
喬世寧*嘉靖十七年（？～1563？）〔註76〕	景叔	三石		耀州（陝西）	山西按察使進參政學憲	
唐順之*嘉靖八年（1507～1560）	應德	荊川	諡襄文	常州（武進）（江蘇）南直隸	巡撫右僉都御使	會元
李先芳*嘉靖二十六年（1511～1594）	伯承	北山		山東濮州（今河南）山東布政司	尚寶司少卿	廣五子

〔註74〕王迓淳〈明奉訓大夫河南南陽府裕州知州以吏科給事中致仕前翰林院庶吉士先伯祖考行十府君行狀〉：「府君生弘治六年八月二十二日之寅，卒嘉靖二十九年十二月十六日之辰。享年五十有八。」參見〔明〕王廷陳：《夢澤集》，收於《景印文淵閣四庫全書》（臺北：臺灣商務印書館，1986年），第1272冊，卷23，頁716。

〔註75〕謝榛生卒一般作（1495～1575），據今人李慶立所考，應爲（1499～1579），參見李慶立：〈謝榛生卒年代考辨〉，《文學遺產》（1996年），第6期，頁102～103。

〔註76〕銅川市地情網——古今人物，標有喬世寧生卒（1503～1563），唯未見根據，謹錄於此。

俞允文（1513～1579）	仲蔚		崑山（江蘇）南直隸	山人	廣五子嘉靖五子
李攀龍*嘉靖二十三年（1514～1570）	于鱗	滄溟	山東歷城（今濟南）山東布政司	提學副使河南按察使	七才子嘉靖五子
徐中行*嘉靖二十九年（1517～1578）	子與	龍灣天目	長興（浙江）	福建兵備副使福建按察使江西布政使	後五子
梁有譽*嘉靖二十九年（1519～1554）〔註77〕	公實	蘭汀居士	順德／番禺（廣東）	刑部主事	梁世驃子／七子
吳國倫*嘉靖二十九年（1524～1593）	明可明卿	川樓	湖廣興國（湖北）湖廣布政司	給事中貴州提學副使（按察使）	後七子
宗臣*嘉靖二十九年（1525～1560）	子相	方城	揚州興化（江蘇）南直隸	吏部考功郎中福建提學副使	嘉靖七子前五子
王世貞*嘉靖二十六年（1526～1590）	元美	鳳洲	太倉州（江蘇）南直隸	山西按察廉（副）使太僕寺卿刑部尚書	五子後七子
張佳胤*嘉靖二十九年（1527～1588）	肖甫	崌（居）崍（萊）	銅梁（四川）	都御史兵部尚書加太子少保	嘉靖七子
王世懋*嘉靖三十八年（1536～1588）	敬美	麟洲	太倉州（江蘇）南直隸	禮部員外郎南京太常（寺）少卿	王世貞弟

　　雖說明詩名家之謂，主要來自於詩歌表現的傑出，然而歸納諸詩家的相關資料後，仍然可以發現一些共通點，足以考察詩家聲名之確立過程，探究名家身份取得之優勢條件，如：

〔註77〕梁有譽生卒一般作（1521～1556），據今人陳聖爭所考，應為（1519～1554），參見陳聖爭：〈梁有譽籍貫家世生平考〉，《中國文學研究》（2014年），第2期，頁51～54。

（一）復古風潮的席捲

弘治迄於萬曆中的詩家計有二十二位，已達三分之二以上。顯然，這段期間明詩確實是蓬勃開展著的，在刊刻發達的情況下，詩歌別集、選本數量的增多，讓詩家更有機會獲得注意。這自然是種條件上的優勢，然而，能夠脫穎於詩家輩出、創作鼎盛之際，亦也表示這些詩家身上可能反映著某種詩壇習尚的趨向。諸如二十二位選家中，復古派代表前、後七子即已佔十一位之多，其餘殆為與之往來、同倡，或取法有別，亦趨於復古者，足見復古的風潮幾乎襲捲了整個明朝詩壇〔註78〕。廖可斌以弘治、正德為明朝復古運動第一次的高潮期，嘗指出當時聲勢之盛，有云：

> 總的來看，這一階段中，復古派的影響由京中蔓延到各地，
> 復古派的隊伍也不斷擴大，從而形成了一個全國性的文學
> 運動。……不為復古派所牢籠，或對復古主義持有異議的
> 作家不是沒有，但為數極少，根本無法形成可與復古派相
> 抗衡的力量。一種明確的文學主張，席卷全國，獲得廣大
> 文學家的共同響應，這不僅在明前期文壇上是不曾有過
> 的，而且在整個中國古代文學史上也是沒有先例的。〔註79〕

即使不乏遇有衝擊、歧見，嘉靖中葉隨又繼起了第二次復古運動高潮，並在後七子復古運動發展的第二個階段（嘉靖四十一年（1562）到萬曆五年（1577）），再度達到了「復古派的一統天下」〔註80〕，足見復古運動在明代所佔有的龐大份量。

如以明人選明詩共同詩家之先後收錄情形進行檢視，更可以發現，兩次的復古運動，後七子的繼起，隨著嘉靖、萬曆選本刊印的

〔註78〕本文所指復古派基本上以復古派主要人物──前、後七子為中心，旁及與七子具有實存交游關係，且詩學觀點類近者。關於「復古派」的名義與範圍，可參見陳英傑《明代復古派杜詩學研究》。

〔註79〕廖可斌：《復古派與明代文學思潮》（臺北：文津出版社，1994年），上冊，頁175。

〔註80〕廖可斌：《復古派與明代文學思潮》（臺北：文津出版社，1994年），上冊，頁353。

流行，其復古風潮的即刻湧現，形勢很可能更勝以往。比方徐泰《皇明風雅》成書於嘉靖初，對於成化以後的詩家，但見前七子代表人物——李夢陽、何景明。而詩家活動時間相彷、同為復古陣營之王廷相、邊貢、顧璘，直到嘉靖三十七年，黃佐、黎民表《明音類選》才見選錄。可知，復古派前七子活動於弘治、正德間，然而，渠等影響力的真正發揮，在李、何之外，其餘諸家的詩壇地位，至於嘉靖後期始為顯著。反觀，復古派後七子，撤除代表人物李攀龍《古今詩刪》所選，萬曆初，顧起綸《國雅》、《續國雅》已分別選錄成員作品，此中固有選者對明詩的反省，亟為明詩尋求定位所致，然彼等之盛名實亦不言可喻。

總之，復古派成員在明人選明詩中的出場優勢，無疑回應著復古風潮的盛大，體現著即便選家論見各異，都無法忽略這股影響。或者也可以說，明詩的代表作家每每帶有著復古派的影子，而復古風潮的蔚然湧起，亦往往來自於優秀明詩作家的推動。

（二）地域環境的影響

從明朝行政區域劃分來看，南直隸（江蘇、安徽）文人幾占大宗，共十一人。這樣的現象，基本上符應明人選明詩的刊刻地域分布 [註81]，即明代詩歌的流布、推動大抵由南方或東南方的文人所主導，而尤以明初為顯。廖可斌論及元末文化發展時，曾云：

> 若只就元末而言，則整個文化中心向南傾斜的現象顯得更加突出。在南方各地中，文化事業又相對集中於現在的浙江、江西、江蘇、福建、安徽五地。……文學方面以浙江、江蘇、江西最為重要，福建次之。 [註82]

三十一位代表詩家中，活動於洪武、永樂間的九名詩人，籍貫即集中在江蘇、浙江、福建、江西四地，頗能看出文學重鎮延續之跡。

〔註81〕參見第三章第一節〈官刻與私刻及其地域性〉。
〔註82〕廖可斌：《復古派與明代文學思潮》（臺北：文津出版社，1994 年），上冊，頁 53～54。

其中，浙江、江蘇籍詩人的表現，明顯得到更多的矚目。比方洪武
年間的兩部選本，劉仔肩《雅頌正音》收有劉基、高啓詩；沈巽、
顧祿《皇明詩選》在劉、高之外，更收楊基、張羽、徐賁詩。可知，
吳中地區〔註83〕交通便捷，物產富饒，素號繁榮〔註84〕。元末戰亂
之際，張士誠（1321～1367）據此未多作擾動，攬賢納士〔註85〕，
生活相對安定，於文風之促進，自當有所助益。沈巽、顧祿《皇明
詩選》選有吳中四傑詩歌，詩數均在十首以上，可知四人之詩名當
時已盛。而浙江一帶，無論是元末將領石抹宜孫（？～1360）鎮守
時的力保穩定、禮遇士人〔註86〕，又或方國珍佔據是地，與張士誠
同有的好文攬士之舉〔註87〕，包括入明後，浙東文人（如劉基）多
有靠攏於明太祖政權，憑著政治上的優勢，同樣讓他們容易在詩壇
獲得一定的注意。

〔註83〕廖可斌指出：「當時的吳中地區，以平江（蘇州）爲中心，西及無錫、
　　　　江陰等地，東至松江，以及現屬浙江的嘉興、湖州等地。」廖可斌：《復
　　　　古派與明代文學思潮》（臺北：文津出版社，1994 年），上冊，頁 54。

〔註84〕明初詩家高啓嘗盛讚吳地：〈吳趨行〉詩中即云：「吳中實豪都，勝
　　　　麗古所名。五湖洶巨澤，八門洞高城。飛觀被山起，遊艦沸川橫。
　　　　土物既繁雄，民風亦和平。」〔明〕高啓著；〔清〕金檀輯注；徐
　　　　澄宇、沈北宗校點：《高青丘集》（上海：上海古籍出版社，1985 年），
　　　　上冊，卷 1，頁 5。

〔註85〕如：文徵明〈跋七姬權厝志後〉云：「僞周據吳日，開賓賢館，以致
　　　　天下豪傑。故海內文章技能之士，悉粹於吳。」〔明〕文徵明著；
　　　　周道振輯校：《文徵明集》（上海：上海古籍出版社，2014 年），上冊，
　　　　卷 21，頁 518。

〔註86〕宋濂〈故松陽周府君阡表〉嘗言：「屬元季兵亂，群國繹騷，石抹將
　　　　軍帥師朵鎮括，凡武勇文學之士悉以禮聘而詢其謀猷。」〔明〕宋
　　　　濂著；黃靈庚編輯校點：《宋濂全集》（北京：人民文學出版社，2014
　　　　年），第 3 冊，卷 71，頁 1697。關於石抹宜孫對元末浙東文壇之影
　　　　響，可參見羅海燕：〈契丹人石抹宜孫與元末浙東文壇〉，收於高人
　　　　雄主編：《遼金元文學研究論叢》（北京：中國社會科學出版社，2014
　　　　年），頁 492～503。

〔註87〕錢謙益《列朝詩集小傳・劉左司仁本》：「方氏盛時，招延士大夫，
　　　　折節好文，與中吳爭勝。」〔清〕錢謙益：《列朝詩集小傳》（上海：
　　　　上海古籍出版社，2008 年），上冊，甲前集，頁 44。

　　至於閩中文人，由元入明的代表詩家——林鴻、王恭，有閩中十子之稱〔註88〕，嘉靖後的明人選明詩均有收錄，卻缺席於劉仔肩《雅頌正音》、沈巽、顧祿《皇明詩選》〔註89〕。甚者，共同詩家中，嘗與林鴻交游唱和之吳中（無錫）詩人浦源竟也有相同情形〔註90〕。顯然，這並非出於所處地域，選家不易收錄的問題，況且兩部選本中，仍見有閩中作家，如張以寧（1301～1370）。是以，清・周亮工（1612～1672）《閩小紀》所謂「林子羽，以薦至京師應試，賦龍池春色詩，名動京師。既歸家，從者如雲」〔註91〕，這個「洪武間在福州形成了一個以林鴻爲中心的詩人群體」〔註92〕，實際聲勢達到了什麼樣的程度，在洪武詩壇發揮了多少影響力，也許有待斟酌，尤其在詩家仕宦未顯，作品傳世不廣的情況下〔註93〕。且，即

〔註88〕萬曆初，袁表、馬熒編有《閩中十子詩》，收林鴻、陳亮、高棅、王恭、唐泰、鄭定、王偁、王褒、周玄、黃玄等十人詩。蔡瑜曾指出：「以閩地而言，閩中十才子之說即不見任何同時人的記載。……而『閩中十子』成員確定，並成爲後世批評家的討論對象，恐與袁馬二人的編選『閩中十子詩』有關。」參見氏著：《高棅詩學研究》（臺北：國立臺灣大學出版委員會，1990年），頁33～35。另，關於「閩中十子」名義辨析，可參見陳慶元：《福建文學發展史》（福建：福建教育出版社，1996年），頁290～292。

〔註89〕依林鴻、王恭生卒，劉仔肩《雅頌正音》成書時間，二人年齡均在二十六歲左右，至沈巽、顧祿《皇明詩選》，兩人年紀已是五十餘歲，而兩部選本既錄有在世詩人之作，卻未予收錄林、王之作，顯然兩人缺席，當有其由。

〔註90〕浦源雖處無錫，與吳中詩人高啓有所往來。然與林鴻同仕而識，後入閩與之相唱和，彼此關係更爲密切，後世嘗有浦源以詩謁林鴻之傳聞，亦習視之爲閩詩餘響，如曹學佺《石倉明詩選》選詩、《明史》論詩家，均將浦源附於林鴻之後。關於林鴻與浦源之往來情形，可參見李聖華：《初明詩歌研究》（北京：中華書局，2012年），頁464～468。

〔註91〕〔清〕周亮工：《閩小紀》，收於《叢書集成新編》（臺北：新文豐出版社，1985年），第95冊，下卷，頁217。

〔註92〕何宗美：《文人結社與明代文學的演進》（北京：人民出版社，2011年3月），上冊，頁37。

〔註93〕林鴻、王恭、浦源入明後均任有官職，然皆未盡顯達。除浦源僅爲引禮舍人外，林鴻雖官至禮部，然《明史》嘗謂其「性脫落，不善

如張以寧，元朝已富盛名，入明後任官翰林，頗得太祖恩寵〔註94〕，聲名益顯〔註95〕，容易爲選家所識、所賞。除此之外，兩部選本實未見有其他閩中詩家。比較大的可能是，相對於吳中、浙東，此時的閩詩確實可能未盡昌盛，選家的矚目明顯不足。明‧徐熥（1561～1599）〈晉安風雅序〉述閩詩源流，嘗有「唐代始聞」，歷宋之「稍溺比興」而「元季毋論已」〔註96〕之語，是則，明初閩詩發展的相形受限，未必無由，林鴻、王恭等人的努力，恐怕是在永樂以後始漸發揮成效。錢謙益（1582～1664）《列朝詩集小傳》論閩詩，嘗謂「閩詩一派盛行於永、天之際」〔註97〕，是則，林、王二人之詩

仕，年未四十自免歸。」而王恭，長年隱居山林，《明史》稱：「永樂初，以儒士薦起待詔翰林」，然時年已六十餘歲。另外，在作品流傳上，三人之作品亦未廣布，如成化年間，邵銅刻有林鴻《鳴盛集》，於〈鳴盛集後序〉即嘗云：「惜乎！其詩集所存者，遺編斷簡，字多魯魚亥豕之失。」王恭之著作，《四庫總目提要‧白雲樵唱集》亦謂：「此集及草澤狂歌則皆未仕以前所作，恭沒之後，湮晦不傳，成化癸卯南京戶部尚書黃鎬搜恭遺稿始得此集。」至於浦源，萬曆時人徐（火勃）嘗輯其詩，云「舍人所著詩多軼弗傳。」參見〔清〕張廷玉等：《明史》（臺北：藝文印書館，2010 年，清乾隆武英殿原刊本），第 6 冊，列傳第 174，卷 286，頁 3148。〔明〕林鴻：《鳴盛集》，收於《景印文淵閣四庫全書》（臺北：臺灣商務印書館，1985 年），第 1231 冊，頁 82。〔明〕徐（火勃）：〈浦舍人詩集序〉，見浦源：《浦舍人詩集》，收於《錫山先哲叢刊》（南京：鳳凰出版社，2005 年），第 2 冊，頁 7。

〔註94〕楊榮〈故翰林侍讀學士朝列大夫張公墓碑〉：「每承顧問，多所裨益，賜誥褒諭，恩賚特厚焉。」見〔明〕楊榮：《文敏集》，收於《景印文淵閣四庫全書》（臺北：臺灣商務印書館，1986 年），第 1240 冊，卷 19，頁 297。

〔註95〕左東嶺敘張以寧之聲望，亦也謂：「張以寧在當時的影響決非限於閩地，他死後曾有宋濂、劉三吾等臺閣重臣爲其詩文集作序，後來其鄉人、臺閣重臣楊榮還爲其撰寫了碑文。」左東嶺：〈閩中詩派與主流詩壇關係研究〉，收於氏著：《明代文學思想研究》（北京：商務印書館，2013 年），頁 181。

〔註96〕〔明〕徐熥：《晉安風雅》，收於《四庫全書存目叢書》（臺南：莊嚴文化出版社，1997 年），集部，總集類，第 345 冊，頁 373。

〔註97〕〔清〕錢謙益撰；錢陸燦編：《列朝詩集小傳》（上海：上海古籍出

歌地位，殆在此一風氣之推動、促成下，聲名乃得更趨確立〔註98〕。

此外，江西文人曾棨，生於洪武，卒於宣德，係明初九名共同詩家中，唯一非處於易代之際，係入明以後的第一位詩人，而且還是經過科考選拔，具有進士（狀元）身份者。值得留意的是，曾棨活躍於永樂朝，劉仔肩《雅頌正音》、沈巽、顧祿《皇明詩選》固無選入，而選家另外收錄的江西詩家，如劉崧、劉丞直，在選本中雖佔有著相當大的份量〔註99〕，由嘉靖後的選本來看，渠等獲選的情況卻不及曾棨來得高〔註100〕。換言之，有別於元末明初的江西詩家，曾棨的屢屢入選，明顯帶有著不同的意義。

「元末詩壇，江右爲重鎮」〔註101〕，洪武間選本對江西詩家的收錄，在易代之際，猶有著創作風氣延續的痕跡。劉仔肩爲江西人，《雅頌正音》選錄詩數前十名的詩家，有半數即爲江西詩家，突顯著選家的偏好，也反映出江西詩家的蓬勃創作。沈巽、顧祿爲江蘇人，《皇明詩選》多收吳中詩家，對江西詩人仍不乏重視，如劉崧選錄詩數之高居第二位，表示明初詩壇江西詩家確實佔有一定影響力。

同時，這股影響力的延續，還來自於政治活動上，不同於隨著明太祖對功臣的疑忌，與淮西武力集團（如李善長、胡惟庸等）的鬥爭，浙東文人權力優勢的漸趨示微，江西文士在朝廷處境上的相

版社，2008 年），上冊，乙集，頁 180。

〔註98〕廖虹虹針對閩中詩歌傳統之建構進行討論，亦嘗指出「成化以後，文士、官員逐漸重視明初閩中詩人的詩集和選集」，認爲「閩中文士有選擇性地構建了一個譜系，作爲本派詩歌傳統以對外宣傳」，而林鴻、王恭即在此一譜系之內。相關討論參見廖虹虹：〈明代閩中詩歌傳統的建構方式及其他〉，《南陽師範學院學報》（社會科學版）（2011年，11 月），第 10 卷，第 11 期，頁 83～97。

〔註99〕如劉仔肩《雅頌正音》選有劉丞直詩 18 首，爲詩家之冠；沈巽、顧祿《皇明詩選》選有劉崧詩 36 首，位居詩家。

〔註100〕嘉靖後的選本計有 14 本，曾棨均有入選，劉崧選錄次數爲 11 次，劉丞直則僅有 6 次。

〔註101〕李聖華：《初明詩歌研究》（北京：中華書局，2012 年），頁 152。

對安定〔註102〕。兼以江西士子在科考上的著力，政治地位的獲取，錢謙益之謂：「國初館閣，莫盛于江右，故有『翰林多吉水，朝士半江西』之語」〔註103〕，連帶地讓他們更有機會握有文壇的領導權〔註104〕，進而影響到了臺閣體的創作。何宗美論臺閣文人群體之形成，其中兩類：內閣文臣群體（如：解縉、三楊）、永樂二年（1404）進士選入文淵閣就讀二十九人（曾棨位列其中），江西文人即為主要組成，並指出江西文人的政治優勢，「牢固地確立了江西文人在臺閣文學中的統治地位。」〔註105〕是則，曾棨之躋身其間，不惟自元末以來江西詩家成就的展現，亦反映出了洪武至永樂間的文壇變化——臺閣體的興起，包括相較於臺閣文學領袖——楊士奇，更為往後明人選明詩所重的詩歌地位〔註106〕。如徐泰《詩談》論曾棨詩，即嘗云：「吉安曾棨，天馬行空，不可控御，同郡作者莫之與敵」〔註107〕，殆為選家對曾棨詩風的亟大肯定。

〔註102〕關於江西文人與明初詩文關係，包括詩壇上的崛起，與臺閣體間之關係，參見廖可斌：《復古派與明代文學思潮》（臺北：文津出版社，1994 年），上冊，頁 91～105；唐朝暉、歐陽光：〈江西文人群與明初詩文格局〉，《學術研究》（2005 年），第 4 期，頁 141～145。

〔註103〕〔清〕錢謙益撰；錢陸燦編：《列朝詩集小傳》（上海：上海古籍出版社，2008 年），上冊，乙集，頁 172。

〔註104〕廖可斌曾經指出：「永樂以後，文壇的領導權再次發生轉移，又落到了江西派文人手中」廖可斌：《復古派與明代文學思潮》（臺北：文津出版社，1994 年），上冊，頁 91。

〔註105〕相關討論參照何宗美：《文人結社與明代文學的演進》（北京：人民出版社，2011 年 3 月），上冊，頁 100～106。另外，針對江西文人與臺閣體的密切聯繫，廖可斌亦嘗發出：「在很大程度上，臺閣派就是江西派，臺閣體就是『江西體』」之語，見氏著：《復古派與明代文學思潮》（臺北：文津出版社，1994 年），上冊，頁 97。

〔註106〕此處所謂的「為往後明詩選本所重」，指的是曾棨在選本中的入選次數多於楊士奇。也就是說，對於明人而言，曾棨之作可能並不亞於楊士奇，或者他們對曾棨的肯定，其實更在於臺閣詩文之外。

〔註107〕徐泰：《詩談》（清道光辛卯（11 年）六安晁氏活字印本），頁 4。

（三）仕進身份的推進

不同於元末明初詩壇，大抵展現在地域文人的興替上。在曾棨之後，共同詩家所屬地域相對分散，入明後的二十三名詩家，主要的共通點已爲幾乎具有之進士身份，計有二十位，比例極高，顯示明代進士在詩壇上握有的優先主導性。

早先，明代官員主要爲徵辟薦舉身份。永樂以後，隨著科舉考試選拔的人才越來越多，他們不僅構成了明代官僚階層的主體〔註108〕，亦成爲了明代詩歌的推動者。換言之，科考未嘗眞正阻斷了明人對詩歌的創作、詩藝的追求。甚者，唯有他們通過了科舉的考驗，進入官場，才更有可能奠定、強化自己在詩壇上的地位，進一步主導明代詩歌的發展。特別是科舉登第後，透過同年進士的關係、仕宦同僚間的結社往來，更有以壯大其聲勢。

弘治、嘉靖間，復古派（前、後七子）的結社唱和，某一種程度上即有著渠等登進士第，躋身翰林、六部郎署的促成。如李夢陽，弘治六年（1493）進士，弘治十一年（1498年）任戶部主事。其〈朝正倡和詩跋〉嘗發「詩倡和，莫盛於弘治」〔註109〕之語，更敍述承

〔註108〕 廖可斌指出：「永樂以後，由元末而來主要通過薦舉徵辟進入仕途的人才或死或老，本朝科舉考試選拔的人才逐漸成爲官僚階層的主體。」廖可斌：《復古派與明代文學思潮》（臺北：文津出版社，1994年），上冊，頁92。

〔註109〕 李夢陽〈朝正倡和詩跋〉云：「詩倡和，莫盛于弘治。……余時承乏郎署，所與倡和，則揚州儲靜夫（儲罐）、趙叔鳴，無錫錢世恩（錢榮）、陳嘉言（陳策）、秦國聲（秦金）、太原喬希夫（喬宇）、宜興杭氏兄弟（杭濟、杭淮）、郴李貽教（李永敷）、何子元（何孟春）、慈谿楊名父（楊子器），餘姚王伯安（王陽明），濟南邊庭實（邊貢）：其後，又有丹陽殷文濟（殷鏊）、蘇州都玄敬（都穆）、徐昌穀（徐禎卿），信陽何仲默（何景明）：其在南都則顧華玉（顧璘）、朱升之（朱應登）其尤也。諸在翰林者，以人多不敍。」文中雖未提及王廷相，然何、王兩人同爲弘治十五年進士，時李夢陽任職戶部，王廷相入爲翰林庶吉士，則李夢陽所指諸在翰林者，王廷相當在其列。〔明〕李夢陽：《空同集》，收於《景印文淵閣四庫全書》（臺北：臺灣商務印書館，1985年），第1262冊，卷59，頁543～544。關於李夢陽〈朝正倡和詩跋〉所述復古派陣營相關人物

乏郎署時，所與倡和者。先後舉爲進士，復古派代表人物邊貢、顧璘、何景明、王廷相等俱在其列。

又，王世貞，嘉靖二十六年（1547）進士，初隸事大理寺，後授刑部主事。在同年李先芳的引介下，結識刑部同僚李攀龍〔註 110〕，兩人定交。爾後，王、李與嘉靖二十九年（1550）進士吳國倫、梁有譽、徐中行、宗臣、張佳胤等相繼與游、結社，有五子、後五子之名〔註 111〕，其中，梁、徐、宗三人皆嘗授官刑部，進以推動了刑部文學之發展〔註 112〕。

甚至，撇開流派、文學主張異同的問題，詩家彼此間的往來、唱和，也都在成爲進士後有了開展。如楊愼，正德六年（1511）進士。與復古派前七子何景明的詩文往來，主要見於〈無題〉，詩下注有「丁丑歲同何仲默、張愈光（含）、陶良伯（驥）作追錄于此。」〔註 113〕

考論，參見何宗美：《文人結社與明代文學的演進》（北京：人民出版社，2011 年 3 月），上冊，頁 211～223。

〔註 110〕　王世貞《弇州四部稿・藝苑巵言七》：「而伯承（李先芳）者，前已通余於于鱗，又時時爲余言于鱗也，久之，始定交。」〔明〕王世貞：《藝苑巵言》，收於《景印文淵閣四庫全書》（臺北：臺灣商務印書館，1985 年），第 1281 冊，卷 150，頁 428。另，鄭利華，考王世貞與李攀龍結識之年，以爲當在嘉靖二十七年授刑部主事後至隔年秋間。參見鄭利華：《王世貞年譜》（上海：復旦大學出版社，1993 年），頁 51。

〔註 111〕　王世貞作〈五子篇〉、〈後五子篇〉，其中五子爲李攀龍、徐中行、梁有譽、吳國倫、宗臣，而張佳胤則後五子之一。參見〔明〕王世貞：《弇州四部稿》，收於《景印文淵閣四庫全書》（臺北：臺灣商務印書館，1986 年），第 1279 冊，卷 14，頁 172～173。

〔註 112〕　關於後七子復古派的結社過程、多有任職刑部之情形，乃至於刑部文學的推動，學者多有論及，參見廖可斌：《復古派與明代文學思潮》（臺北：文津出版社，1994 年），上冊，頁 331～354、何宗美：《文人結社與明代文學的演進》（北京：人民出版社，2011 年 3 月），上冊，頁 289～294。另外，針對刑部文學傳統的發展過程，參見葉曄：《明代中央文官制度與文學》（杭州：浙江大學出版社，2011 年），頁 246～253。

〔註 113〕　參見〔明〕楊愼：《升庵集》，收於《景印文淵閣四庫全書》（臺北：臺灣商務印書館，1986 年），第 1270 冊，卷 30，頁 221。

丁丑歲乃正德十二年（1517），時楊慎供職翰林，何景明由中書舍人陞吏部驗封員外郎。而薛蕙於正德八年（1513）入京，結識何景明〔註114〕，隔年春登進士第，尋以病歸，至十一年復回京師，授刑部福建司主事，始與楊慎交。據楊慎〈螢詩〉：「何仲默枕籍杜詩，不觀餘家，……。與予及薛君采言及六朝初唐，始恍然自失」〔註115〕，可知楊、何、薛三人嘗相與論詩，據三人在京的時間推算，則係正德十一、二年間。

又如唐順之，嘉靖八年（1529）進士。他與同為唐宋派代表的王慎中於嘉靖十一年（1532）結識，遂為知交〔註116〕。其後兩人咸官京師，與同登進士之李開先（1502～1568）、趙時春（1509～1567）、陳束（1508～1540）等六人，詩文唱和，有八才子之名〔註117〕。昔王慎中任職南京時，嘗與復古派顧璘交〔註118〕，在他的推薦下，唐

〔註114〕〔明〕王廷〈吏部考功郎中西原薛先生行狀〉：「正德癸酉（八年），嶺南畿鄉薦偕計入京，時仲默猶為中書舍人，即乘夜造之，雅相欽挹，遂成莫逆之交。」〔明〕薛蕙：《考功集》，收於《景印文淵閣四庫全書》（臺北：臺灣商務印書館，1986 年），第 1272 冊，附錄，頁 123。

〔註115〕參見〔明〕楊慎：《升庵集》，收於《景印文淵閣四庫全書》（臺北：臺灣商務印書館，1986 年），第 1270 冊，卷 57，頁 517。

〔註116〕唐順之〈答王南江提學〉：「僕自入官，得請見於當世士大夫，蓋三年而後見兄，一見則駭然異之，而兄亦過以僕為知己。」由唐順之為嘉靖八年進士，授兵部，可推知唐順之、王慎中結交應於嘉靖十一年。〔明〕唐順之：《荊川先生文集》，收於《四部叢刊正編》（臺北：臺灣商務印書館，1979 年），第 76 冊，卷 5，頁 81。

〔註117〕唐鼎元編：《明唐荊川先生年譜》：「（嘉靖十二年）時高叔嗣、王慎中、華察、孟洋、江以達、曾汴、屠應埈、陳束、任瀚、熊過、李開先、皇甫氏涍、汸諸名士咸官京師，……時以公與王、陳、任、熊、李及趙時春、呂江峰高為八才子。」唐鼎元編：《明唐荊川先生年譜》，收於《北京圖書館藏珍本年譜叢刊》（北京：北京圖書館出版社，1999 年），第 47 冊，卷 1，頁 465。

〔註118〕王慎中〈雙溪杭公詩集序〉：「予自毗陵入為留都戶部員外郎，持謁通於顧公，一見而驩。」見〔明〕王慎中《遵巖先生文集》，收於《北京圖書館古籍珍本叢刊》（北京：書目文獻出版社，1988 年），第 105 冊，卷 14，頁 728。

順之與顧璘有了往來。嘉靖十七年，唐順之作〈答顧東橋少宰〉即有「作載酒亭一詩用致嚮往之懷」〔註119〕語。另外，由唐順之〈吏部郎中薛西原墓志銘〉之云：「曩先生嘗寓書于余，叩以致虛極，守靜篤，與未發之中其旨同異。」〔註120〕可知，他與薛蕙也曾有過接觸，雖未有足夠證據瞭解兩人的結識情形，但從薛蕙晚年之致力於《老子》的詮釋，他與唐順之的往來（至少在《老子》義理上的討論），很可能是在唐順之登進士第後的事〔註121〕。

　　綜合以上，顯示進士身份似乎不只是仕途青雲有望，亦是文人在詩壇中，有以結交詩友，擴大詩名、表述詩見的叩門磚。

　　至若山人，如孫一元、謝榛、俞允文輩，當他們失意、無意於仕進，既以詩歌自娛，彼此志趣相投，結社唱和，或藉以謀求聲名，乃至依附影響性大的詩社團體〔註122〕，與縉紳名流間，亦每每有所

〔註119〕　唐順之〈答顧東橋少宰〉：「竊不自知所以先容於左右者，開函讀之，乃知以陳（束）、王（慎中）二友之故，明公過信而不疑耳，是二友無乃私於所好，故忘其醜而飾成其所長。……前辱雄文垂示，此明公所以誘誨僕者至深也。謹拜教，草草作載酒亭一詩用致嚮往之懷。」〔明〕唐順之：《唐荊川先生集》，收於《叢書集成‧續編》（臺北：新文豐出版公司，1989年），第144冊，卷5，頁266。

〔註120〕　〔明〕唐順之：《唐荊川先生集》，收於《叢書集成‧續編》（臺北：新文豐出版公司，1989年），第144冊，卷15，頁385。

〔註121〕　文徵明〈吏部郎中西原先生薛君墓碑銘〉有云：「晚歲自謂有得於老聃玄默之旨，因註《老子》以自見。」又，薛蕙《老子集解‧序》謂：「嘉靖庚寅，予爲老子集解。其後屢有修改，丙申之冬，復加刪定。」可知薛蕙致力於《老子》的詮釋係嘉靖九年（1530）臥居在鄉以後，而唐順之爲嘉靖八年（1529）進士，是則，兩人的書信往來、學問討論，應已是在唐順之登第後的事。參見〔明〕薛蕙：《考功集》，收於《景印文淵閣四庫全書》（臺北：臺灣商務印書館，1986年），第1272冊，附錄，頁128～129。〔明〕薛蕙：《老子集解》，收於《叢書集成‧簡編》（臺北：臺灣商務印書館，1965年），第34冊，頁1。

〔註122〕　黃卓越有云：「正嘉間山人幾乎都有嗜詩的癖好，將寫詩作爲自己的一種特長技藝，以此自娛，或借此爭得社會聲譽。」張德建論嘉靖、萬曆間山人結社活動，則進一步提到：「當時大多數山人都依附於有影響性的詩社或流派。」參見黃卓越：《明永樂至嘉靖初詩文觀研究》（北京：北京師範大學出版社，2001年），頁227。張德建：《明代

往來。謝榛《詩家直說》即云：「嘉靖壬子（1552）春，予游都下，比部李于鱗、王元美、徐子與、梁公實、考功宗子相諸君延入詩社」〔註123〕；王世貞〈俞仲蔚先生集序〉亦嘗謂：「余以詩定俞先生交，而所善吳興徐子與（徐中行）來，子與於游道廣，天下自是慕說俞先生。」〔註124〕即如李夢陽之於孫一元，雖發「予竟莫知其何人」之嘆，也謂「山人亦時時詩寄來」〔註125〕。吳國倫〈蓼蓼集序〉更嘗云：「今天下布衣之士能言詩者不少矣，乃獨弘、嘉間孫（一元）、謝（榛）二子詩最近古，又率附當時諸名公以傳，遂得賈重一時，爲後進生地。微諸名公，天下且不知有布衣也，何論詩工拙哉！」〔註126〕可見，山人在詩壇上的地位，或多或少在與仕宦名公間的往來中得到了推進。就孫、謝、俞三人而言，尤其明顯的是與前、後七子復古派成員的聯繫。

若然，詩人聲名的建立，隱然扣合的仍是「仕進」。入明後的共同詩家，不僅沒有未曾登第即已選錄的情況。縱爲山人身份，與縉紳名流間的往來，交游圈適足以壯大其詩名，特別是由前、後七子復古派帶動的影響力。凡此種種由萬曆以後明人選明詩以觀，實皆得到了印證。

二、明詩名家的詩名奠定——以劉基、謝榛、唐順之爲例

藉由觀察明人選明詩所收三十一位明詩名家的各體詩作及其數

山人文學研究》（長沙：湖南人民出版社，2005年），頁153～154。

〔註123〕 〔明〕謝榛著：李慶立、孫愼之箋注：《詩家直說箋注》（山東：齊魯書社，1987年），卷4，頁429。

〔註124〕 〔明〕王世貞：《弇州續稿》，收於《景印文淵閣四庫全書》（臺北：臺灣商務印書館，1986年），第1282冊，卷44，頁587。

〔註125〕 〔明〕李夢陽：《空同集》，收於《景印文淵閣四庫全書》（臺北：臺灣商務印書館，1986年），第1262冊，卷58，頁527。

〔註126〕 〔明〕俞安期：《蓼蓼集》，收於《四庫全書存目叢書》（臺南：莊嚴文化出版社，1997年），第143冊，頁3。

量〔註127〕，從明初以迄萬曆中葉的這些共同詩家，在選本中獲得矚目的創作表現、詩壇地位之奠定，大致能掌握一些初步輪廓。爲了進一步聚焦詩家詩名之奠定過程，以下延續前述明詩名家之確立條件——地域環境、復古風潮、仕進身份，分舉浙東詩家劉基、復古派謝榛、嘉靖進士唐順之爲例，考量劉基係三十一名共同詩家中，各體詩歌係選錄情況（入選次數）最爲平均者；復古派詩家中，尤以謝榛排律最擅者；在復古風潮下，唐順之雖非復古派，仍在明人選明詩中取得一定重視——顧起綸《國雅》選錄詩數以唐順之爲冠。茲以三人爲代表，探究選本所以推動詩家詩壇成就、詩作有以成爲經典範式的過程，及其背後體現的明詩發展風貌。

（一）一代風雅之冠：劉基

如果嘗試就三十一位明詩名家的選錄作品進行統整，觀察在選本中的入選次數，將會發現多數詩家都有一特別突出的詩體創作作品〔註128〕。比方楊基，十五部選本中，計有十三部選有五律〈登岳陽樓〉（春色），其餘體裁詩作，入選次數頂多八次；又或吳國倫，十部選本中，計有七部選有七律〈黃鶴樓〉（黃鶴），其餘體裁詩作，入選次數最多四次。換言之，這些作品基本上可以說是詩人的最佳代表作，選家眼中的經典範式，足以爲詩人取得一定的詩歌成就，暗示詩人堪爲此一詩體的創作能手。畢竟，要兼擅眾體並不容易，詩人能某一體裁上獲得多數青睞已是難得。然而，尤可留意的是，相較於其它共同詩家，撇除詩人一般較少創作的排律，劉基在其它詩體的代表作品上幾乎都有一定的入選次數，且作品入選次數差距不大。顯示劉基在各詩體上的創作，已取得多數明詩選家的認同，對於代表作品也有著相當的共識。那麼，對明詩選家而言，劉基的詩壇地位，作爲明初詩歌之開創者，儼然蘊含著劉基所以兼備眾體，

〔註127〕　參見附錄三：〈明人選明詩之名家詩作收錄一覽〉，頁 12～288、附錄四：〈明詩名家之選本收錄詩數綜合統計表〉，頁 289～294。
〔註128〕　參見附錄五：〈明詩名家各體詩入選名作一覽〉，頁 295～301。

詩作堪爲範式的代表性意義。

　　事實上，從明初詩家僅有劉基、高啓獲得十六部選本收錄，兩人的高入選率，已能看出劉、高在明初詩壇的地位。恰如王世貞以爲明興詩壇，「大約立赤幟者二家而已」，有云：「才情之美，無過季迪；聲氣之雄，次及伯溫」〔註 129〕。即便多數時候，明人對高啓的關注度明顯更勝劉基，呂立漢嘗稱：

> 明代對國初詩家之評論當於弘治年間漸起，此後則屢見於諸家詩選及詩文評論中。在前期的評論中，我們很少見有對劉基詩作的稱許。倒是對高啓之詩歌地位已推到極至。……將劉、高相提并論當自王世貞始，……此論一出，當時及嗣後的詩家皆以爲劉、高兩家在伯仲之間。然傾向還是有的，即更爲推崇高啓。〔註 130〕

從明人選明詩觀察劉、高詩歌之收錄，高啓的入選詩數也確實每每多於劉基，符合明人總體傾向上對高啓的推崇。然而，若由兩人選錄比例以觀，從明初至萬曆中，劉基詩歌在選本中的份量實有逐步增加的趨勢〔註 131〕，萬曆年間李攀龍《古今詩刪》、李騰鵬《皇明詩統》選錄劉基詩歌更一度勝於高啓。可見，劉基的詩歌成就、詩壇定位已有了一些轉變。對應王世貞稱美國初詩家，所以並舉劉基、

〔註 129〕　〔明〕王世貞：《藝苑巵言》，收於《景印文淵閣四庫全書》（臺北：臺灣商務印書館，1986 年），第 1281 冊，卷 148，頁 393。

〔註 130〕　呂立漢：〈論劉基詩歌的歷史地位及其影響——兼論劉基、高啓詩歌成就之高低〉，《麗水學院學報》（2011 年 2 月），第 33 卷，第 1 期，頁 43。

〔註 131〕　就選本入選詩數來看，劉基詩數雖大多不及高啓，然選錄比例（劉基/高啓）上，從洪武迄至萬曆中，兩人的差距實已逐漸拉近，顯示劉基詩歌在選本中的份量已經有所提昇，如下表：

	雅頌正音	沈巽、顧祿皇明詩選	皇明風雅	皇明詩抄	明音類選	古今詩刪	國雅	盧純學明詩正聲	皇明詩統
劉基（詩數）	3	3	41	10	49	27	13	34	69
高啓（詩數）	8	42	75	22	67	22	53	49	60
劉基/高啓	0.38	0.07	0.55	0.45	0.73	1.23	0.25	0.69	1.15

高啓，乃至爾後詩家視兩家爲伯仲，顯然，從明人選明詩中已能得見端倪。

　　早先，洪武間選本——劉仔肩《雅頌正音》、沈巽、顧祿《皇明詩選》雖選有劉基詩，但選家的關注度明顯更在其他。比方《雅頌正音》著眼江西詩人劉丞直、沈巽、顧祿《皇明詩選》則首推吳中詩人高啓。唯以「劉基是浙東詩派中以詩歌創作爲主體的少數作家之一，因而也就理所當然地成爲此一流派的代表人物」〔註132〕，憑藉著洪武間劉基曾有的政治聲勢、地位〔註133〕，選家理應有所留意，何致所選僅有三首？顯見，對當時選家而言，劉基的詩歌並不全然符合他們的編選要求。此中，除了劉基「並非將作詩視爲其人生頭等大事，而是熱衷於仕途進取」〔註134〕，所可能導致的政治表現相對耀目，掩蓋了文學上的成就外。劉仔肩《雅頌正音》由其選集命名，可以發現劉仔肩企圖綰合明初詩歌與古之雅、頌，藉以表彰當代的用心。宋濂序之，亦稱「世之治，聲之和也」，以爲是集之作乃人聲之和的宣達。而沈巽、顧祿《皇明詩選》，曹孔章爲序，嘗謂：「天於是時必生溫厚和平善鳴之士，以鳴國象之盛，而非怨嘆感憤�不平之鳴也」，肯定沈巽「鑒藻之精」，所選有以「昭示國象文明之盛」、「繼雅頌之遺。」（頁3）可知，兩部選本纂於明初，帶有著國家承平之際，對詩道昌隆的頌美與詩風溫厚平和的期待。

　　然而，入明之後，劉基寫出的詩，錢謙益以爲乃是「悲窮嘆老，咨嗟幽憂」〔註135〕。即使是元季之作，由他對詩歌抒發沉鬱的強調，

〔註132〕　左東嶺：〈論劉基詩學思想的演變〉，收於氏著：《明代文學思想研究》（北京：商務印書館，2013年），頁131。
〔註133〕　〔明〕羅汝敬（1372～1439）有云：「先生諱基，始以文學上謁於金陵，知我聖祖之克典神天也，即委心聽命，遂成鼎定功。累官太史令兼太子贊善大夫，歷御史中丞，遷弘文館學士，卒拜誠意伯。蓋匹休伊呂者，幾二十年。」〔明〕羅汝敬：〈覆瓿集序〉，見〔明〕劉基著：林家驪點校《劉基集》（杭州：浙江古籍出版社，1999年），頁679。
〔註134〕　左東嶺：〈論劉基詩學思想的演變〉，收於氏著：《明代文學思想研究》（北京：商務印書館，2013年），頁134。
〔註135〕　〔清〕錢謙益：《列朝詩集小傳》（上海：上海古籍出版社，2008

云：「若其發而為歌詩，流而為詠嘆，則必其所有沉埋抑挫，鬱不得展。故假是以攄其懷，豈得已哉」〔註136〕；對詩歌美刺諷諫的著意，謂：「予聞國風、雅頌，詩之體也，而美刺、風戒，則為作詩者之意。」〔註137〕對照當時處境，先是不為朝廷所重，「沉淪下僚」，所以「哀時憤世」，乃至旋而起用，效忠盡心，「作為歌詩，魁壘頓挫」〔註138〕。誠如左東嶺所云：

> 由於此一時期劉基旋仕旋隱的複雜人生經歷，遂導致其詩
> 歌創作體貌的多樣性，同時也構成了其詩學思想的複雜內
> 涵。首先是儒家詩教的觀念依然為其思想的主線，但更突
> 出了情感抒發的直接與濃郁，更強調了對現實的諷刺強度
> 與不加掩飾。〔註139〕

是則，即便引領明初詩壇，佔有一席之地，在詩歌創作取向與選本編纂目的難有相應的情況下，劉基詩歌在明初選本——《雅頌正音》、《皇明詩選》所以未見大量選錄，重視程度有限，也就不令人意外。

又，洪武時期，兩部選本對劉基詩歌的選錄，但停留在七古作品——約作於洪武元年至二年間〔註140〕，〈有懷龍門先生謾書奉寄以寫別懷〉（寄宋景濂）三首，屬遊仙題材。至嘉靖間選本乃有見劉基各類詩體的創作，唯獨仍以七古創作選錄最多。倘若以萬曆以前明人選明詩對古體詩的選錄多有偏重七古來看〔註141〕，或許可

<hr />

〔註136〕 劉基：〈唱和集序〉，見〔明〕劉基著；林家驪點校《劉基集》（杭州：浙江古籍出版社，1999年），頁91。

〔註137〕 劉基：〈書紹興府達魯花赤九十子陽德政詩後〉，見〔明〕劉基著；林家驪點校《劉基集》（杭州：浙江古籍出版社，1999年），頁137。

〔註138〕 〔清〕錢謙益：《列朝詩集小傳》（上海：上海古籍出版社，2008年），上冊，甲前集，頁13。

〔註139〕 左東嶺：〈論劉基詩學思想的演變〉，收於氏著：《明代文學思想研究》（北京：商務印書館，2013年），頁142。

〔註140〕 見呂立漢：〈劉基詩文繫年質疑〉，《溫州師範學院學報》（哲學社會科學版）（2000年10月），第21卷，第5期，頁17。

〔註141〕 萬曆以前分體選詩的選本，四部中計有兩部選錄古詩以七古為多。

（上接頁碼）年），上冊，甲前集，頁13。

以得到一些解釋。但是，就劉基的創作情況，七古的創作量其實遠低於五古、七言律、絕〔註142〕。可見，不只是出於對體裁的偏重，劉基的七古創作顯然符合了明詩選家（尤其萬曆以前）的期待。呂立漢曾經指出：

> 劉基的七古與歌行，這兩類詩歌於劉詩中雖不占很大比例，卻十分醒目，其境界之雄奇、氣勢之充沛、詞采之華贍，皆足見其深受韓愈詩風的浸染，從而形成迴異於五言古詩那種沉鬱悲涼的風格特徵。〔註143〕

以〈有懷龍門先生謾書奉寄以寫別懷〉（寄宋景濂）三首〔註144〕觀之：

> 有美一人兮美且仁，自我不見兮不知幾春。仰玄穹兮睇參辰，爲合爲離兮孰測其因？青冥無階兮江海無津，風雨茫茫兮蛟龍怒瞋。安得羽翼兮致我與鄰！

> 有美一人兮美且都，青霞爲衣兮白雲爲裾。被秋蘭兮佩珣玗，泰和與遊兮中黃與居。瞻望弗及兮芳歲其徂，山高水深兮道阻且紆。安得羽翼兮致我與俱。

> 有美一人兮在山中，蒼眉黑鬢兮玉雪其容。飲沆瀣兮食紫虹，澡石泉兮灑清風。邀初平兮從赤松，超逍遙兮樂無窮。安得羽翼兮致我與同！

全詩總敘思慕美人，有意尋訪，以共享逍遙。即便取材遊仙未必相應明初選本昭示文治的用心，詩歌呈現的瑰奇色彩，如思慕美人之

倘以共同詩家選錄情況來看，五部選本中偏重七古的現象更增爲四部。可見，萬曆以前，明詩選本選錄七古風氣實盛。

〔註142〕劉基現存作品中（不含古樂府），五古 336 首、七古（含歌行）99 首、五律 47 首、七律 239 首、五絕 17 首、六絕 3 首、七絕 231 首。數據參見左東嶺主編：《中國詩歌通史·明代卷》（北京：人民文學出版社，2012 年），頁 155、162～163。

〔註143〕呂立漢：〈劉基詩歌的表現手法和風格特徵——劉基詩歌藝術研究之一〉，收於廖可斌主編：《2006 明代文學論集》（杭州：浙江大學出版社，2007 年），頁 30。

〔註144〕〔明〕劉基著：林家驪點校《劉基集》（杭州：浙江古籍出版社，1999 年），頁 284。

以「青霞爲衣兮白雲爲裾」、「飲沆瀣兮食紫虹」；描述險絕景象，
如「青冥無階溪江海無津，風雨茫茫兮蛟龍怒嗔」，乃至期望「超
逍遙兮樂無窮」，寄寓詩中，「詩人企圖保持自身的一種獨立人格」
〔註 145〕。儼然吸引著選家的目光，不只明初選本予以選錄，嘉靖
間徐泰《皇明風雅》、黃佐、黎民表《明音類選》，以及萬曆中李騰
鵬《皇明詩統》同樣選有是作，足見選家對劉基此類作品風格的青
睞。

　　嘉靖初，徐泰《皇明風雅》開始將選錄重心延伸到劉基五古、
五、七言絕句表現上。其詩話論著《詩談》開篇首提劉基，以爲「青
田劉伯溫鈞天廣樂，聲容不凡。開國宗公不在茲乎！獨元季之作，
詞多感慨。」〔註 146〕他從「聲容不凡」的角度，肯定了劉基作爲
開國宗公的代表性地位。以選詩上對劉基五、七言律作的少有選
錄，徐泰著眼的應當不在詩歌聲律〔註 147〕。在元季感慨之作外，
劉基詩歌的另有開創，顯然才是他想強調的。在入選的八首五古作
品中，劉基入明之作〈旅興〉即佔有四首。左東嶺論〈旅興〉特點，
嘗指出：

> 劉基的〈旅興〉詩不是刻意的詩藝追求，而是心緒的自然
> 流露，也就有了渾樸自然的風格特徵。這是一種於平淡中
> 寄深邃的五古體貌，既不同於長篇五古的敘事眞切，也不
> 同於元末五古沉鬱頓挫的深沉渾厚。〔註 148〕

〔註 145〕　呂立漢：〈劉基詩歌的表現手法和風格特徵──劉基詩歌藝術研究
　　　　　　之一〉，收於《2006 明代文學論集》（杭州：浙江大學出版社，2007
　　　　　　年），頁 38。
〔註 146〕　徐泰：《詩談》（清道光辛卯（11 年）六安晁氏活字印本），頁 1。
〔註 147〕　或有論者認爲「聲容不凡」乃是徐泰從詩歌聲律上對劉基作品的品
　　　　　　評，如徐衛稱：「徐泰云：『青田劉伯溫，鈞天廣樂，聲容不凡，開
　　　　　　國宗主，不在茲乎？獨元季之作，詞多慷慨。』徐泰對劉基的評價，
　　　　　　亦是先從聲調方面入手，認爲其詩歌的聲律『鈞天廣樂，聲容不
　　　　　　凡』。」見徐衛：《徐泰《皇明風雅》及其詩學理論研究》，（上海：
　　　　　　上海師範大學碩士論文，2012 年），頁 31。
〔註 148〕　左東嶺主編：《中國詩歌通史‧明代卷》（北京：人民文學出版社，

不難發現，選家所收，無論是七古〈有懷龍門先生謾書奉寄以寫別懷〉（寄宋景濂）、五古〈旅興〉，風格皆已別於劉基元末之作的沉鬱悲涼。包含《皇明風雅》所收劉基五、七言絕，近半為古樂府，或敘親情〈懊儂歌〉、閨思〈玉階怨〉、〈秋思〉、〈長門怨〉，情調含蓄委婉；或詠江南民情〈采蓮曲〉、〈江南曲〉等，風格活潑清新。縱作於元末，徐泰所選仍不在於寄寓深沉幽憤，「魁壘頓挫」的作品。甚至七律僅錄一首，係為應制之作——〈侍宴鍾山應制時蘭州方奏捷〉，而非大多時候劉基七律所以感時述事，或「慷慨悲涼」，或「低沉哀婉」之作〔註149〕。足見，徐泰所謂的「聲容不凡」，著墨的不是劉基詩作情感激昂下的深沉悲憤，而是入明之後，有以轉出憤懣，情致渾厚、委婉的詩風表現。他所以刻意擺落那些「詞多感慨」作品，或許是因為他對《皇明風雅》仍帶有著選錄「盛世之音」〔註150〕的期待。但當他嘗試觀照劉基各種體類的詩作，從詩歌的內涵、風格，重新去界定劉基在詩壇上的地位時，事實上已走出了劉基作為明初功臣身份的創作認識，功業得以不掩詩文，宣示著劉基確能憑藉其詩歌（即便是入明之作），成為明代詩壇的開國宗工，在明代的詩歌發展史上佔有一席之地。爾後，明詩選家對劉基詩歌雖各有所錄，然已能留意到不同詩體的創作表現，徐泰《皇明風雅》在劉詩選錄上新視野的開拓，可謂是一開端。

　　萬曆初，李攀龍《古今詩刪》選錄劉基各體詩作的數量差距縮小，不再將重心擺放在七古，劉基各體詩的代表作品（選本入選次

　　　　2012 年），頁 162。
〔註149〕左東嶺指出：「劉基的七律更多還是感時述事的有為之作，只是元末與明初的作品在格調上有較為明顯的區別。其元末詩作接近於杜甫的七律，具有慷慨悲涼、沉鬱頓挫的體貌。……然而入明之後，此種骨力蒼勁的詩作便再也難見蹤影，取而代之的是淒涼感傷、低沉哀婉的吟唱。」左東嶺主編：《中國詩歌通史・明代卷》（北京：人民文學出版社，2012 年），頁 163～164。
〔註150〕徐泰〈皇明風雅題辭〉：「曰：《大明風雅》蜀人蕭方伯儼亦既梓矣。曰：吾固見之矣。襲其名無所嫌乎？曰：盛世之音又何嫌乎？其同也，備一代而名之，可也。」（頁 1）

數最多），亦均見收錄。總計選有劉基詩二十七首，爲明初詩家第一，勝於高啓二十二首，有別此前選本多半以高啓爲重的情形。是知，李攀龍《古今詩刪》對劉基詩歌的成就認定具有著指標性的作用，明顯將其詩壇定位帶向了另一高峰。

　　值得留意的是，「劉基的近體詩基本以七言爲主」〔註151〕，相較此前選本，李攀龍《古今詩刪》提昇了劉基七律的選錄量。究其由，與其說是李攀龍關注到了劉基的實際創作情況，倒不如說他有心強化劉基七律表現。尤其，李攀龍本身就是著力此體的詩家〔註152〕，他對劉基七律的選錄，多少摻拌著他的創作想法。比方早先明人七律以楊基〈春草〉流傳爲廣〔註153〕，選本每有所錄。明人論之，每著眼其情感流露之眞摯動人〔註154〕，即便亦不乏有流於「纖巧」、「豔語」之謂。李攀龍《古今詩刪》選楊基詩，全然忽略其七律，明顯對這樣的風格不予認同。

　　回觀他對劉基七律的選錄，主爲元季詩作。所選五首，或流露對戰亂無息的悲慨，如〈春興〉「安得普天休戰伐，不令竹箭困輸供」、〈追和音上人〉「干戈未定歸無處，擬結茅廬積翠間」；或表達孤獨流離的傷感，如〈二月二日登樓〉「薄寒疏雨集春愁，愁極難禁獨上樓」、〈答嚴上人〉「江水東流西日微，閑身不繫獨何依」、〈雪

〔註151〕　左東嶺主編：《中國詩歌通史・明代卷》（北京：人民文學出版社，2012年），頁163。

〔註152〕　依許建崑的統計，李攀龍各體詩的創作，以七律爲冠。數據參見許建崑：《李攀龍文學研究》（臺北：文史哲出版社，1987年），頁334。

〔註153〕　李東陽《懷麓堂詩話》：「國初稱高、楊、張、徐。……張來儀、徐幼文殊不多見。楊孟載《春草》詩最傳，其曰『六朝舊恨斜陽外，南浦新愁細雨中』，曰『平川十里人歸晚，無數牛羊一笛風』，誠佳。然綠『迷歌扇』，紅『襯舞裙』，已不能脫元詩氣習。至『簾爲看山盡捲西』，更過纖巧：『春來簾幕怕朝東』，乃艷詞耳。」〔明〕李東陽著；李慶立校釋：《懷麓堂詩話校釋》（北京：人民文學出版社，2009年），頁94。

〔註154〕　如：署名鍾惺、譚元春《明詩歸》見有鍾惺詩評，以爲：「有情有景，不即不離，可謂詠物當家。」（卷1，頁571）。

竹圖〉「無人谷裏吹春律，直節虛中恐不禁」〔註155〕。可見，李攀龍肯定的是劉基七律中，那些作於元末，有感時亂，慷慨悲涼的作品。相較此前選本，如徐泰《皇明風雅》選劉基七律但收應制之作，李攀龍《古今詩刪》的選錄，已然將劉詩擺放在新的品評視角，這是選家對劉基七律的不同認識，亦可謂是選家對七律創作風格的某種認定〔註156〕，認爲作於元季的感慨之作，適足以納進選家眼中，成爲七律的經典範式。縱然這樣的意見未必得到所有選家認可，但事實上，李攀龍的選錄其實更爲貼近於劉基七律總體的創作風格，且與往後的詩論家亦有見相應。如清・汪端（1793～1839）《明三十家詩選》嘗謂：「五、七言律及絕句，悲涼激越，寄託遙深，足以希風少陵。」或逕稱其七律「渾雄流轉，無枝詞浮響」〔註157〕，強化劉基詩境的沉鬱之風〔註158〕。

從明初選本集中選錄劉基七古，嘉靖間，徐泰《皇明風雅》進一步衍伸至五古、絕句，乃至萬曆初李攀龍《古今詩刪》平均選收劉基古、近體詩歌，對其七律寄寓悲慨之作的留意。劉基各體詩歌的創作風貌，殆已盡爲選家所覽。此後選家或偏重五、七言絕，如顧起綸《國雅》、盧純學《明詩正聲》、李騰鵬《皇明詩統》；或留

〔註155〕〔明〕劉基著：林家驪點校《劉基集》（杭州：浙江古籍出版社，1999 年），頁 440、429、430、446、441。

〔註156〕如劉基〈春興〉一詩，尤爲選家所賞，陳子龍、李雯等《皇明詩選》，見有宋徵輿評，嘗稱之「結句意度不淺」（卷 10，頁 1），肯定結句中詩人所表達的，對戰亂難平的深沉悲嘆。巧合的是，明人選明詩收有楊基〈春草〉者，如顧起綸《國雅》、署名陳繼儒《國朝名公詩選》、署名鍾惺、譚元春《明詩歸》均未選收劉基〈春興〉，可見選家對七律的創作風格乃有著不同的認定。關於明人選明詩七律創作的相關討論，可參第七章第二節〈復古意識下的「求新」之路——以七律、七絕爲例〉。

〔註157〕〔清〕汪端：《明三十家詩選》（清同治癸酉十月蘊蘭吟館重刊本），初集卷 1，頁 5。

〔註158〕〔清〕汪端《明三十家詩選》：「余嘗謂文成詩境獨到處在沉鬱二字。」〔清〕汪端：《明三十家詩選》（清同治癸酉十月蘊蘭吟館重刊本），初集卷 1，頁 5。

心五古作品，如穆光胤《明詩正聲》、陳子龍、李雯等《皇明詩選》、署名鍾惺、譚元春《明詩歸》；或掘發七古詩風，如署名陳繼儒《國朝名公詩選》、曹學佺《石倉明詩選》；乃至平均收錄劉基各體詩，如華淑《明詩選》、《明詩選最》。對劉基詩歌感時述志，情感深摯所呈顯出的不同風貌均已多有肯定。是以，顧起綸《國雅品》謂之「駿才鴻調，工爲綺麗」，以爲古、近體諸作「並出騷、雅，亦足以追步梁父，憑陵燕公矣」〔註159〕、《國朝名公詩選》評古風，或曰「此詞全效騷體」（卷1，頁13），抑或陳子龍論其五古稱之「雅詞」（卷2，頁1），宋徵輿有云「五言古亦遒邁」（卷2，頁1）等等。由是可知，當萬曆中，李騰鵬《皇明詩統》選錄劉基詩六十九首，不僅多於高啓，評劉基時，更謂：「其詩文高古簡遠，爲一代風雅之冠」（卷2，頁1）。李騰鵬的論見，自不會是一人之見，那些建立在明人逐步累積下，對劉基各體詩歌風格的認識與肯定，當是他立論的根基。爾後選家即便對高啓詩歌仍多見推崇，劉基在各體詩歌的成就表現，已然納入選家視界。劉基不惟是政治家，係以一詩人身份取得了選家的重視，從而獲得了在明代詩壇上的穩立地位。

（二）排比聲偶一時之最：謝榛

謝榛（1499～1579），字茂秦，號四溟。生卒橫跨弘治、正德、嘉靖、隆慶、萬曆五朝。雖布衣終生，然專力爲詩〔註160〕，嘗與李攀龍、王世貞等結社唱和，有「後七子」之名，活躍於明代詩壇間。時人盧宗哲（號淶西，嘉靖進士）曾譽之曰：「一代詩人，出吾山東矣！」、蘇祐（字舜澤，1492～1571）更謂：「鄴有此詩，不在何、李之下」〔註161〕。今人劉大杰《中國文學發展史》對謝榛詩歌同樣表

〔註159〕 〔明〕顧起綸：《國雅品》（明萬曆元年（1573）勾吳顧氏奇字齋刊本），頁5。
〔註160〕 萬曆二十四年（1596）趙府冰玉堂刊《四溟山人全集》，除詩話論著《詩家直說》四卷外，盡爲詩歌作品，可見其創作主力在於詩歌。
〔註161〕 〔明〕朱厚煜：〈四溟旅人詩敘〉，見〔明〕謝榛：李慶立校箋：《謝

達肯定，認爲：「他在詩歌上的成就，實在李攀龍、王世貞之上。」
〔註 162〕朱其鎧於《謝榛全集》前言中亦亟稱之，指出「在明代前後
七子中，謝榛詩成就最高，且數量最多。」〔註 163〕足見，謝榛在明
代詩歌發展史上確有其地位，扮演著重要的角色。

　　考其詩壇地位之奠定，李騰鵬《皇明詩統》於謝榛小傳下，嘗
載：「早以詩名，爲趙王（趙康王朱厚煜）客。」（卷 29，頁 20）
王世貞《明詩評》亦云：「稍長，折節讀書，詩奕奕稱於人。趙王
聞而禮之致府。」〔註 164〕可知，謝榛早有詩名。唯陳養才（萬曆
時人）〈謝山人全集後跋〉有曰：「茂秦固以詞客名，而其名籍甚，
則以李于鱗、王元美諸青雲之士結七子社始。」〔註 165〕依謝榛《詩
家直說》所云，他爲李攀龍等延入詩社，乃嘉靖三十一年（1552）
事〔註 166〕。是則，謝榛聲名之盛，殆於是年始漸爲著。李慶立即
指出，梓行時間約於嘉靖三十二年（1553）前後，由李攀龍爲之更
定、寫詩贊揚之《游燕集》，「係謝榛成名之作，奠定了他在詩壇上
的地位」〔註 167〕。援是，在此之前，謝榛的詩名並未眞的獲得開
展。那麼，前先選本，收有在世詩家之作，如嘉靖初，徐泰《皇明
風雅》所以未錄謝榛詩，或以其故。

　　　　榛全集校箋》（南京：江蘇古籍出版社，2003 年），下冊，頁 1351。

〔註 162〕　劉大杰：《中國文學發展史》（上海：上海古籍出版社，1982 年），
　　　　下冊，頁 910。

〔註 163〕　見〔明〕謝榛著：朱其鎧等校點：《謝榛全集》（濟南：齊魯書社，
　　　　2000 年），前言，頁 3。

〔註 164〕　〔明〕王世貞：《明詩評》，收於《叢書集成簡編》（臺北：臺灣商
　　　　務印書館，1965 年），第 134 冊，卷 1，頁 19。

〔註 165〕　〔明〕謝榛：李慶立校箋：《謝榛全集校箋》（南京：江蘇古籍出版
　　　　社，2003 年），下冊，頁 1357。

〔註 166〕　謝榛《詩家直說》：「嘉靖壬子（1552）春，予游都下，比部李于鱗、
　　　　王元美、徐子與、梁公實、考功宗子相諸君延入詩社。」〔明〕謝
　　　　榛著：李慶立、孫慎之箋注：《詩家直說箋注》（山東：齊魯書社，
　　　　1987 年），卷 4，頁 429。

〔註 167〕　〔明〕謝榛：李慶立校箋：《謝榛全集校箋》（南京：江蘇古籍出版
　　　　社，2003 年），上冊，頁 11。

　　而在詩名的確立之中，明人對謝榛詩歌之肯定，尤其聚焦在五律的創作上。

　　實地就謝榛諸體詩的創作量來看，五律的確是他的創作主力，計有八百餘首〔註168〕。朱厚煜（1498～1560）〈四溟旅人詩敘〉云：「漫山曹均（曹嘉，正德進士〔註169〕）尤所愛重，從而刻其五言。」〔註170〕縱然是集已佚，此處的五言，是否盡指五律猶有可議〔註171〕。但可以確認的是，謝榛的五言詩作比起七言，更能吸引曹嘉的目光。嘉靖三十五年（1556）王世貞亦編有《謝茂秦集》。以王世貞《藝苑巵言》中對謝榛詩歌的品評，所編《謝茂秦集》，「主要是近體詩」〔註172〕的選錄情況，大概不會令人意外。王世貞云：

> 其排比聲偶，爲一時之最，第興寄小薄，變化差少。僕嘗謂其七言不如五言，絕句不如律，古體不如絕句。〔註173〕

可知，即便在詩歌的情感寄託、詩句的變化性上，稍有侷限，但王世貞仍然肯定謝榛詩歌「排比聲偶」的對仗表現，視之爲「一時之

〔註168〕　數量統計係根據〔明〕謝榛；李慶立校箋：《謝榛全集校箋》所收，扣除補佚詩 203 首，謝榛詩作計 2350 首。就各詩體創作量多寡，依序爲五律（806 首）→七律（594 首）→七絕（426 首）→七古（185首）→五絕（156 首）→五排（138 首）→五古（23 首）→七排（22首）。

〔註169〕　人名資料係據趙旭所考，見趙旭：《謝榛的詩學與其時代》（北京：中國社會科學出版社，2013 年），附錄二〈謝榛交往對象述略〉，頁254～255。

〔註170〕　〔明〕謝榛：李慶立校箋：《謝榛全集校箋》（南京：江蘇古籍出版社，2003 年），下冊，頁 1351。

〔註171〕　李慶立嘗引蘇祐〈謝四溟詩序〉：「向李東岡司諫示予謝子五言律，讀而愛之，雅稱作者，肖何、李矣。」以爲所示者「疑即指是書」，若然，曹嘉所愛重者，顯然亦是謝榛的五律詩作，唯此書已佚無由佐證，謹錄於此，供爲參考。參見李慶立：〈謝榛詩作考述〉，《聊城師範學院學報》（哲學社會科學版）（1992 年），第 4 期，頁 91。

〔註172〕　〔明〕謝榛：李慶立校箋：《謝榛全集校箋》（南京：江蘇古籍出版社，2003 年），上冊，前言，頁 11。

〔註173〕　〔明〕王世貞：《藝苑巵言》，收於《景印文淵閣四庫全書》（臺北：臺灣商務印書館，1986 年），第 1281 冊，卷 150，頁 424。

最」。由是，相較於絕句、古體，謝榛的律詩創作自然更勝，而「七言不如五言」，尤可見出五律最能獲得王世貞的青睞。

擴大到明人選明詩來看，收有大量謝榛詩作的選本，對其五律創作亦往往多有著墨。如李攀龍《古今詩刪》、盧純學《明詩正聲》、陳子龍、李雯等《皇明詩選》，係收錄謝詩較多的三部選本，所選謝榛各體創作皆以五律為冠。且三部選本的編纂時間，分別落於萬曆、崇禎，可見選家對謝榛五律的看重，並非單一時期的現象。是則，倘若進一步探究三部選本共同收錄的謝榛五律，或有以窺見選家賞識之因。詩作計有四首如下：〔註174〕

> 朝暉開眾山，遙見居庸關。雲出三邊外，風生萬馬間。
> 征塵何日靜，古戍幾人閑。忽憶棄繻者，空慚旅鬢斑。〈榆河曉發〉
>
> 地入維陽路，天分牛斗墟。秋帆二水外，春草六朝餘。
> 冰雪生官舍，風塵走諫書。從來經國者，寧不念樵漁。〈送樊侍御文敘之金陵〉
>
> 長空月正滿，游騎臨京華。夜火分千樹，春星落萬家。
> 乘閒來紫府，垂老問丹砂。笙鶴歸何處，依稀見彩霞。〈元夜道院同公實子與于鱗元美子相五君得家字〉
>
> 勝遊隨故侶，幽興在禪林。石上晴雲起，松間晚磬沈。
> 青山無久客，黃菊有歸心。我亦悲秋者，樽前學楚吟。〈暮秋大任山禪院同孟得之盧次楩醉賦〉

其中，〈榆河曉發〉為邊塞題材，詩中景致蒼茫壯闊，詩人由漢代終軍之棄繻壯志，藉以表達自身奔波無著，徒增斑鬢之慨。另三首，大抵為與友人寄贈酬答之作。或肯定友人樊獻科（字文敘，1517～1578）忠懇效國之心志；或發抒元夕燈夜、暮秋訪禪院與友同遊之情懷。總觀四詩，流露之情感雖各有不同，詩人透過景色描摹，深化詩境，尤其顯得出色。頷聯每為評賞焦點，如〈榆河曉發〉，許

〔註174〕　〔明〕謝榛：李慶立校箋：《謝榛全集校箋》（南京：江蘇古籍出版社，2003 年），上冊，卷 4，頁 189、198、212、223。

學夷引頷聯兩句，以爲「高壯雄麗」〔註175〕、李雯則評曰：「第四句是生而穩」（卷9，頁7），肯定詩句「風生萬馬間」，用字上的穩妥；〈送樊侍御文敘之金陵〉，宗臣嘗直謂：「吾最愛『秋帆』、『春草』二語」〔註176〕、宋徵輿則以爲：「明秀如輕霞曉山」（卷9，頁8），儼然就秋帆、春草，景致描摹之明朗秀麗而論；〈元夜道院同公實子與于鱗元美子相五君得家字〉，陳子龍強調「神情閒勝」（卷9，頁9）的愜然自適，李雯則稱：「第四句不減雲裏帝城一聯」（卷9，頁8），引王維「雲裏帝城雙鳳闕，雨中春樹萬人家」（〈奉和聖製從蓬萊向興慶閣道中留春雨中春望之作應制〉），以爲「春星落萬家」實有以媲美之；而〈暮秋大伾山禪院同孟得之盧次楩醉賦〉，盧楠（1507～1560）謂：「淒然有仲宣登樓之感」〔註177〕，宋徵輿則著眼「松間晚磬沈」，清幽雅音之妙，以爲：「幽響特新」（卷9，頁9）。

可知，除了「排比聲偶」的對仗表現，謝榛五律藉由景致的烘托，讓詩歌的情感更顯深刻，乃是明人所以矚目、肯定之處。而這些表現，恰對應於謝榛自身對創作的要求，如對聲律、對仗的留意，曰：「勿專於義意而忽於聲律」、「律詩重在對偶，妙在虛實」〔註178〕；又或強調情、景的結合，云：「作詩本乎情景，孤不自成，兩不相背」、「景乃詩之媒，情乃詩之胚，合而爲詩，以數言而統萬形，元氣渾成，其浩無涯矣」〔註179〕。顯然，謝榛在創作上的努力，實呼應著他的

〔註175〕　〔明〕許學夷著；杜維沫校點：《詩源辯體》（北京：人民文學出版社，1998年），後集纂要卷2，頁419～420。

〔註176〕　宗臣語係載於崇禎豹變齋刊李攀龍編選、陳子龍增刪《明詩選》，見〔明〕謝榛：李慶立校箋：《謝榛全集校箋》（南京：江蘇古籍出版社，2003年），上冊，卷4，頁198。

〔註177〕　盧楠語係載於崇禎豹變齋刊李攀龍編選、陳子龍增刪《明詩選》，見〔明〕謝榛：李慶立校箋：《謝榛全集校箋》（南京：江蘇古籍出版社，2003年），上冊，卷4，頁223。

〔註178〕　〔明〕謝榛著；李慶立、孫愼之箋注：《詩家直說箋注》（山東：齊魯書社，1987年），卷3，頁415；卷1，頁98。

〔註179〕　〔明〕謝榛著；李慶立、孫愼之箋注：《詩家直說箋注》（山東：齊魯書社，1987年），卷3，頁330。

論詩意見。即便王世貞對其詩作仍有著「興寄小薄，變化差少」的指瑕，宋徵輿稱美謝榛五律以爲「似勝諸名家」，也不免謂「句法篇法，未免束縛，神情不能出四十字外。」（卷9，頁6）但是，從明人選明詩收錄謝榛各體詩歌，大多仍以律詩爲重，次爲絕句，大抵著眼於近體詩上。且無論詩數多寡，僅有五律創作必定有所入選。是則，謝榛之爲五律能手，詩作堪爲明人範式之地位，儼然已爲多數選家所認可。或者，也可以說，謝榛在明代詩壇的成就，乃是建立在近體詩（尤其五律）的表現上，古體創作殆非其所擅。

　　比方，萬曆間也有選家注意到謝榛的古體創作予以選錄，但取得的共識卻極爲有限，尤其五古。不僅收有謝榛五古者，僅有兩部選本──李騰鵬《皇明詩統》、穆光胤《明詩正聲》，且兩部選本所錄詩作無一重覆。固然，謝榛在此體的創作本即不多，惟宋徵輿嘗曰：「四溟集，余所細閱，五言古學少陵，而加以俗，了無可取。」（卷6，頁24）可知，即便詩風上有意學杜，但近半的個人抒感之作〔註180〕，「寫自己生活的窘迫與性情的高潔」〔註181〕。若只是「平平寫懷，不復好奇角勝」〔註182〕，確實有可能讓詩作流於俗氣。宋徵輿謂之「了無可取」，或許正說明了明詩選家何以大多忽略其五古詩作的原因。甚者，在明代的復古風氣下，五古往往取法漢魏古詩，而謝榛五古「不刻意模仿漢魏風格」〔註183〕，兩者所產生的某種背離，包括謝榛係「以聲律有聞于時」〔註184〕，創作上既著力於律、

〔註180〕　〔明〕謝榛：李慶立校箋：《謝榛全集校箋》卷一所收 23 首五言古體中，詩題明確標出「有感」、「雜感」、「感舊」的作品，即有 11 首。

〔註181〕　左東嶺主編：《中國詩歌通史‧明代卷》（北京：人民文學出版社，2012 年），頁 621。

〔註182〕　語出陳允衡，見〔清〕曹溶《明人小傳》，收錄於《明代傳記資料叢刊》（北京：北京圖書館出版社，2008 年），第一輯，第 16 冊，卷 3，頁 97。

〔註183〕　左東嶺主編：《中國詩歌通史‧明代卷》（北京：人民文學出版社，2012 年），頁 621。

〔註184〕　〔清〕錢謙益撰：錢陸燦編：《列朝詩集小傳》（上海：上海古籍出版社，2008 年），下冊，丁集上，頁 423。

絕，選家留意於此也就在所難免。

　　至於七古，萬曆初顧起綸《國雅》曾收有五首，但此後選本縱有所選，亦只是寥寥幾首。其中，較爲選家留心之作，收錄謝榛七古之選本，六部中計有三部選錄，係〈宮詞〉二首（曉起、寂寂）。全詩但有六句，主敘宮廷生活女子愁思。以〈宮詞〉（寂寂）爲例：

　　　寂寂簾攏百花裏，銀牀冰簟淨於水。

　　　月明初照長信宮，太液池東片雲起。

　　　禁門深鎖夜如何，祇恐芭蕉夜雨多。〔註185〕

詩人從「寂寂簾攏」、「銀牀冰簟」、「月明初照」、「片雲起」，層層景象堆疊出女子之孤寂空守，不言長夜漫漫，但以唯恐雨打芭蕉聲，道出女子內心之淒楚。署名鍾惺、譚元春《明詩歸》曾載有鍾惺評語，謂是詩「寫得景物動盪，想見傷心人，心眼撩亂。」（卷3，頁618）對詩歌以景物寄寓女子愁情多有肯定。但陳子龍、李雯等《皇明詩選》未錄是詩，唯收〈送劉戶曹成卿使荊南〉一首。尾評見李雯評，曰：「寫景淋漓」（卷6，頁24），肯定詩歌描摹景色之出色；宋徵輿卻指出「刻意濟南」（卷6，頁24），甚至總評謝榛七古，以爲：「亦具體耳。」（卷6，頁24）顯然對其七古徒具其貌未能開展有所批評。而從同一選本，李雯、宋徵輿已是意見有別，到兩部選本──《明詩歸》、《皇明詩選》在選詩上的差異，不難發現明人對於謝榛七古的表現確有歧見。事實上，早先王世貞對謝榛七古作品即有云：「七言古多散緩可商者。」〔註186〕所謂「可商者」，或許已暗示了謝榛七古平緩無奇，難有突破所可能產生的兩極評價。反映在明人選明詩間，〈宮詞〉的入選與否，但得三部選本認同，對應未予選錄是詩，或者根本未收謝榛七古之選本，選家的肯定顯得薄弱。

〔註185〕　此處詩歌內容，版本依署名鍾惺、譚元春《明詩歸》。見署名鍾惺、譚元春《明詩歸》（卷3，頁618）。

〔註186〕　王世貞：〈謝茂秦集序〉，見〔明〕王世貞：《弇州四部稿》，收於《景印文淵閣四庫全書》（臺北：臺灣商務印書館，1986年），第1280冊，卷64，頁124。

是則，在明人心目中，謝榛七古表現的猶可商榷，難獲共識，似乎已是昭然若揭。

　　另外，在萬曆中葉以後，亦陸續有選本將選錄重心延伸到謝榛的七律、七絕上，如穆光胤《明詩正聲》、署名陳繼儒《國朝名公詩選》選錄謝榛最多的是七絕創作；華淑《明詩選》、《明詩選最》則是七律。如果從謝榛創作著墨律、絕爲多，明人對其近體表現亦多有好評，或胡應麟謂之：「所長俱近體耳」〔註187〕；或王兆雲以爲「近體絕句多可頡頏名流」〔註188〕，明人選明詩對其近體多有選錄，自是不難想見。其中，謝榛七律，華淑《明詩選》、《明詩選最》所收〈送謝武選少安犒師固原因還蜀會兄葬〉，每爲選本所錄。李雯評是詩，嘗曰：「結敘二事輕重有體、有情。」（卷12，頁3）針對的是尾聯「一對郵筒腸欲斷，鶺鴒原上草蕭蕭」二句，先述友人犒師固原，送行飲酒，後引《詩經・常棣》:「脊令在原，兄弟急難」典故，道出謝武選還蜀葬兄事。詩中先行國事，後敘親情，一忠一悌，李雯由是謂之「有體、有情」。有趣的是，清・沈德潛（1673～1769）嘗將〈送謝武選〉一詩與高啓〈送沈左司徒從汪參政分省陝西由御史中丞出〉並推「神來之作」〔註189〕，以爲「三百年中不易多見者也」〔註190〕。恰恰此作即爲高啓七律代表作，亦屬送別題材，全詩氣象磅礴，對國事既有頌美，亦見對友人的祝福。明人選明詩多有所選。是知，明詩選家所以關注〈送謝武選〉一詩，

〔註187〕　胡應麟《詩藪》：「嘉隆並稱七子，要以一時制作，聲氣傳合耳。然其才殊有逕庭。……子相爽朗以才高、子與森嚴以法勝：公實繽麗、茂秦融合，第所長俱近體耳。」〔明〕胡應麟：《詩藪》（臺北：文馨出版社，1973年），續編卷二，頁337。

〔註188〕　〔明〕王兆雲：《皇明詞林人物考》，見《四庫全書存目叢書》（臺南：莊嚴文化出版社，1996年），第112冊，卷9，頁144。

〔註189〕　蘇文擢：《說詩晬語詮評》（臺北：文史哲出版社，1985年），卷下，頁421。

〔註190〕　〔清〕沈德潛著；周准編：《明詩別裁集》（上海：上海古籍出版社，1979年），卷8，頁220。

殆有肯定此類送別題材，有見詩人眞情，不落應酬俗套之故。至於謝榛七絕，以〈尋葛徵君〉入選爲多。全詩藉訪東晉葛洪（283～343）宅入筆，寄寓自身擺落世俗的恬淡心志。明・蔣一葵（萬曆時人）嘗評曰：「閑語稱情。」〔註191〕然而，除了這一類發抒隱士情懷的作品外，萬曆後期，穆光胤《明詩正聲》選謝榛詩，以七絕爲冠，更多加選錄了邊塞題材的作品，如《塞上曲》、《胡笳曲》、《西嶽吟》等。至崇禎年間，陳子龍、李雯等《皇明詩選》所收謝榛七絕已盡爲邊塞之作，明顯將謝榛七絕作品導向豪健、雄渾之風。如陳子龍評其〈漠北詞〉以爲「三作俱壯渾有色。」（卷13，頁30）這種對謝榛七絕選錄重心的轉移，不免讓人連結到由李攀龍所帶動的唐人七絕壓卷之說——「于鱗選唐七言絕句，取王龍標『秦時明月漢時關』爲第一」〔註192〕，對王昌齡七絕邊塞之作的肯定。特別是，萬曆中葉以後，對謝榛七絕的品評每每譬況王昌齡，比方趙彥復《梁園風雅》，汪元范所述《諸公爵里》稱謝榛「絕則競爽龍標」〔註193〕、許學夷以爲「七言絕十餘首，可配龍標。」〔註194〕明人的著眼點，儼然在於邊塞題材的創作。而選家所以青睞謝榛此類作品，期望作爲七絕之範式，不惟是出於題材的愛好，更多反映著的是他們對七絕創作雄健詩風的一種追求。

　　此外，尚可留意的是，在明人心中，謝榛雖以五律最爲拿手。但事實上，明詩選家選錄謝榛詩作共識度最高（入選次數最多）的作品，乃是七排創作——〈金堤同張明府肖甫賦〉一詩。且三十一

〔註191〕　蔣一葵語係載於崇禎豹變齋刊李攀龍編選、陳子龍增刪《明詩選》，見〔明〕謝榛：李慶立校箋：《謝榛全集校箋》（南京：江蘇古籍出版社，2003年），下冊，卷19，頁822。

〔註192〕　參見〔明〕王世懋：《藝圃擷餘》，收於《景印文淵閣四庫全書》（臺北：臺灣商務印書館，1986年），第1482冊，頁514。

〔註193〕　〔明〕趙彥復：《梁園風雅》，收於《續修四庫全書》（上海：上海古籍出版社，2002年），第1680冊，頁384。

〔註194〕　〔明〕許學夷著：杜維沫校點：《詩源辯體》（北京：人民文學出版社，1998年），後集纂要卷2，頁421。

名共同詩家中，七排創作的入選次數均未及此詩之高。可見，〈金堤同張明府肖甫賦〉當爲明詩選家眼中最佳之七排範式。惟錢謙益嘗云謝榛詩歌係有「應酬牽率排比支綴」〔註195〕者，而李慶立以爲排律七言大多此類〔註196〕。總觀謝榛七排創作，確實幾爲寄懷、送贈之類的應酬作品〔註197〕。但謝榛是否眞如李慶立所言：「限於氣質，對於長律，謝榛並不那麼得心應手，常有運氣不齊，敷演露骨之處。」〔註198〕回觀明人的意見，恐怕不見得如此。就像許學夷雖稱謝榛詩集中「應酬者十居四五，最爲冗穢」〔註199〕，但論及排律，仍充分肯定，以爲：「氣格雄渾，足配初唐，實國朝諸家所無。」〔註200〕其它，如馮惟訥（1513～1572）評謝榛七排〈同程子仁守歲有感〉時，不僅稱起句「歲盡邊庭虜騎回」爲「史筆」，更謂「謝老除夕夜詩最多，此更悲感」〔註201〕，強調詩作中流露出深刻的暮年傷懷。孔天胤（1505～1581）批點〈送李憲伯子高之成都〉一詩，以「萬里行時秦塞轉，千峰盡處楚天開」一聯，用字巧妙，曰：「十四字形勝。」〔註202〕若然，七排應酬之作是否必定流於草率？王世貞謂爲

〔註195〕〔清〕錢謙益：《列朝詩集小傳》（上海：上海古籍出版社，2008年），下冊，丁集上，頁424。

〔註196〕〔明〕謝榛；李慶立校箋：《謝榛全集校箋》（南京：江蘇古籍出版社，2003年），上冊，前言，頁24。

〔註197〕〔明〕謝榛；李慶立校箋：《謝榛全集校箋》卷17所收22首七言排律中，詩題明確標出「寄」、「寄懷」、「寄贈」、「送」的作品，即有16首。

〔註198〕〔明〕謝榛；李慶立校箋：《謝榛全集校箋》（南京：江蘇古籍出版社，2003年），上冊，前言，頁24。

〔註199〕〔明〕許學夷著；杜維沫校點：《詩源辯體》（北京：人民文學出版社，1998年），後集纂要卷2，頁419。

〔註200〕〔明〕許學夷著；杜維沫校點：《詩源辯體》（北京：人民文學出版社，1998年），後集纂要卷2，頁420。

〔註201〕馮惟訥語係載於〔明〕謝榛著；馮惟訥、孔天胤批點：《適晉稿》，見〔明〕謝榛；李慶立校箋：《謝榛全集校箋》（南京：江蘇古籍出版社，2003年），下冊，卷17，頁760。

〔註202〕孔天胤語係載於〔明〕謝榛著；馮惟訥、孔天胤批點：《適晉稿》，見〔明〕謝榛；李慶立校箋：《謝榛全集校箋》（南京：江蘇古籍出

「排律聲偶一時之最」的謝榛，拼湊排比的可能性又有多少？

　　倘若歸納謝榛《詩家直說》論排律創作之文字，或留意韻字用語，如：「百篇同韻，當試古人押字不苟處，能造奇語於眾妙之中，非透悟弗能也」；或直指排律謀篇綱領，如：「短律貴乎精工，長律宜浩汗奇崛」〔註203〕。至若細究排律結句，曰「不宜對偶」〔註204〕，乃至娓娓道出自身創作排律之法，云：

　　　予因古人送窮二作，即於切要處思得一聯：「窮自有離合，
　　　心何偏去留。」借此為發興之端，遂以尤韻擇其當用者若
　　　干，則意隨字生，便得如許好聯。及錯綜成篇，工而能渾，
　　　氣如貫珠，此作長律之法，久而自熟，無不立成。心中本
　　　無些子意思，率皆出於偶然，此不專於立意明矣。〔註205〕

無需強求立意，由古人詩作觸發靈感，從中把握詩意關鍵創作聯句，進而從其韻字，漸次累積可用又巧妙的若干聯句，是為「意隨字生」。等到好的聯句鋪排成篇，自然精工渾成，氣勢流暢。長久下來，排律創作當能熟練，得以立成。這顯然是謝榛實際創作排律的經驗談，由聯成篇，抓住的是排律體式的根本要求；不專於立意，追求的是詩歌觸發感興的不假布置〔註206〕。

　　援此，或許在體式上謝榛七排與五、七言律同有「法律束之，不無微恨」〔註207〕的可能，但從謝榛對七排強調「工而能渾，氣如

　　　版社，2003年），下冊，卷17，頁761。
〔註203〕〔明〕謝榛著：李慶立、孫慎之箋注：《詩家直說箋注》（山東：齊魯書社，1987年），卷3，頁410。
〔註204〕〔明〕謝榛著：李慶立、孫慎之箋注：《詩家直說箋注》（山東：齊魯書社，1987年），卷2，頁293。
〔註205〕〔明〕謝榛著：李慶立、孫慎之箋注：《詩家直說箋注》（山東：齊魯書社，1987年），卷4，頁500。
〔註206〕謝榛嘗幾度指出，作詩未必得先立意。如：「宋人謂作詩貴先立意。李白斗酒百篇，豈先立許多意思而後措詞哉？蓋意隨筆生，不假布置。」、「詩有不立意造句，以興為主，漫然成篇，此詩之入化也。」見〔明〕謝榛著：李慶立、孫慎之箋注：《詩家直說箋注》（山東：齊魯書社，1987年），卷1，頁116、142。
〔註207〕宋微興評謝榛嘗曰：「惟五、七言律切實衡當，是其所長。然法律

貫珠」，相信應不至流於「排比支綴」才是。畢竟，以〈金堤同張明府肖甫賦〉來看，實獲諸多選家的青睞，係謝榛七排代表作、選家眼中的經典作品。詩云：

> 金堤重到感西風，瓠子猶思漢武功。雉堞遙連千樹暝，龍珠不見二潭空。芰荷老盡飛霜後，簫管寒催落照中。白髮滄洲幽事在，黃花綠酒故人同。謝安此日游山劇，潘岳當年作賦工。無數峰巒秋色裏，高歌相對欲爭雄。〔註208〕

全詩乃謝榛與張佳胤同遊金堤，賦詩酬對之作。雖為應酬之作，意在說明兩人「高歌相對」〔註209〕。然謝榛巧妙連結前人古事，引漢武帝下令填塞瓠子決河一事起興，並舉謝安、潘岳譬況兩人處境，即景抒情間，不落俗套，且中間五聯對仗，亦為切當。明・蔣一葵（萬曆時人）評此詩，即曰：「排律忌板，此篇清融圓活。」〔註210〕可知，謝榛七排縱多應酬之作，亦未必流於板滯，排律聲偶尤其所擅，靈活運用間，殊見詩人巧思妙句，王世貞譽為「一時之最」，當非虛言。

　　總言，明人對謝榛近體詩歌的表現一直有見肯定，五律固不殆言，七律、七絕亦漸得矚目，七排創作〈金堤同張明府肖甫賦〉更是屢獲入選。是知，謝榛在明代詩壇上的地位，係確立在近體，特別是五律上。即便後來謝榛削名於七子之列，「于鱗遺書絕交，元美諸人咸右于鱗，交口排茂秦」〔註211〕，但在明人選明詩的選錄上，似乎

束之，不無微恨。」（陳子龍、李雯等《皇明詩選》，卷6，頁24）。

〔註208〕〔明〕謝榛：李慶立校箋：《謝榛全集校箋》（南京：江蘇古籍出版社，2003年），下冊，卷21，頁925～926。

〔註209〕署名陳繼儒《國朝名公詩選》中，陳元素箋是詩，有云：「此詩即目前所見景色賦就成文，睹瓠子之險而思漢功，亦不過起興之詞云爾，黃花綠酒、相對高歌，簫管聲催，留連落照，乃是此篇正意。」（卷7，頁16）

〔註210〕蔣一葵語係載於崇禎豹變齋刊李攀龍編選、陳子龍增刪《明詩選》，見〔明〕謝榛：李慶立校箋：《謝榛全集校箋》（南京：江蘇古籍出版社，2003年），下冊，卷21，頁926。

〔註211〕〔清〕錢謙益撰：錢陸燦編：《列朝詩集小傳》（上海：上海古籍出

沒有受到太多影響。甚者，謝榛部分詩作但見李攀龍《古今詩刪》，如〈金堤同張明府肖甫賦〉，爾後選家所以收錄，很可能正是參酌了《古今詩刪》的結果〔註212〕，是則，他與復古派李攀龍、王世貞等人的來往，對其聲名之顯，儼然發揮了一定的效益。

（三）足以流響詞林：唐順之

在弘治迄於萬曆的明詩代表中，復古派前、後七子成員幾佔半數，其餘亦多爲與之往來、同倡者。如是景況，殆如陳田《明詩紀事》所云，係「前後七子執盟騷壇，海內附和，歙歙成風。」〔註213〕，然而，次於李、何之後，王、李之前，仍不乏有「豪傑能自樹立」，「不隨風會爲轉移」者，如楊慎、薛蕙、王廷陳等〔註214〕；又或影響所及，得「盡洗一時剽擬之習」，使「李、何文集，幾于遏而不行」〔註215〕者，如王愼中、唐順之等。其中，唐順之在詩壇的表現頗值得留意。不光是在明人選明詩中，明詩代表幾以復古派前、後七子爲主的情況下，唐順之並未因此受到忽視。萬曆初顧起綸《國雅》

〔註212〕 版社，2008 年），下冊，丁集上，頁 423。
事實上，朱其鎧亦曾提及李攀龍《古今詩刪》選謝榛詩的影響力，有云：「謝榛詩生前的選刻本，留傳至今的尚有多種。其中，最有影響的選本，爲王世貞編選的《謝茂秦集》和李攀龍編選的《古今詩刪》中所收的謝榛詩。」〔明〕謝榛著；朱其鎧等校點：《謝榛全集》（濟南：齊魯書社，2000 年），前言，頁 4。

〔註213〕 〔清〕陳田：《明詩紀事》（上海：上海古籍出版社，1993 年），第三冊，戊籤，卷 1，頁 1399。

〔註214〕 陳田《明詩紀事》：「余採升菴（楊慎）、蘇門（高叔嗣）、君采（薛蕙）、稚欽（王廷陳）、鴻山（華察）、夢山（楊巍）、子安少玄（皇甫涍）數君子詩，次於李、何之後，王、李之前，別爲一集，以見豪傑能自樹立者，數不隨風會爲轉移也。」〔清〕陳田：《明詩紀事》（上海：上海古籍出版社，1993 年），第三冊，戊籤，卷 1，頁 1399。

〔註215〕 錢謙益《列朝詩集小傳·李少卿開先》：「嘉靖初，王道思（王愼中）、唐應德（唐順之）倡論，盡洗一時剽擬之習。伯華（李開先）與羅達夫（羅洪先）、趙景仁（趙時春）諸人，左提右挈，李、何文集，幾于遏而不行。」〔清〕錢謙益：《列朝詩集小傳》（上海：上海古籍出版社，2008 年），下冊，丁集上，頁 377。

獨選其詩五十六首，居三十一位明詩代表之首，亦爲選本選錄之冠，顯示唐順之的詩歌確實得到了一定的青睞。且作爲陽明心學在明代中後期的一種反映，他是「第一位眞正將心學理論融入其文學思想並廣泛影響了文壇的士人」〔註216〕，那麼，呈現在詩歌表現上，選本對唐順之的重視是否呼應著這樣的影響力，抑或未盡相符？似乎都有了討論的空間。

　　唐順之（1507～1560），字應德，號荊川，武進人（今江蘇）。嘉靖八年（1529），舉會試第一，廷試二甲第一。「御批其策，條論精詳。海內傳以爲榮。會試卷，見者以爲前後無比。」〔註217〕順之早年以制藝爲勝，後裔唐鼎元（1894～1988）於〈明唐荊川先生年譜序〉有云：「公二十以前專精制藝之文，故負海內盛名，爲場屋圭臬。」〔註218〕且，不惟制藝文字，荊川在古文上的成就，在明代亦有其重要地位，如李騰鵬《皇明詩統》於詩人小傳謂：「時稱制義以瞿（瞿景淳）、唐爲海內二大家。不知其古作乃雄視當代。論者謂其在韓、蘇之間，歐、曾而下無論也。」（卷11，頁5）認爲在制藝之外，唐順之的古文，有以上承唐、宋名家，尤其値得矚目。即如李攀龍、王世貞等對其古文雖有所批判，也不免承認文章之「家傳戶誦」〔註219〕，海內「號稱巨擘」〔註220〕，影響力可見一斑。時至

〔註216〕左東嶺：〈陽明心學與唐順之的學術思想、文學思想及人格心態〉，收於氏著：《明代文學思想研究》（北京：商務印書館，2013年），頁256。

〔註217〕見李開先：〈荊川唐都御使傳〉，收於〔明〕李開先：《李中麓閒居集》（清三十六硯居藍格鈔本），卷10，頁79。

〔註218〕見唐鼎元編：《明唐荊川先生年譜》，收於《北京圖書館藏珍本年譜叢刊》（北京：北京圖書館出版社，1999年），第48冊，卷6，頁126。

〔註219〕李攀龍〈送王元美序〉：「今之文章，如晉江（王慎中）、毘陵（唐順之）二三君子，豈不亦家傳戶誦？而持論太過，動傷氣格，憚於修辭，理勝相掩，彼豈以左丘明所載爲皆侏離之語，而司馬遷敘事不近人情乎？」〔明〕李攀龍撰：包敬第標校：《滄溟先生集》（上海：上海古籍出版社，1992年），卷16，頁394。

〔註220〕王世貞〈與陸浚明先生書〉：「某所知者，海內王參政、唐太史二君子，號稱巨擘。覺揮霍有餘，裁割不足。」〔明〕王世貞：《弇州

於清，陳田論唐順之仍稱「應德古文自是明一代大家。」〔註221〕足
見唐順之古文表現之突出，確實有以「雄視當代」。

　　唯獨在詩歌上，縱然明人對唐順之在詩壇復古風氣流於剽竊盜
襲之際，作為針砭偏弊的關鍵角色多能留意，如唐錡（1493〜1659）
曾云：「李、何二子一出，變而學杜，壯乎偉矣。然正變雲擾，而剽
襲雷同；比興漸微，而風騷稍遠。唐子應德，箴其偏也。」〔註222〕
然而，對其詩歌表現，卻未必盡作稱美。如李騰鵬論其詩，曰：「詩
之視文為少讓焉，然亦沖淡雄健，時有自得之句。」（卷11，頁5）
相較於古文的肯定，李騰鵬態度明顯有別，從《皇明詩統》選錄其
作但有八首，不難看出他在唐順之詩歌評價上的有所保留。究其由，
從李騰鵬所引王世貞、顧起綸評順之語，或許能得到一些線索。有
云：

> 王鳳洲曰：弘、正間，何、李羣出，海內學士多師尊之。
> 殆其習弊，音響足聽，意調少疎；剽竊雷同，正變雲擾，
> 太史稍振之。即其宏麗嚴整，咳唾金璧，誠廟堂之羽儀、
> 文章之瑚璉。然欲盡廢二家之業，殆猶溺嗜海錯而廢八珍
> 者也。（卷11，頁5）

> 顧玄言曰：應德蚤居翰苑，便躋貞觀、武德，及還毘陵，
> 直造開元、大歷。其古體如雲津躍龍，變幻莫狀；近體如
> 風潤鳴琴，幽逸有致。其晚年率意，遂落宋套。（卷11，頁5）

李騰鵬所錄蓋引自王世貞《明詩評》、顧起綸《國雅品》，而文字稍
有增減出入。其中，王世貞所論或承唐錡而來，雖進一步肯定唐順
之詩風之「宏麗嚴整」，但對於唐順之是否足以扭轉何、李之風，態
度顯得保守。至於顧起綸，《國雅》選詩首重順之，論其詩歌亦不乏

　　　　　　四部稿》，收於《景印文淵閣四庫全書》（臺北：臺灣商務印書館，
　　　　　　1986年），第1281冊，卷125，頁105。

〔註221〕　〔清〕陳田：《明詩紀事》（上海：上海古籍出版社，1993年），第
　　　　　　三冊，戊籤，卷9，頁1536。

〔註222〕　〔明〕楊慎著：王仲鏞箋證：《升庵詩話箋證》（上海：上海古籍出
　　　　　　版社，1987年），卷4，頁128。

肯定，無論荊川身居翰林或返回毗陵家居之作，均予以讚許，將之譬況爲初、盛唐詩。唯「晚年率意」雖語出顧氏，然「遂落宋套」係爲李騰鵬所改，《國雅品》實作「偶落宋套」。不難想見，李騰鵬所以謂唐順之「詩之視文爲少讓焉」，除了帶有著與王世貞相同的質疑，關鍵可能還在於晚年的率意之作。

甚者，如果留意到明人對唐順之詩歌的看法，不乏類似之見，如王世貞稱其：「中年忽自竄入惡道」﹝註223﹞、黃清甫曰：「應德初務清華，晚趨險怪」﹝註224﹞、陳子龍謂有：「其後馳鶩功名，詭託講學，遂頹然自放」（卷6，頁6）等語，亦大多針對中晚年創作情況有所批評。即便是肯定，在詩風傾向上，無論是李騰鵬所謂的「沖淡雄健」，又或王世貞指出的「宏麗嚴整」、顧起綸以爲古體「變化無端」，近體則「幽逸有致」，彼此的側重點其實隱然有別。凡此種種，顯示明人對荊川詩有著共同的指瑕——晚年作品認同度低，縱有稱美詩風處，意見亦有分歧，是則，李騰鵬對唐順之詩歌評價上的保留殆非無由。

具體來看，依據上海涵芬樓藏明萬曆刊本《荊川先生文集》原注編年，佐唐鼎元《明唐荊川先生年譜》，荊川詩可概分爲五階段——翰林時作（嘉靖十二年~嘉靖十四年）、前家居時作（嘉靖十五年~嘉靖十七年）、春坊時作（嘉靖十八年~嘉靖十九年）、後家居時作（嘉靖二十年~嘉靖三十六年）、職方並兩奉使作（嘉靖三十七年~嘉靖三十九年），總計五百七十九首。倘就諸本明人選明詩所收以爲參照，結果如下：

﹝註223﹞ 陳田《明詩紀事‧唐順之》載有王世貞《藝苑卮言》語，唯四庫本王世貞《藝苑卮言》未見。見〔清〕陳田：《明詩紀事》（上海：上海古籍出版社，1993年），第三冊，戊籤，卷9，頁1535。

﹝註224﹞ 見〔清〕朱彝尊：《明詩綜》，收於《景印文淵閣四庫全書》（臺北：臺灣商務印書館，1986年），第1460冊，卷46，頁117。

表十三：《荊川先生文集》、明人選明詩所錄荊川詩各期創作
　　　　數量比較

分期／時間	翰林 （3 年）	前家居 （3 年）	春坊 （2 年）	後家居 （17 年）	職方並 兩奉使 （3 年）	合計
荊川先生文集	95	74	26	327	57	579
年平均創作量	32	25	13	19	19	
明人選明詩	29	20	7	24	1	81
比例（選本/文集）	31.53%	27.03%	26.92%	7.34%	1.75%	

不難發現，選家對荊川詩的收錄幾乎集中在任職春坊右司諫時期
前。其中，翰林時期，在各選本的選錄中，幾乎都佔有重要的份量。
比方顧起綸《國雅》選荊川詩最多，二十七首五律中，翰林時期即
佔十四首之多；署名鍾惺、譚元春《明詩歸》選錄最少，僅錄有一
首荊川詩，亦同屬翰林時期之作。是則，翰林時期作品，獲得選家
之矚目程度可想而知。事實上，此一時期也的確是唐順之創作較為
鼎盛的階段。他曾不只一次提到，自己早年在創作上的努力，如：
「早年馳騁於文詞技藝之域」〔註225〕、「僕少不知學，而溺志於文
詞之習」〔註226〕、「嘗從諸友人學為古文詩歌，追琢刻鏤亦且數年」
〔註227〕等語。且，不惟是致力於創作，嘉靖十二年（1533）前後，
他與王慎中、陳束、任翰等諸名士，咸官京師，交遊往來，有「八
才子」之名〔註228〕。時相唱和間，對當時詩壇之風氣亦頗有影響。

〔註225〕 唐順之：〈寄劉南坦〉，見《荊川先生文集》，收於《四部叢刊正編》
　　　　（臺北：臺灣商務印書館，1979 年），第 76 冊，卷 5，頁 78。
〔註226〕 唐順之：〈與劉寒泉通府〉，見《荊川先生文集》，收於《四部叢刊
　　　　正編》（臺北：臺灣商務印書館，1979 年），第 76 冊，卷 6，頁 118。
〔註227〕 唐順之：〈答顧東橋少宰〉，見《荊川先生文集》，收於《四部叢刊
　　　　正編》（臺北：臺灣商務印書館，1979 年），第 76 冊，卷 5，頁 76。
〔註228〕 關於嘉靖八才子之興起及其文學唱和，可參何宗美：《文人結社與
　　　　明代文學的演進》（北京：人民出版社，2011 年 3 月），上冊，頁
　　　　272～278。

唐鼎元《明唐荊川先生年譜》即云：「初公與王並尚秦漢，公尤熟李夢陽文，下筆即刻畫之。至是悟其剽竊，無眞氣。……詩則規初、中唐。陳、任、熊、李等和之，於是風氣大變。」〔註229〕唐順之由推尚前七子之復古，空同詩文「篇篇成誦」、「一一倣效之」〔註230〕，到有感剽竊之弊，詩風轉而往初、中唐詩靠攏，在陳束、任瀚（1502～1592）、熊過（1506～？）、李開先等人的應和下，詩壇風氣由是一變。是則，唐順之詩壇地位之確立、明人所以留意翰林時期的表現，與來自他早先著力於創作，於詩壇風氣之調動，顯然有著密切的關連。

　　反觀後家居時期，雖有二十四首入選，然就此一階段創作總量來看，比例其實有限，遑論職方並兩奉使時期僅有一首入選。可見，嘉靖二十年（1541）至嘉靖三十九年（1560），唐順之三十五歲以後的作品，並沒有得到選家太多的重視，如同明人對其晚年作品的時有批評。畢竟，誠如左東嶺所云，荊川思想「在嘉靖二十三年便已有了明顯的轉變」〔註231〕。援是年所作〈與薛方山郎中〉爲佐，有云：「文詞技能種種與心爲鬥，亦從生徒交游之例盡謝遣之，盡息絕之。」〔註232〕對唐順之而言，這是一種心境上的轉變，「表示了他從此立志性命之學的一種決心」〔註233〕，但不再追求於文詞技藝，在

〔註229〕　唐鼎元：《明唐荊川先生年譜》，收於《北京圖書館藏珍本年譜叢刊》（北京：北京圖書館出版社，1999 年），第 47 冊，卷 1，頁 466。

〔註230〕　李開先：〈荊川唐都御史傳〉，見〔明〕唐順之著；馬美信、黃毅點校：《唐順之集》（杭州：浙江古籍出版社，2014 年），下冊，附錄三，頁 1055。

〔註231〕　左東嶺：〈陽明心學與唐順之的學術思想、文學思想及人格心態〉，收於氏著：《明代文學思想研究》（北京：商務印書館，2013 年），頁 275。

〔註232〕　唐順之：〈與薛方山郎中〉，見《荊川先生文集》，收於《四部叢刊正編》（臺北：臺灣商務印書館，1979 年），第 76 冊，卷 5，頁 90。該文繫年見唐鼎元編：《明唐荊川先生年譜》，收於《北京圖書館藏珍本年譜叢刊》（北京：北京圖書館出版社，1999 年），第 47 冊，卷 2，頁 584。

〔註233〕　左東嶺：〈陽明心學與唐順之的學術思想、文學思想及人格心態〉，

創作上「率意信口，不格不調」，自謂是「鄙陋無一足觀者」〔註234〕，卻可能讓選家有所怯步，在選錄上也就多有受限，以致影響了入選的詩數。

衍伸而來，倘若進一步檢視選本所錄唐順之各時期詩體創作，可以發現五律最多，其次則為七律，且毫無意外地集中在翰林時期的作品上。顯示明詩選家所以關注唐順之翰林時期的表現，關鍵點很可能在於律詩。其中，萬曆初顧起綸《國雅》堪為最佳例證。《國雅》選唐順之翰林時期作品計二十五首，其中律詩即佔十九首，足見其重視程度。連結他在《國雅品》中對唐順之的評論，曰：「詩稱名家，蚤居翰苑，便躋貞觀、武德華躅」〔註235〕，他對翰林時期詩歌（尤其律詩）的留意，儼然來自荊川早年的追步初唐。唯王世貞《明詩評》論唐順之為初唐，嘗謂之「宏麗該整，咳唾金璧」〔註236〕，顧起綸在選詩上，卻沒有強調那些「宏麗」的作品，減省了唐順之翰林時期難免有的應制之作〔註237〕；沒有著墨在律體上的「該整」，反而更多地把注意力放在那些直抒詩家個人情懷的作品上。如五律〈秋夜〉：

> 捲帷望秋月，月皎心亦清。林下寒蟲響，庭前落葉盈。
> 漢陰鮮機械，河上多道情。一適萬事畢，栖栖何所營。
> 〔註238〕

收於氏著：《明代文學思想研究》（北京：商務印書館，2013 年），頁 275。

〔註234〕 唐順之：〈答皇甫百泉郎中〉，見《荊川先生文集》，收於《四部叢刊正編》（臺北：臺灣商務印書館，1979 年），第 76 冊，卷 6，頁 110。

〔註235〕 〔明〕顧起綸：《國雅品》（明萬曆元年（1573）勾吳顧氏奇字齋刊本），頁 26。

〔註236〕 〔明〕王世貞：《明詩評》，收於《叢書集成簡編》（臺北：臺灣商務印書館，1965 年），第 134 冊，卷 1，頁 28。

〔註237〕 如唐順之翰林時期典型的應制之作〈奉天殿慶成侍宴〉、〈奉命分祀孔廟作〉、〈冬至南郊〉等作皆闕而不錄。

〔註238〕 見《荊川先生文集》，收於《四部叢刊正編》（臺北：臺灣商務印書館，1979 年），第 76 冊，卷 1，頁 18。

前兩聯詩人先以秋月、寒蟲、落葉，點出時序、周遭環境，寄寓心之清明及所處境遇。後兩聯以江河爲喻，無機心之巧詐，但見修道之情操，進而發抒生命一往即逝，無需汲汲營營之體悟。全詩格律雖未盡工整，但字裡行間詩人所思所感、所見所聞，娓娓道來，詩品總體呈現出「平淡安閑，追求清朗的風調」〔註239〕。可知，顧起綸所以看重荊川近體，以爲「幽逸有致」，正在於這一類有以表達詩人心緒，字句間無有過度雕繢的作品。其《國雅品》評唐順之五、七言律，更具體稱之，以爲「格高韻勝，詞雅興新，無句不秀，無字不穩。」〔註240〕充分肯定其律詩用字、韻律上的秀雅、穩妥。從《國雅》大量選錄荊川五、七言律，詩數居明詩代表之冠，他對唐順之詩作的亟爲讚賞，實不言可喻。

特別是，不同於成書時間相彷，李攀龍《古今詩刪》但收荊川詩八首，選詩未偏重哪一詩體。顧起綸《國雅》選荊川詩不僅爲選本之冠，且焦點放在律體上，絕句甚至一首未錄，明顯標榜唐順之律體之出色。在後七子復古運動蔚起之際，廖可斌以爲嘉靖四十一年（1562）到萬曆五年（1577），「這一時期文壇便基本上成了復古派的一統天下」〔註241〕，顧起綸《國雅品》對唐順之的重視，毋寧是異軍突起，展現了不同的編選方向，透露著前七子復古派影響力確然有過的薄弱。如陳束（1508～1540）〈蘇門集序〉即云：「嘉靖改元，後生英秀，稍稍厭棄，更爲初唐之體，家相凌競，斌斌盛矣。」〔註242〕陳束所指係嘉靖以後詩壇蔚起的一股風潮，針對李夢陽、何

〔註239〕　左東嶺主編：《中國詩歌通史・明代卷》（北京：人民文學出版社，2012年），頁575。

〔註240〕　〔明〕顧起綸：《國雅品》（明萬曆元年（1573）勾吳顧氏奇字齋刊本），頁27。

〔註241〕　廖可斌：《明代文學思潮史》（北京：人民文學出版社，2015年），頁306。

〔註242〕　陳束：〈蘇門集序〉，見〔明〕高叔嗣：《蘇門集》，收於《景印文淵閣四庫全書》（臺北：臺灣商務印書館，1986年），第1273冊，頁562～563。

景明所倡復古之風的反動。此中，「後生英秀」之首，無疑指的是唐順之。王世貞亦也謂：「近時毘陵一士大夫始刻意初唐，精華之語，亦既斐然。」〔註243〕肯定唐順之詩歌上取法初唐，文詞顯著的創作表現，那麼，顧起綸《國雅》的編選似乎正是這股風潮的延續、體現，確立著引動詩壇風尚，唐順之所具有的代表性地位。

爾後選本雖未必大量選錄唐順之詩作，但選詩著眼其律體已為常態，可知在明人眼中，唐順之以律詩為擅，應已成為共識。如明・胡應麟《詩藪》論嘉靖初之為初唐者，言及唐順之，即稱之「律體精華」〔註244〕。又，諸選本所錄詩作，大抵不出顧起綸《國雅》範圍，顯示《國雅》所選殆得彰顯荊川詩之特色，頗具一定代表性。唯萬曆中葉以後，選家選其律詩，重心更多擺放在七律上。如穆光胤《明詩正聲》、華淑《明詩選》、《明詩選最》、署名鍾惺、譚元春《明詩歸》選荊川律詩但錄其七律。彼此選詩雖未超出《國雅》範圍，但由華淑《明詩選》所選七律全屬前家居時期之作，署名陳繼儒《國朝名公詩選》所錄六首七律，前家居時期即佔半數，隱約透露在七律的創作上，前家居時期的作品，受選家矚目的程度並不亞於翰林時期。且，事實上，萬曆初顧起綸《國雅》選荊川七律，已多有前家居時期作品，十九首中佔有七首。只是在選詩上，《國雅》選有五律更多。倘依余來明所云：「嘉靖前期詩壇宗尚初唐詩歌，所長則多為五言律詩」〔註245〕，顧起綸早先對唐順之五律的留意，似乎還是扣合著荊川取法初唐的意義上。那麼，當萬曆中葉選家將重

〔註243〕 陳田《明詩紀事・唐順之》載有王世貞《藝苑巵言》語，唯四庫本王世貞《藝苑巵言》未見。見〔清〕陳田：《明詩紀事》（上海：上海古籍出版社，1993年），第三冊，戊籤，卷9，頁1535。

〔註244〕 胡應麟《詩藪》：「嘉靖初為初唐者：唐應德、袁永之、屠文升、王汝化、任少海、陳約之、田叔禾等。……律體精華，必推應德。」〔明〕胡應麟：《詩藪》（臺北：文馨出版社，1973年），續編卷二，頁348。

〔註245〕 余來明：《嘉靖前期詩壇研究（1522～1550）》（武漢：武漢大學出版社，2009年），頁219。

心轉換到荊川七律，選錄前家居時期的作品，對應顧起綸《國雅品》
所云：「及還毘陵，直造開元、大歷」〔註246〕以盛、中唐詩譬況此
時作品。是否暗示著明詩選家看待唐順之的詩壇定位，已不純然作
為宗尚初唐的引領者？

　　胡應麟《詩藪》嘗云：「嘉靖諸子見謂不情，改創初唐，斐然溢
目，而矜持太甚，雕繢滿前，氣象既殊，風神咸乏。」〔註247〕唐順
之早先學初唐詩風，仕宦之初，確實有些作品「帶著新進士子科第
顯達的心態，用華麗的詞彙表現承平氣象」〔註248〕。然而，如同李
騰鵬所言，唐順之不乏「沖淡雄健，時有自得之句」，他返歸家居後
的作品尤其如是，其詩歌表現實未必遜於翰林時期之作。李開先
（1502～1568）〈荊川唐都御史傳〉即云：

　　唐子既抵墟里，雞犬柴門，依依桑梓，謝却業緣，便有終
　　焉之計矣。詩文更進一格，以其侍從慶成朝堂雍容之作，
　　而為村樵漁父歌詠太平之詞。〔註249〕

顯然，李開先認為唐順之返歸家居後，那些「歌詠太平之詞」更勝
以往。綜觀明人選明詩所錄前家居七律作品，確實多談鄉居平靜生
活，寄寓詩人之隱逸情懷，如〈山莊閒居〉「身名幸自謝籠樊，白
首為農誓不諼」、〈廣德道中〉「倘遇秦人應不識，只疑誤入武陵川」、
〈聞復官報寄京師友人〉「姓名不復掛朝參，魚鳥由來性所耽」、〈代
束寄京中舊游〉「莫須彈鋏嘆無魚，自愛山東搆草廬」、〈和徐養齋
移居〉「何年挂却侍中冠，新築山居一畝寬」〔註250〕等等。足見，

〔註246〕〔明〕顧起綸：《國雅品》（明萬曆元年（1573）勾吳顧氏奇字齋刊
　　　　本），頁26。
〔註247〕〔明〕胡應麟：《詩藪》（臺北：文馨出版社，1973年），續編卷二，
　　　　頁336。
〔註248〕左東嶺主編：《中國詩歌通史・明代卷》（北京：人民文學出版社，
　　　　2012年），頁574。
〔註249〕〔明〕唐順之著；馬美信、黃毅點校：《唐順之集》（杭州：浙江古
　　　　籍出版社，2014年），下冊，附錄三，頁1056。
〔註250〕見《荊川先生文集》，收於《四部叢刊正編》（臺北：臺灣商務印書
　　　　館，1979年），第76冊，卷1，頁32～34。

明詩選家對唐順之七律，那些前家居時期沖淡自得之作，實亦頗有肯定，透露出了他們對荊川律體的不同觀照面。

　　包括，如果留意到天啟年間，署名陳繼儒《國朝名公詩選》所選荊川詩數僅次顧起綸《國雅》，共十九首。不只是關注唐順之七律前家居時期的作品，甚至多所選錄後家居時期的作品，前、後家居時期之作，合計達十三首之多。足見《國朝名公詩選》對家居時期作品最為關注。惟後家居時間，嘉靖二十年（1541）至嘉靖三十六年（1557），正是唐順之思想轉折之際。對於創作，嘗自云：「以詩為論，陶彭澤未嘗較聲律雕句文，但信手寫出，便是宇宙間第一等好詩，何則？其本色高也」〔註251〕，又曰：「藝苑之門久已掃迹，雖或意到處作一兩詩，及世緣不得已作一兩篇應酬文字，率鄙陋無一足觀者」〔註252〕。唐順之在中晚年後文學觀念已有所轉向，對創作追求「本色」，「所謂本色便是自我所獨具的而他人所沒有的」〔註253〕。然不再追求詩文經營，但主信口隨筆，反映在明人選明詩上，則是此時期以後的作品，多半所選寥寥，甚或未選。而《國朝名公詩選》卻予以選錄，且所收詩作，確實頗有信筆為之者，如〈宿游塘書懷〉「脉脉常多病，睢睢竟寡諧」、「且師河上叟，毋使慮營營」、〈司訓殷龍巖壽詩〉「白頭博士早懸車，鳩杖扶身八十餘」、〈秋日書客童君見過賦此為贈〉「有客扁舟問草廬，窗前梧葉正蕭踈」〔註254〕等。甚者，即便陳子龍謂唐順之晚年詩作遂見「頹然自放」，陳子龍、李雯等《皇明詩選》仍選有其職方並兩奉使期間之作──〈登喜峰古城時三衛貢馬散牧

〔註251〕　唐順之：〈答茅鹿門知縣〉：《荊川先生文集》，收於《四部叢刊正編》（臺北：臺灣商務印書館，1979 年），第 76 冊，卷 7，頁 127。

〔註252〕　唐順之：〈答皇甫百泉郎中〉，見《荊川先生文集》，收於《四部叢刊正編》（臺北：臺灣商務印書館，1979 年），第 76 冊，卷 6，頁 110。

〔註253〕　左東嶺：〈陽明心學與唐順之的學術思想、文學思想及人格心態〉，收於氏著：《明代文學思想研究》（北京：商務印書館，2013 年），頁 279。

〔註254〕　見《荊川先生文集》，收於《四部叢刊正編》（臺北：臺灣商務印書館，1979 年），第 76 冊，卷 2，頁 39；卷 3，頁 59、66。

塞外〉。詩作發抒征戰塞外之情懷。中四聯「三秋豹旅方乘障，萬里龍媒正滿山。候雁似隨鄉思去，寒花將送使臣還」，李雯評曰「氣雄事切」（卷 11，頁 8），亦有別於此前選本多半留意荊川詩作之幽致，詩風之沖淡、秀雅。可見，時至晚明，明人對唐順之晚年的詩歌表現，已有了不同的評價認定，未必是略而不見，或盡作批評〔註 255〕。

　　總言，恰如洪朝選（1516～1582）論唐順之詩，有云：「詩初學李、杜、王摩詰、沈、宋、劉隨州諸家，其詠內庭宮省者有絕類沈宋者，其贈行紀游有絕類隨州者，故其詩才落筆，海內口傳以熟。」〔註 256〕唐順之在明代詩壇的地位，實來自於其詩歌中所反映出的初、盛唐詩之傾向。早年他著力創作，詩學初唐，在律詩上多所發揮，一掃李、何復古之流於疲弊、剽竊，奠定了他在明代詩壇的地位。明詩選家對其翰林時期作品每多肯定，萬曆初顧起綸《國雅》選詩首重荊川，堪為最佳例證。其後，選家亦大多著眼律體表現，唯萬曆中葉以後將重心擺放在七律，呈現出對前家居時期作品的重視，詩風取向頗近於「劉隨州之閑曠」〔註 257〕。其中，署名陳繼儒《國朝名公詩選》更選錄了後家居時期之作，係唐順之文學思想轉

〔註 255〕　如袁宏道嘗盛稱唐順之，以為「有為王、李所擯斥，而識見議論，卓有可觀，一時文人望之不見其崖際者，武進唐荊川是也。」袁宏道：〈敘姜陸二公同適稿〉，參見〔明〕袁宏道著；錢伯城箋校：《袁宏道集箋校》（上海：上海古籍出版社，2008 年），中冊，瓶花齋集之六——敘，頁 695。陳書錄嘗進一步探究唐順之「直抒胸臆」、「本色」等詩學思想對袁宏道「獨抒性靈」的影響，以為唐順之對晚明文學解放思想有著先驅作用。而《國朝名公詩選》雖未明確說明選詩標準，然由他對袁宏道詩的多有所選，對唐順之那些發抒自我，信口寫來之作的不予排斥，隱約之間似也透露著《國朝名公詩選》的選詩傾向殆為晚明文學解放思潮的一種反映。相關論述參見陳書錄：《明清雅俗文學創作與理論批評》（北京：人民出版社，2013 年）：〈對「毗陵詩派」的認定及其在嘉靖前後詩學演變中的意義〉一節，頁 143～147。

〔註 256〕　〔明〕唐順之著；馬美信、黃毅點校：《唐順之集》（杭州：浙江古籍出版社，2014 年），下冊，附錄三，頁 1047。

〔註 257〕　〔明〕高棅：〈五言古詩敘目〉，見高棅：《唐詩品彙》（上海：上海古籍出版社，2012 年），頁 49。

變之際創作，詩歌頗見率意信口之跡。然《國朝名公詩選》多所選錄，選錄詩數僅次《國雅》，顯示縱然明人對荊川晚年之作有所指瑕，唯隨著晚明心學之已遂流行，反映在選本上，亦已呈現出了不同的審美角度，唐順之在明人選明詩中的份量由是又見提昇。即便未竟改變其詩壇成就之認定，然荊川曾致力於詩歌，創作表現之出色，殆如陳子龍所云「氣象爽邁，才情駿發」（卷6，頁6），在明代選家眼中適足「流響詞林」，堪為明詩代表。

第三節　結　語

　　總結前述，可以得到以下幾點：

　　第一、即便在四庫館臣眼中，明人選明詩大多「堅持畛域，各尊所聞」，然而事實上選家無非是透過自身對明詩的體察，表達對明詩發展的關切。縱然選本真有所尊、所尚之處，相較於館臣可能帶有的官方視角，仍是更為真切的明詩發展樣貌。大抵而言，嘉靖、萬曆以來的選本發達，讓此時的選家幾乎成了明詩發展的主要發聲者。於是，由前七子李夢陽、何景明所帶起的復古風潮，往往成為選本主軸，明初詩家在選本間但成為了開國之音，宣德至天順年間的詩壇似乎只是蕭條，嘉靖以迄萬曆中的詩家，幾乎作為明詩發展的主力，萬曆中葉以後詩壇的論見更是有見紛歧。或許這些認識未必能全面反映當時詩壇的狀況，然而，透過不同時期選本的兩相參照，不同選家的詩歌刪選，抽絲撥繭間，仍提供了一些線索，有以觀照不同時期明詩的接受情況，殆為初步的明代詩歌發展史。作為一參照值，適提供了明代詩家所以奠定其詩壇地位的脈絡依據。

　　第二、明詩選家雖各有喜好，然而總合選家所錄，凝聚出的共見，當可排除選家的部分主觀，得見明人眼中的明詩名家，瞭解明人對當代詩壇的基本共識。尤其，作為一種隱性的觀察，在明詩名家的「共相」當中，有以掘發推動明代詩壇的背景。即明初詩壇大抵為東南方文人，尤其吳中地區所主導，結合政治權力上的安排，

浙東、江西文人同樣佔有一定優勢。而隨著朝政的穩定，科舉制度的推行，詩壇的推動者基本上是朝中士子，仕進身份成為了取得詩壇矚目度的基本要件。縱然山人身份，亦大多與仕進者交游，彼此間的唱和往來，尤足以拓展其詩壇影響力。其中，尤以前、後七子先後引領復古風潮的蔚起，最為鼎盛，幾乎成為了明代詩壇的主潮，是則明詩名家之列，多半為復古派成員，無形中透露著明代詩壇實為復古之風所籠罩。

　　第三、明代詩家所以成為明詩名家，又或詩名有所旁落，選本顯然扮演著重要的角色。諸如劉基，早先詩名實為政治身份所掩，然由徐泰《皇明風雅》選錄其五古、絕句，對其入明詩風轉變的關注，到李攀龍《古今詩刪》選劉基詩為明初詩家第一，劉基詩歌在明代詩壇之地位殆已有所轉變；謝榛，在詩壇上以五律為勝，係來自於不同時期選本的多有選錄。其中，不入謝榛詩集，七排作品〈金堤同張明府肖甫賦〉竟為諸多選本認定之七排範式，李攀龍《古今詩刪》的選錄，實是背後主要推手。至於唐順之，其詩壇表現曾兩度獲得重視，分別為萬曆初顧起綸《國雅》、署名《國朝名公詩選》，唯兩部選本的選錄，從著眼早期作品，到關注晚年率意之作，實反映出不同之詩壇氛圍，顯示明人選明詩的選錄雖主導著詩家的詩名，然背後的真正推力，終究來自於當時詩壇的風氣。

第六章 「共見」外的空白——詩家的缺席現象

　　抽繹明人選明詩對共同詩家的選錄，明代詩歌的發展，大抵由元末明初地域文人的各展鋒芒中揭開序幕。隨著朱明王朝的穩立，官僚體系逐步架構，詩壇的風采逐次聚焦在館閣郎署、登進科第的士子間，時而摻拌著山人階層的謳歌，在復古風潮的縈繞中，譜寫著詩壇的主調。於是，其它那些同樣推動著明詩發展的詩家、流派，興許未有著相對便利、人文薈萃的地域文化，又或仕進坎坷，疏離於縉紳名流間，間有旁出於復古氛圍之外，渠等名家確立之條件既是薄弱，難免起伏於選本間，間或有缺席情狀。

　　如果說詩作流傳的廣狹，詩家的選錄與否，主要來自於選家的編選標準。選家的編選標準，往往帶有著當代人可以接受的價值取向，而當代人可以接受的價值取向，又每每作為一種時代氛圍的寫照，選家無法逃離其中，恰如詩人難以孤立在他的時代之外被理解一樣。那麼，在明詩選家的「共見」之外，探究選家所以選，所以不選，詩家何以間或離席選本的現象，顯然有其意義。

　　透過選本鋪排的明詩發展脈絡、共同詩家的入選條件分析，恰足以建立出一套初步的入場機制，亦詩家進出選本之基本前提，得以提供詩壇習尚變化之趨向，有助於瞭解影響詩家不為入選的可能

因素。如明初洪武至永樂間，地域文化的限制、嘉靖、萬曆以後選本對宣德至天順間詩家的忽略、弘、嘉迄於萬曆中，復古風潮與進士身份產生的雙重束縛、萬曆中葉以降，詩壇論見紛呈導致的種種阻礙等。然而，在初步原因折射出的詩壇變化外，拋開了不利的條件，詩家未能確保的詩壇地位，此中反映著的選家錄詩偏好、體現出的時代氛圍，似乎猶有討論的空間。援是，以下依前述明詩之發展進程，針對詩家不同時期入選情況有相當之變化者，如下表所示，以觀明人選詩意見之差距，考索詩家所以缺席選本間，背後可能帶有的詩壇風氣影響。

表十四：明人選明詩詩家缺席情況簡表

		明初（洪武至永樂）選本數：3	宣德至天順 選本數：1	弘、嘉迄萬曆中葉 選本數：8	萬曆中葉以降 選本數：7	說明
明初	徐尊生 吳同	2		0	0	重視到缺席
明初	袁凱	0		7	7	缺席到重視
宣德至天順	楊士奇		0	7	5	三人缺席情形差距大
	楊榮		0	3	5	
	楊溥		0	1	0	
弘、嘉迄萬曆中	文徵明			3	7	缺席到重視
萬曆中葉以降	袁宏道			0	6	缺席到重視

第一節　失落的詩名：徐尊生、吳同

　　劉仔肩《雅頌正音》、沈巽、顧祿《皇明詩選》係洪武時期選本，收有不少元末明初詩家之作。在收錄詩家上兩者雖略有差異，比方《雅頌正音》著眼於江西，而沈巽、顧祿《皇明詩選》則偏重江、浙一帶

詩家表現〔註1〕，然《雅頌正音》近九成的詩家仍可見於《皇明詩選》，
足見兩者對於明初名家的認定，大抵有著一定的共識。即便，兩部選
本所錄，往後的選家未必全盤接受，以詩家收錄比例來看，幾乎都在
百分之十以下。但，舉凡兩部選本均有收錄之詩家──基本上表示這
些詩家當時的確享有盛名，入選次數縱有多寡之別，往後的選本中幾
乎都能看到他們的身影。亦即，兩部選本的「共識」獲得了一定的認
可，這些詩家的創作，應當符合多數明人對明詩的期待，具有著作為
明詩名家的資格。唯獨徐尊生、吳去疾，《雅頌正音》、《皇明詩選》
均有收錄。然而，自此之後，徐、吳兩人卻幾近消失在明人選明詩當
中，失落了早先的詩名。

　　其中，吳同，字去疾，別號蒙亭，安慶人（今安徽），生卒年不
詳。據〔明〕唐伯元；梁庚等纂修《泰和志》所載，吳同嘗從元吏
余闕（1303～1358）學。甲辰年（1364），嘗奉任江西泰和州守，後
陞韶州府尹給事中，有詩文行於世〔註2〕。而劉仔肩《雅頌正音》、
沈巽、顧祿《皇明詩選》分別載有其七律詩作，合計三首。詩數雖
為有限，然大抵反映了洪武年間，吳同詩文之確有行世，且依沈巽
所言，選本所錄係「當時知名之士所詠詩什」（頁 1），則吳同當時
詩名之享有，應是不難想見。只是，何以選錄之詩數不多，又或往
後選本難有收錄，在為選家歸為元朝詩人的可能性之外，楊士奇〈錄
余青陽詩〉嘗提及吳同詩歌，謂「其詩未有刻版」〔註3〕，或許更
是原因所在。縱然詩家多有創作，倘若詩歌不予付梓，流傳受限，
往後的選家既難寓目，收錄的可能性自然降低。

〔註1〕依兩部選本選錄詩數前五名之詩家進行統計，《雅頌正音》所選江西
　　　籍詩家即佔四名，《皇明詩選》選錄江蘇、浙江籍詩家則有四名，選
　　　家偏重點明顯有別。

〔註2〕參見〔明〕唐伯元；梁庚等纂修：《泰和志》，收於《中國方志叢書·
　　　華中地方·江西省》（臺北：成文書局，1989 年），第 842 號，卷9，
　　　頁 370。

〔註3〕〔明〕楊士奇：《東里集》，收於《景印文淵閣四庫全書》（臺北：臺
　　　灣商務印書館，1985 年），第 1238 冊，東里續集，卷 19，頁 618。

　　至於徐尊生，字大年，嚴陵人（今浙江）。生卒年不詳。劉仔肩《雅頌正音》、沈巽、顧祿《皇明詩選》各錄有其七古〈佩刀歌〉一首，詩數同樣有限。與吳同有別的是，據《浙江通志》所載，徐尊生「七歲能詩，十五善屬文，諸書靡不淹貫」〔註4〕，宋濂亦稱之「載籍兼該，而辭藻豐縟，有聲於浙河東西」〔註5〕，聲名早著。洪武初，嘗以遺逸布衣身份薦修《元史》，竣事俾編《禮書》，後更拜翰林應奉文字，雖尋以老疾歸，然官位較之吳同更顯。且著有《春秋論》、《制誥》、《懷歸》、《還鄉》等稿，有作品傳世，卻仍未獲得明人選家青睞。無怪乎清・朱彝尊（1629～1709）《靜志居詩話》亦也發出探問，謂：「大年詩格清老，譬諸畫手，毫無鉛粉之飾。顧諸選家多不甄錄，何也？」〔註6〕，所輯《明詩綜》收有徐詩二十一首，不唯是遲來的知音。

　　而可以思考的是，由時人與徐尊生往來之書信文字，每多涉乎經史，如趙汸（1319～1369）〈答徐大年書〉與之論究六經疑義，述前先得徐氏之書信，「三復不能去手」，以爲「稽經考禮如面論者」，謂之「幸甚幸甚」〔註7〕；宋濂（1310～1381）〈送徐大年還淳安序〉談及過往薦徐氏纂修日曆事，亦云：「余以大年知本末義例，可以觀會通，而無首尾衡決之患，疏其名以聞。」〔註8〕是則，以徐尊生

〔註4〕徐尊生事跡參見〔清〕嵇曾筠等監修：《浙江通志》，收於《景印文淵閣四庫全書》（臺北：臺灣商務印書館，1985年），第524冊，卷182，頁82。
〔註5〕〔明〕宋濂：〈送徐大年還淳安序〉，見《文憲集》，收於《景印文淵閣四庫全書》（臺北：臺灣商務印書館，1985年），第1223冊，卷8，頁466。
〔註6〕〔清〕朱彝尊著；姚祖恩編；黃君坦校點：《靜志居詩話》（北京：人民文學出版社，1998年），上冊，頁50。
〔註7〕〔元〕趙汸：〈答徐大年書〉，見《東山存稿》，收於《景印文淵閣四庫全書》（臺北：臺灣商務印書館，1985年），第1221冊，卷3，頁232～233。
〔註8〕〔明〕宋濂：〈送徐大年還淳安序〉，見《文憲集》，收於《景印文淵閣四庫全書》（臺北：臺灣商務印書館，1985年），第1223冊，卷8，頁467。

作爲經史長才，在明人眼中，此一成就也許更勝詩歌創作上的表現〔註9〕。且，據錢謙益（1582～1664）《列朝詩集小傳》所云：「雖隸春官，與大臣修明禮樂，敝衣破屨，爲山林憔悴之容，當國者乃聽之去。」〔註10〕徐尊生既以沉痾之容自引求去，返歸山林，在朝廷活動時間不長，而同屬浙東文人的宋濂、劉基，不僅爲明太祖之開國功臣，詩文亦所擅長，儼爲當時文壇領袖，聲名明顯更盛，是否因此掩蓋了徐尊生的光芒，致使往後選家有所忽略，實亦不無可能。

第二節　遲來的美譽：袁凱

不同於徐尊生、吳同詩名的隕落，袁凱的盛名乃是遲來的美譽。

袁凱，字景文，號海叟，松江人（今上海），約生於元至大年間，明永樂初卒〔註11〕。據《明史》所載，袁凱於元末嘗任府吏，洪武三年（1370）薦授爲御史，後以佯狂辭官告歸。工詩，有盛名。曾以〈白燕〉詩獻楊維楨，驚客座，遂獲「袁白燕」之名〔註12〕。然

〔註9〕 李程《朱彝尊明詩綜研究》曾經指出：「明代學者中作詩能以經學爲本者，則多愜其心：對沉潛六經的王樵所作詩歌，朱彝尊表現出特別的喜愛，有『實獲我心也』的感慨……；姚舜牧研究六經，雖然在詩歌創作上成就不高，但是朱彝尊仍給予『詩不專工，然頗自喜』的評價。」若然，朱彝尊對徐尊生詩歌的肯定，或有源出於對徐尊生經史之才的欣賞。參見李程：《朱彝尊《明詩綜》研究》（湖北：華中師範大學博士論文，2014 年），頁 246。

〔註10〕 〔清〕錢謙益：《列朝詩集小傳》（上海：上海古籍出版社，2008 年），上冊，甲集，頁 96。

〔註11〕 關於袁凱生卒年，大致有四種説法。一、生卒年不詳。二、西元 1316？～1385？（元延祐~明洪武）。三、西元 1316？～？（元延祐~明永樂初）。四、元至大三年（1310）或稍前，卒於永樂間。此處依第四種説法，係由賀聖遂提出，萬德敬援此進行論述。參見〔明〕袁凱著；萬德敬校注：《袁凱集編年校注》（上海：上海古籍出版社，2015 年），頁 1～2。

〔註12〕 參見〔清〕張廷玉等：《明史》（臺北：藝文印書館，2010 年，清乾隆武英殿原刊本），第 6 冊，列傳第 173，卷 285，頁 3144。

而，洪武選本——劉仔肩《雅頌正音》、沈巽、顧祿《皇明詩選》卻一首未錄。其中，《雅頌正音》所收幾無松江籍詩家，僅見寓居此地文人——林公慶（本籍栝蒼，今浙江）一人之詩。顯然，選集在采詩上有地域的侷限。馬漢欽曾經指出「本集的采詩完全是限制在劉仔肩本人的交接範圍內的，劉仔肩交接範圍之外的詩人，則不在入選的範圍之內。」〔註13〕以劉仔肩爲鄱陽人（今江西），《雅頌正音》所錄確實有偏重江西詩家的成分，包括選收不少詩作，光從篇名即可看出詩家與劉仔肩的往來關係〔註14〕，或許是袁凱不爲入選的原因。但倘就錢謙益《列朝詩集小傳》所云，《雅頌正音》乃劉仔肩受薦應召入京，「洪武三年，集一時名公卿詩」之作〔註15〕，是時袁凱官拜監察御史，爲名公卿之身份，何以仍然未得入選？是兩人未有結識的機會，「一時名公卿」仍侷限在劉仔肩得以交往的範圍？抑或袁凱的詩作與《雅頌正音》「書中收錄的大量歌頌新王朝的作品」〔註16〕並不相應？甚者，是袁凱詩名的未盡顯揚？

　　事實上，就袁凱現存可繫編年之詩作來看，在洪武三年以前，確實不見歌頌新王朝之作品。所作〈新除監察御史辭貫涇別業〉，亦未有新除官職之欣喜，詩云：「及茲年已邁，精氣固銷毀。趣事諒爲難，

〔註13〕馬漢欽：《明代詩歌總集與選集研究》（哈爾濱：哈爾濱工程大學出版社，2009年），頁11。

〔註14〕詩篇直接提及劉仔肩者，即有七首。如，陶安〈贈劉汝弼赴京〉、吳植〈劉汝弼還自海上相與談詩於玉兔泉之西齋如平生懽惜予有關陝之行不得從容游衍賦此留別〉等。王文泰論《雅頌正音》在詩人收錄上的特點，嘗指出選本多有對「交遊詩歌的收錄」。馬漢欽亦謂「從入選的詩歌看，本集所選多是一些應制、唱酬之作，且與編者劉仔肩相關者很多。」相關討論參見王文泰：《明代人編選明代詩歌總集研究》（上海：復旦大學博士論文，2005年9月），頁6～7；馬漢欽：《明代詩歌總集與選集研究》（哈爾濱：哈爾濱工程大學出版社，2009年），頁14～15。

〔註15〕〔清〕錢謙益：《列朝詩集小傳》（上海：上海古籍出版社，2008年），上冊，甲集，頁106。

〔註16〕陳正宏：《明代詩文研究史》（上海：上海文化出版社，2000年），頁15。

速戾將在是。皇恩倘嘉惠，還歸釣江水」〔註17〕，清楚表達了自己年紀老邁，期望歸隱故里的心情。是則，無論是就交遊往來、詩作之屬性，《雅頌正音》未選袁凱詩作似乎並不意外。又，萬曆時人，何三畏《雲間志略》嘗云：

> 在勝國後，當革除之初，其以詩著聞者，有高、徐、楊、張四傑。而叟以詩道先登雲間，且與鐵崖、志和諸君子日相唱和，語不驚人不休，寧肯為之下者。〔註18〕

可知，袁凱於雲間（即松江）雖早有詩名，然元、明之交，吳中四傑聲名明顯更盛。李聖華論松江詩群，即稱「詩群開啓明清松江詩歌風氣，只不過在吳中派奪目光環映襯下，隱去不少光澤。」〔註19〕包括，萬德敬就袁凱交遊對象所提出的探問：「在袁凱的詩題中有許多陪、送、寄、飲、次、懷、贈等字眼，這表明他是一個交游比較廣泛的詩人。……但遺憾的是，在這些人的別集中從不見與袁凱的交遊之作。」〔註20〕換言之，即使是「詩道先登」，但袁凱的詩作在當時實際取得的認同度究竟有多少？光憑〈白燕〉一詩的時人讚賞，顯然難以證成。直至洪武末，沈巽、顧祿《皇明詩選》選有不少松江詩家之作〔註21〕，袁凱始終未見入選。是知，洪武年間，袁凱在詩壇受到的矚目確實有限。直至何景明〈海叟集序〉之謂：「海叟為國初詩人之冠，人悉無有知之」〔註22〕，逕將袁凱視為明初詩家之冠，這樣的評價恐怕早先確實是「人悉無有知之」。

<hr>

〔註17〕 袁凱詩作繫年及版本，依〔明〕袁凱著；萬德敬校注：《袁凱集編年校注》（上海：上海古籍出版社，2015 年）。

〔註18〕 〔明〕徐三畏：《雲間志略》，收於《明代傳記叢刊》（臺北：明文書局，1991 年），第 145 冊，卷 7，頁 482。

〔註19〕 李聖華：《初明詩歌研究》（北京：中華書局，2012 年），頁 326。

〔註20〕 〔明〕袁凱著；萬德敬校注：《袁凱集編年校注》（上海：上海古籍出版社，2015 年），前言，頁 11。

〔註21〕 共計五位，如管訥、段嗣宗、陸居仁、僧永彝、黃仲瑱。

〔註22〕 何景明：〈海叟集序〉，見何景明著：李叔毅等點校：《何大復集》（鄭州：中州古籍出版社，1989 年），頁 595。

　　李夢陽序《海叟集》嘗謂「叟名行既晦，集亦罕存」〔註23〕。
隆慶間，何玄之爲序，詳敘刊刻經過，更云：

> 余嘗訪其子孫，則湮沒無聞焉。故邇來吾松藝苑之士鮮有
> 知叟者，可慨也！其集舊刻於祥澤張氏，歲久不傳。弘治
> 中，陸儼山（即陸深）先生於京師購得寫本，已多朽爛，
> 復加詮次，乞序於何李二公，僅十之六七耳。二公驚嘆，
> 以叟爲國初詩人之冠。夫何李當代名家，高視海內，今其
> 言若此，則吳中四杰當出其下矣。〔註24〕

可知，袁凱行止之不傳、詩集的罕有流布，殆爲袁凱詩名鮮爲人知
之故。況且佯狂辭歸，終老田野，明初選本有所忽略亦所難免。是
則，袁凱國初詩名之眞正確立，不惟是松江同郡後學之推崇，實有
賴於何景明、李夢陽之盛讚〔註25〕。且，所以稱美者，當爲袁凱詩
歌之取法漢魏、杜詩，與復古派主張之契合，如何景明云：

> 取我朝諸名家集讀之，然弗少得。其得而讀之者，又皆不
> 稱鄙意。獨海叟詩爲長。叟歌行近體法杜甫，古作不盡是。
> 要其取法，亦必自漢魏以來者。〔註26〕

陳英傑則進一步指出，李、何等人標舉袁凱爲國初第一，「何嘗純粹
出於一種關於文學史的考古興趣，乃是極具現實性的『反身性策略』。
《海叟集》的重編之舉，可謂復古派初起時向詩壇擂鼓進兵的重要宣

〔註23〕李夢陽：〈海叟集原序〉，見〔明〕袁凱：《海叟集》，收於《景印文
　　　　淵閣四庫全書》（臺北：臺灣商務印書館，1985年），第1233冊，頁
　　　　163。

〔註24〕見〔明〕袁凱著：萬德敬校注：《袁凱集編年校注》（上海：上海古
　　　　籍出版社，2015年），附錄四諸家序跋，頁380～381。

〔註25〕此前，天順間，雖有朱應祥之嘆無袁詩刻本，遂評點校選輯爲《在
　　　　野集》，然大抵出於同郡後學，對松江詩歌發展脈絡之求索，如張璞
　　　　爲序，發出的深刻探問：「然而吾松無有乎詩？亦豈吾松眞無有乎
　　　　詩？」認爲「使先生詩道鬱鬱，是遺吾松之愧。」序言、《在野集》
　　　　刻本情況，參見〔明〕袁凱著：萬德敬校注：《袁凱集編年校注》（上
　　　　海：上海古籍出版社，2015年），頁6～10、389～392。

〔註26〕何景明：〈海叟集序〉，見何景明著：李叔毅等點校：《何大復集》（鄭
　　　　州：中州古籍出版社，1989年），頁595。

言。」〔註27〕嘉靖以後，明人選明詩於袁詩已多有所選，是否受到復古派李、何之說的影響，未得確知。然由嘉靖初，徐泰《皇明風雅》選有袁凱詩四首，詩話論著《詩談》評袁凱，有謂「雲間袁凱，師法少陵，格調高雅，奚止白燕。」〔註28〕同樣著眼袁凱與杜詩間的關係，以爲袁凱佳作，不止於〈白燕〉。這樣的論調與李夢陽之云「按集中〈白燕〉詩最下最傳，諸高者顧不傳」〔註29〕頗有相類，是否正是對復古派詩壇宣言的一種回應？稍晚，黃佐、黎民表《明音類選》在〈白燕〉之外，更錄有袁凱詩十九首。足見，袁凱詩歌已然受到一定的肯定。

　　遑論〈白燕〉爲七律體，而明人好爲七律，對於七律的創作每多留心，諸如顧起綸《國雅》選有袁凱詩十一首，以七律最多，佔有四首。《國雅品》評袁凱詩，即謂：「才情遒拔，往往有奇語，尤閑於詠物。其題〈白燕〉、〈聞笛〉，頗爲時口膾炙，蓋七言律不易得。」〔註30〕換言之，明人對袁凱的留意，一部分可能還來自於對七律創作上的一種關注，而恰恰杜甫正是明人眼中的七律大家〔註31〕。

　　總之，即便「袁凱的學杜、似杜現象，不盡然是李、何或陸深（即陸儼山）的獨家發現」〔註32〕，張弼（1425～1487）曾發出「袁景文《在野集》之渾厚含蓄，識者謂遠逼盛唐」〔註33〕之語；李東

〔註27〕所謂「反身性策略」，據陳英傑的說法，「『反身』，指反照自身，詮評古人同時也是爲詮評自身。」相關討論參見陳英傑：《明代復古派杜詩學研究》（臺北：臺灣學生書局，2018年），頁78～89。

〔註28〕徐泰：《詩談》（清道光辛卯（11年）六安晁氏活字印本），頁3。

〔註29〕李夢陽：〈海叟集原序〉，見〔明〕袁凱：《海叟集》，收於《景印文淵閣四庫全書》（臺北：臺灣商務印書館，1985年），第1233冊，頁163。

〔註30〕〔明〕顧起綸：《國雅品》（明萬曆元年（1573）勾吳顧氏奇字齋刊本），頁5～6。

〔註31〕關於明人對七律體的關注，及對杜詩七律的肯定，第六章〈選錄詩體分析──復古與前進的雙重思維〉將另作討論。

〔註32〕陳英傑：《明代復古派杜詩學研究》（臺北：臺灣學生書局，2018年），頁86。

〔註33〕見張弼：〈雪航稿序〉，收於〔明〕張弼：《東海張先生文集》（明正德乙亥（1515）華亭張氏刊本），頁22。

陽（1447～1516）《懷麓堂詩話》亦嘗直謂「袁凱《在野集》專學杜」〔註34〕。然而，隨著復古派在詩壇影響力的提升，明人對唐詩（如杜甫）的愈見關注，包括對七律體的創作思考，乃至隆慶四年（1570），何玄之得袁詩舊刻，「以活字校印百部，使之流布海內。」〔註35〕對於袁凱的詩歌地位，顯然都產生了推波助瀾的效益。

第三節　不對等的臺閣詩名：楊士奇、楊榮、楊溥

在明人選明詩的序跋文字中，對於臺閣體代表三楊──楊士奇（1365～1444）、楊榮（1371～1440）、楊溥（1372～1446）的詩歌表現，幾無提及。選家論有明詩發展者，永樂迄於成化間，往往是留意到的是詩壇的沉寂，如顧起綸《國雅‧凡例》之逕稱：「歷永、成間，假無姚、曾、李、石數公，稍振頹風，幾亡詩矣。」（頁2）早先，徐泰《詩談》亦嘗謂有明詩「莫衰宣、正間」之語。可見，這段期間的詩壇發展，在嘉靖、萬曆明人的眼中，確實是相對低潮的，而此時亦恰為臺閣體流行之際〔註36〕。進一步來看，如果說「所謂臺閣文學幾乎可以置換為以三楊為代表的文學」，何宗美指出「真正以三楊為中心的臺閣文學時期，即從洪熙到正統前期，其巔峰則是宣德七年到正統五年。」〔註37〕那麼，對嘉靖、萬曆明詩選家而言，此前詩壇的蕭條，似乎隱隱地指向了以三楊為中心的臺閣文學。

〔註34〕〔明〕李東陽著；李慶立校釋：《懷麓堂詩話校釋》（北京：人民文學出版社，2009年），頁72。

〔註35〕〔明〕袁凱著；萬德敬校注：《袁凱集編年校注》（上海：上海古籍出版社，2015年），頁6。

〔註36〕廖可斌嘗指出：「在明代文學史上，從成祖永樂到孝宗弘治年間，是所謂臺閣體佔統治地位的時代。」廖可斌：《明代文學思潮史》（北京：人民文學出版社，2015年），頁86。另外，關於明代臺閣體的流行時間，或有永樂至成化，或天順、弘治等說法，相關討論參見何宗美、劉敬：《明代文學還原研究──以《四庫總目》明人別集提要為中心》（北京：人民出版社，2014年），頁136～140。

〔註37〕何宗美：《文人結社與明代文學的演進》（北京：人民出版社，2011年3月），上冊，頁107～108。

甚者，倘若從明人選明詩進行檢視，三楊的選錄情況明顯不對等，如下表所示：

表十五：明人選明詩收錄臺閣三楊詩數比較表

| | 弘、嘉～萬曆中 | | | | | | | 萬曆中葉以降 | | | | | |
	泰	鈔	類	刪	綸	盧	統	穆	華	最	名	石	陳	歸
楊士奇	◎14	◎2	◎13	◎2	◎7	◎7	◎15	◎2	◎2			◎48	◎2	◎1
楊榮			◎3			◎2	◎4	◎3	◎2	◎1		◎48		◎1
楊溥			◎1											

※ 雙圈下方數字爲選錄詩數

其中，楊溥幾無選家收錄，三楊之間有著極大的落差。且即如楊士奇入選次數較高，在萬曆中葉以後，亦有選家不予青睞，如穆光胤《明詩正聲》、署名陳繼儒《國朝名公詩選》，足見明人對於臺閣詩風確實是有些疑慮。

固然，「考察明代文獻中使用『三楊』稱謂的例子，絕大多數是從其政治層面講的」〔註38〕。然而，成化間，彭時（1416～1475）〈楊文定公詩集序〉亦也謂：「至宣德、正統間，治教休明，民物康阜，可謂熙洽之時矣。當是時，以文學顯用者，有三楊公焉。」〔註39〕可見，明代的三楊並稱雖著墨在政治地位，渠等之文學表現未必爲人所忽略。遑論這種「一時功名事業煊赫盛大，屹然爲朝廷之表儀、縉紳之冠冕，天下人望，咸歸重焉」〔註40〕的情況，三楊

〔註38〕何宗美、劉敬：《明代文學還原研究——以《四庫總目》明人別集提要爲中心》（北京：人民出版社，2014年），頁134。

〔註39〕彭時：〈楊文定公詩集序〉，見〔明〕楊溥：《楊文定公詩集》，收於《續修四庫全書》（上海：上海古籍出版社，2002年），第1326冊，頁463。

〔註40〕彭時：〈楊文定公詩集序〉，見〔明〕楊溥：《楊文定公詩集》，收於

的文學表現自然不會被排除在外。曹學佺〈明興詩選序〉論洪武迄永樂、宣德詩壇「所稱齊名者」，即指出「在名佐則有三楊」，云：「又何其與勛業、節槪相頡頏」（頁 3），顯然對於三楊並稱，曹學佺留意到的不只是政治成就，還包括了詩歌表現。

　　但是，反映在選本中，實際的選錄情況卻是，嘉靖初，徐泰《皇明風雅》於三楊之中，僅選楊士奇詩，所著《詩談》論之，有云：「廬陵楊士奇，格律清純，實開西涯之派，文則弱矣。」〔註41〕相較於文，更爲留意楊士奇詩歌表現，並且聯繫了他與李東陽茶陵一派間的淵源關係。徐泰《皇明風雅》收有李東陽詩五十七首，高居選本第三位。是則，徐泰對楊士奇的稱美，多半帶有著對李東陽的重視。又，楊士奇論詩曾謂：「詩人無益之詞，不足爲也」〔註42〕，顯然詩歌並非他主力所爲，包括明人評論中，對楊士奇文章的稱美，如弘治、正德間，李夢陽詩云：「宣德文體多渾淪，偉哉東里廊廟珍」〔註43〕、沈玹（正德時人）跋《東里文集》之謂：「國朝文章以文貞楊公爲稱首」〔註44〕，乃至萬曆以後，王世貞《藝苑巵言》論文章之最達者，以爲：「楊尙法，源出歐陽氏，以簡澹和易爲主，而乏充拓之功，至今貴之曰臺閣體。」〔註45〕、何喬遠（1558～1632）《名山藏》有云：「士奇文法歐陽修，韞麗夷粹雖不逮之，質而理，婉而顯，備有先正典刑，當時號館閣體」〔註46〕等等。可見，不只是楊士奇對詩歌沒有太多的

　　　《續修四庫全書》（上海：上海古籍出版社，2002 年），第 1326 冊，頁 463。

〔註41〕徐泰：《詩談》（清道光辛卯（11 年）六安晁氏活字印本），頁 4。

〔註42〕楊士奇：〈聖諭錄卷中〉，收於〔明〕楊士奇著；劉伯涵、朱海點校：《東里文集》（北京：中華書局，1998 年），東里別集，頁 394。

〔註43〕李夢陽：〈徐子將適湖湘余實戀戀難別走筆長句述一代文人之盛兼寓祝望焉耳〉，見〔明〕李夢陽：《空同集》，收於《景印文淵閣四庫全書》（臺北：臺灣商務印書館，1985 年），第 1262 冊，卷 20，頁 155。

〔註44〕〔明〕楊士奇：《東里文集》（明正統刻正德十年（1515）沈玹補修本）。

〔註45〕〔明〕王世貞：《藝苑巵言》，收於《景印文淵閣四庫全書》（臺北：臺灣商務印書館，1986 年），第 1281 冊，卷 148，頁 394。

〔註46〕〔明〕何喬遠：《名山藏》（明崇禎十三年（1640）福建巡撫沈猶龍

著力，明人每每留意的亦是楊士奇的文章表現，且大抵扣合著臺閣（館閣）〔註47〕而發。那麼，倘若，「明人論述臺閣體者多言文」〔註48〕，當徐泰稱楊士奇「文則弱也」，著眼楊士奇詩歌表現，是否無形中是對其館閣身份的一種淡化？亦即當徐泰謂楊士奇詩「格律清純」，他的關鍵可能更在於「格律」，從詩歌的審美角度出發，看待詩人對於詩體的掌握度，而不在於檢視詩作有否符合「鳴國家之盛」的訴求〔註49〕。遑論李東陽即爲詩歌格律的強調者，如同廖可斌所指出的，「對文學特別是詩歌本身的審美特徵和要求進行探討，是茶陵派有別於臺閣體的主要特徵」〔註50〕，抑或徐泰《皇明風雅》編選所標志著的，「明人編纂當代詩文總集的目的，已從明代早期的

等刊本），臣林記，頁 3。

〔註47〕關於館閣、臺閣之稱，簡錦松指出「臺閣體者，館閣人之詩文體也。」黃卓越亦謂：「臺閣體，即館閣體，在明人的言說中兩者是可替稱的。」廖可斌則進一步指稱「但就實質而言，它倒比『臺閣體』一詞能更準確地揭示『臺閣體』並非僅由內閣大臣創作，而是由翰林院官員與內閣大臣共同創作的事實。」雖就明人言說，館閣與臺閣可以替稱，唯今爲求行文一致，如所述主在文體創作，以習見之臺閣稱之；主在說明身份，則從寬以館閣稱之。參見簡錦松：《明代文學批評研究》（臺北：臺灣學生書局，1989 年），頁 20、黃卓越：《明永樂至嘉靖初詩文觀研究》（北京：北京師範大學出版社，2001 年），頁 4、廖可斌：《明代文學思潮史》（北京：人民文學出版社，2015 年），頁 93。另外，關於目前學界對館閣、臺閣之稱的辨析情況，可參見趙偉：〈楊士奇與明初臺閣體述評〉，《北京教育學院學報》（2017 年 12 月），第 31 卷，第 6 期，頁 50～51。

〔註48〕湯志波：《明永樂至成化間臺閣詩學思想研究》（上海：上海古籍出版社，2016 年），頁 22。

〔註49〕陳文新述臺閣作家身份及其心態時，以楊士奇爲例，提到：「其作品情調是否與其臺閣大臣的身份協調的問題始終在其警覺的範圍之內。這種協調主要表現爲兩個方面：一個是與國家意識形態吻合，二是有助於顯示國家的昇平氣象。……由第二點出發，臺閣體作家『鳴國家之盛』的意圖非常明顯。」相關討論參見陳文新：《中國文學流派意識的發生和發展》（武漢：武漢大學出版社，2007 年），頁 260～261。

〔註50〕廖可斌：《明代文學思潮史》（北京：人民文學出版社，2015 年），頁 145。

為輔佐教化、歌頌聖治，逐步向單純地為文學本身轉變。」〔註51〕

與徐泰相彷，萬曆初，顧起綸《國雅》選詩，三楊亦僅錄楊士奇，所著《國雅品》未見品評，唯獨論述曾棨，嘗提及楊士奇。顧氏以為曾棨擅於七言，云：「古遂切直，健捷為工，頗以繁靡為累，永、成間多效其體。先輩于蕭愍（于謙）、楊文貞諸公，互相宗尚，亦一時藝林風氣使然也。」〔註52〕顧起綸認為永樂迄成化間，詩壇對曾棨七言詩作頗有取法，于謙、楊士奇等人所以宗尚，殆為風氣使然。顧起綸特別點出于謙、楊士奇，顯然是看到了他們在當時詩壇所佔有的地位。而此處他對楊士奇的留意，與徐泰相同，所著墨的仍是詩體創作上的表現。不同的是，徐泰在肯定李東陽的角度上，對楊士奇的「開西涯之派」作了溯源，顧起綸卻是在曾棨七言詩「繁靡為累」的瑕疵認定上，聯繫了楊士奇等人對此一瑕疵的相互宗尚。那麼，在永、成詩壇上，顧起綸謂「假無姚、曾、李、石數公，稍振頹風，幾亡詩矣。」（頁2），楊士奇所以不在其列，與顧起綸對楊士奇創作取法的某種指瑕，或許有所關連。

萬曆中，李騰鵬《皇明詩統》選有楊士奇詩十五首，係萬曆中葉以前，詩數收錄最多的選本。所繫詩人小傳，李氏有云：「永樂後，科舉業盛，詩道中衰，公始振之，李西涯繼而再振之，而一代文物於茲盛矣。」（卷12，頁1）未若徐泰，李騰鵬沒有試圖聯繫楊士奇與李東陽間的創作淵源，所提及之詩道振作，突顯的乃是楊、李兩人先後可能扮演的詩壇盟主地位。同時，李騰鵬更進一步引述了李東陽、王世貞的評論作結。引文如下：

> 李西涯曰：楊文貞公亦學杜詩，古樂府諸篇間有得晉魏遺
> 意者，有識者當辨之。（卷12，頁1）

〔註51〕陳正宏：《明代詩文研究史》（上海：上海文化出版社，2000年11月），頁47。

〔註52〕〔明〕顧起綸：《國雅品》（明萬曆元年（1573）勾吳顧氏奇字齋刊本），頁7～8。

　　王鳳洲曰：少師韻語妥恊，聲度和平，如潦倒書生，雖復
　　酬酢，馴雅無復生氣。（卷12，頁1）

其中，李東陽肯定楊士奇的取法杜詩，強調其樂府諸作所帶有的魏
晉風貌。所謂的「有識者當辨之」，隱約表達了時人的恐有不見。那
麼，何以無由辨之，有所不見，又是否暗示了時人對楊士奇的認識，
可能更在其它。諸如王世貞之云：「韻語妥恊，聲度和平」，論調類
近於徐泰所指稱的「格律清純」，而王世貞的焦點，明顯更在指瑕楊
詩的「無復生氣」。

　　總合上述，可以發現，嘉靖、萬曆時期，明人對楊士奇的肯定，
大抵擺放在重振詩道、引領詩壇上，包括與李東陽間的承繼關係，這
些認識適足以讓楊士奇的詩作納入選家的視界。只是，楊士奇七言
體的創作表現，又或詩風和平馴雅下的無復生氣，卻可能讓明人對
楊士奇的詩作產生疑慮。比方，在萬曆中葉以降，已有選本不予選
錄。縱有所選，除曹學佺《石倉歷代詩選》在建構當代詩史的前提
下〔註53〕，詩家作品往往多有選錄外，其餘選本未見有收錄超過兩
首者。特別是，倘若連李東陽的詩歌成就都可能動搖的情況下，如
李騰鵬《皇明詩統》收李東陽詩二十四首，數量不為不多，然而詩
人小傳所評，卻云：「蓋其詩文體格卑下也，況晚節末路復如此哉！
然其著作甚富，不無一二可取，故特錄之。」（卷13，頁18）選錄
李東陽詩，竟只是因為著作量大，不無可取下的特別收錄。那麼，
楊士奇的「開西涯之派」，對明人來說，是否還是一種詩歌成就上的
認可，恐怕未必。

　　簡言之，就明人選明詩來看，明人對楊士奇詩歌的肯定，明顯
不是出於對臺閣體的稱美；對楊士奇詩歌的忽略，卻可能摻絆著對

〔註53〕許建崑指出：「相對於漢魏唐宋元之古代詩選而言，曹學佺的《明詩
　　　　選》可以稱作『當代詩選』了。他試圖建構『詩史』，『古詩』部分
　　　　只是詩之源起，而明代詩學的發展才是他主訴的重點。」許建崑：〈曹
　　　　學佺《石倉十二代詩選》再探〉，收於氏著：《曹學佺與晚明文學史》
　　　　（臺北：萬卷樓圖書股份有限公司，2014年），頁153。

臺閣體的疑慮。

　　黎民表〈皇明類選後序〉論明詩發展，嘗謂「永樂諸賢，席垂拱之運，涵濡始於館閣，體漸夷粹」〔註54〕，將永樂的詩壇重心擺放在政治清明下，由館閣主導的平和純正之體。此處的「夷粹」，與王世貞評楊士奇詩歌之「和平」、「馴雅」，頗有類近。倘若對應王世貞之謂楊詩「無復生氣」，與論其臺閣文章「乏充拓之功」，包括將楊詩比爲「流水平橋」〔註55〕，與視臺閣體「以簡澹平易爲主」，詩文間的批評，亦見異曲同工。那麼，楊士奇詩歌中的館閣氣息——平和雅正之風，或許即是他不爲選家（尤其萬曆中葉以後）重視的主要原因。即使，他未必只有這類風格的作品。楊溥論楊士奇詩，嘗云：「東里歌頌太平，未嘗不致儆戒之意。至於觸物起興，亦莫不各極其趣，體製音響皆發乎性情，非求之工巧者比。」〔註56〕相較於「歌頌太平」這類鳴盛詩作，楊溥意在提醒的，或許更在那些容易被人忽略，純然發乎詩人情性，無有刻意求工，楊士奇「觸類起興」，有以臻至妙趣的作品。只是，這些詩作是否得以見賞？還是，恰如胡應麟（1551～1602）對朝中重臣的詩歌品評，渠等之身份、成就掩蓋了詩歌上的表現。胡氏嘗云：「永樂中姚恭靖、楊文貞、文敏、胡文穆、金文靖，皆大臣有篇什者。頗以位遇掩之。詩體實平正可觀。」〔註57〕胡應麟固然留意到了姚廣孝（1335～1418）楊士奇、楊榮、胡廣（1370～1418）、金幼孜（1368～1432）等人之詩歌表現〔註58〕，然而詩體的

〔註54〕轉引自王文泰：《明代人編選明代詩歌總集研究》（上海：復旦大學博士學位論文，2005年），頁59。

〔註55〕〔明〕王世貞：《藝苑卮言》，收於《景印文淵閣四庫全書》（臺北：臺灣商務印書館，1986年），第1281冊，卷148，頁401。

〔註56〕〔清〕朱彝尊：《明詩綜》，收於《景印文淵閣四庫全書》（臺北：臺灣商務印書館，1986年），第1459冊，卷19，頁538。

〔註57〕〔明〕胡應麟：《詩藪》（臺北：文馨出版社，1973年），續編卷一，頁330。

〔註58〕廖可斌曾指出：「臺閣體雖由內閣大臣們所創立與倡導，並因之而得名，但它的作家隊伍卻並不限於內閣大臣，而至少還應包括翰林院和詹事府的官員。」就胡應麟所述詩家，楊士奇、楊榮、胡廣、金

「平正可觀」，似乎也沒有走出館閣「體漸夷粹」——平和純正的審美範疇。換言之，胡應麟的「頗以位遇掩之」，值得留意的不只是所述館閣大臣的詩作亦有可觀，更在於渠等以其身份地位，難免影響創作風格情況下，所可能造成的，人們對其詩風取向的片面認定。

衍伸而來，如對應明人對楊榮、楊溥的評述，不難發現兩者間的某種相似，如：

>……於是英偉豪傑之士相繼而出，既以其學贊經綸，興事功，而致雍熙之治矣！復發爲文章，敷闡洪猷，藻飾治具，以鳴太平之盛。自洪武至永樂，蓋文明極盛之時也，若建安楊公者，其可多得哉！……凡官署民居所以施政教、適性情，而欲紀載其實、序述其故；孝子慈孫欲銘著其祖考之美，以垂諸不朽者，多請求於公，公皆有以應其求。其學博、其理明，其才贍、其氣充，是以其言汪洋弘肆，變化開闔，而自合乎矩度之正，蓋颯颯乎！（王直〈文敏集序〉）〔註59〕

>其後二楊公沒，公歸然獨存，年益久而望益重，士大夫有得其詩文者，莫不藏弆以爲榮，公亦樂於應人之求，肆筆成章，皆和平雅正之言，其視務工巧以悅人者遠矣。何也？蓋其資稟之異，涵養之深，所處者高位，所際者盛時，心和而志樂，氣充而才贍，宜其發於言者，溫厚疏暢而不雕刻，平易正大而不險怪，雍雍乎足以鳴國家之盛。」（彭時〈楊文定公詩集序〉）〔註60〕

幼孜均嘗入閣，僅姚廣孝爲太子少師一職，然以輔導太子主屬詹事府所掌，又姚嘗爲成祖定策起兵。是則，姚廣孝之朝中地位，殆與內閣文臣相彷。廖可斌：《明代文學思潮史》（北京：人民文學出版社，2015年），頁90。

〔註59〕〔明〕楊榮：《文敏集》，收於《景印文淵閣四庫全書》（臺北：臺灣商務印書館，1985年），第1240冊，頁2～3。

〔註60〕彭時：〈楊文定公詩集序〉，見〔明〕楊溥：《楊文定公詩集》，收於《續修四庫全書》（上海：上海古籍出版社，2002年），第1326冊，頁463。

兩段引文對楊榮、楊溥之才學均有稱美，且強調時人求有文字者，榮、溥每多有應。顯示當時兩人確有盛名，酬酢難免，創作表現自亦爲人所見，彭時嘗謂二人爲當時「以文學顯用者」，殆非虛言。又，無論王直（1379～1462）、彭時皆以「鳴盛」、詩文之「正」論榮、溥，關注點明顯仍在館閣重臣平和雅正的詩文風格。是則，即如錢習禮（正統時人）曾稱楊榮：「詩亦備極諸體，清遠俊麗，趣味不凡。」〔註61〕豈止「汪洋弘肆，變化開闔」之言，又或，楊溥嘗繫獄，「十有餘年，苦心力學，不改故初。」〔註62〕獄中情懷是否爲人見賞，似乎都沒有太多的討論〔註63〕。足見，相較於楊士奇，楊榮、楊溥兩人的創作，明人的評述更多集中在鳴盛之作。

那麼，在嘉靖、萬曆以後的明人選明詩中，楊榮、楊溥的詩歌創作所以沒有得到太多的重視，或許不只是「文貞之文、文敏之識、文定之操」〔註64〕三楊成就定位上的差異。不同於楊榮、楊溥之登進士第，楊士奇乃以「名儒薦徵入翰林編纂」〔註65〕。嘗自言「起

〔註61〕〔明〕楊榮：《文敏集》，收於《景印文淵閣四庫全書》（臺北：臺灣商務印書館，1985年），第1240冊，頁4。

〔註62〕〔明〕項篤壽（1521～1586）：《今獻備遺》，收於《景印文淵閣四庫全書》（臺北：臺灣商務印書館，1985年），第453冊，卷6，頁557。

〔註63〕李聖華嘗對楊溥獄中詩發出探問，謂「今存詩集少見獄中雜詠，其間是否廢詩不作了呢？」並就楊溥〈赦後感懷四首〉進行探究，以爲「格律宛整，氣象渾然，顯然不是十年不作詩所能隨意揮灑而成。看來他獄中沉吟不絕，只因不合『所際者盛時』，未加意存留。」實際就明人選明詩來看，即便是獄中所作無加意存留，〈赦後感懷〉這類感謝皇恩，發抒獄中所感的作品，亦未見選本收錄。可知，選家對楊溥詩歌無甚留意，即如黃佐、黎民表《明音類選》收有楊溥詩〈宣德丙午扈駕巡邊途中感興〉一首，然亦屬臺閣詩作，足見選家對楊溥詩歌的認識，可能還是建立在歌詠太平的鳴盛作品上爲多。參見李聖華：《初明詩歌研究》（北京：中華書局，2012年），頁387。

〔註64〕〔明〕王鏊（1450～1524）：〈贈少傅徐公序〉，見氏著：《震澤集》，收於《景印文淵閣四庫全書》（臺北：臺灣商務印書館，1985年），第1256冊，卷11，頁258。

〔註65〕〔明〕楊溥：〈故光祿大夫柱國少師兵部尚書兼華蓋殿大學士贈特進光祿大夫左柱國太師諡文貞楊公神道碑〉，見〔明〕程敏政（1445～

家文學」﹝註66﹞，黃淮序其集，云：「既冠，涉迹湖、湘、漢、沔，所交鴻儒碩士，所談道德仁義，而所受清明粹溫者，養之直而資之深」，創作上「濡毫引紙，力追古作」，「於是聲名洋溢，受薦而起」﹝註67﹞。早有文名，加上述作多有﹝註68﹞，更曾自編文集﹝註69﹞，士奇得以文學享譽，選家多有所錄，固非偶然。只是，即便如此，萬曆以後選家的猶有未選，明人品評對其馴雅詩風的指瑕，包括在楊榮、楊溥的創作評價上，幾乎集中在平和雅正的述作上，且明詩選家對榮、溥兩人確實也未見重視。即如黃佐、黎民表《明音類選》三楊詩作均見選錄，而黃佐序中有云：「明音類選，奚以編也，類選治世之音，用昭隆盛於無窮也」（頁 1），他對三楊詩歌的選錄，殆有站在「鳴盛」立場上的考量。那麼，其餘選家對三楊詩作的或選或捨，所折射出的或許正是他們對這類作品的猶有疑慮。亦即，在三楊不對等的詩名中，所反映的不徒「西楊文學，東楊政事，南楊

1499）：《明文衡》，收於《景印文淵閣四庫全書》（臺北：臺灣商務印書館，1986 年），第 1374 冊，卷 77，頁 560。

﹝註66﹞ 楊士奇：〈自志〉，見﹝明﹞楊穗編；楊思堯補編：《太師楊文貞公年譜》，收於《北京圖書館藏珍本年譜叢刊》，第 37 冊，頁 521。

﹝註67﹞ ﹝明﹞楊士奇著；劉伯涵、朱海點校：《東里文集》（北京：中華書局，1998 年），頁 1。

﹝註68﹞ 三楊之詩文著作，據《欽定四庫全書總目》所錄，楊士奇有《東里全集》97 卷、《別集》4 卷；楊榮有《楊文敏集》，內含詩文共計 25 卷。至於楊溥，未見《欽定四庫全書》與《欽定四庫全書總目》，《續修四庫全書》但收有《楊文定公詩集》7 卷（缺卷 6）。顯見三楊在創作上，確以楊士奇著作尤多。至於楊溥，陳田《明詩紀事》嘗稱「《文定集》世所罕見」，可知相較楊士奇、楊榮，楊溥的著作相對較少，在流傳不廣，選錄條件明顯處於弱勢，兼以明詩選家對臺閣詩作的疑慮下，遂致鮮為明詩選家收錄。參見﹝清﹞陳田：《明詩紀事》（上海：上海古籍出版社，1993 年），第二冊，乙籤，卷 3，頁 637。

﹝註69﹞ 據《太師楊文貞公年譜》所載，正統庚申五年，「是年，刻東里文集。」李東陽《懷麓堂詩話》亦謂「楊文貞公《東里集》，手自選擇，刻於廣東。」見﹝明﹞楊穗編；楊思堯補編：《太師楊文貞公年譜》，收於《北京圖書館藏珍本年譜叢刊》，第 37 冊，頁 512；﹝明﹞李東陽著；李慶立校釋：《懷麓堂詩話校釋》（北京：人民文學出版社，2009 年），頁 194。

雅操」〔註70〕的意義，還隱然透露著明詩選家對臺閣詩作的有所忽略，體現出明人在臺閣詩作上所抱持的保留態度。

第四節　以字與畫掩其詩：文徵明

　　文徵明（1470～1559），字徵仲，號衡山，長洲人（今江蘇）。活動時間橫跨成化、弘治、正德、嘉靖四朝，《明史》嘗謂吳中詩壇，「徵明主風雅數十年」〔註71〕。然而，明人選明詩序跋談論吳中詩壇但言明初四傑——高、楊、張、徐，而罕稱徵明；提及弘治以來明詩發展，每每聚焦李夢陽、何景明之引領潮流、復古派於詩壇上的影響力，文徵明之詩名或如仲子文嘉（1501～1583）所述，係「人知其書畫而不知其詩文」〔註72〕。

　　加拿大漢學家白潤德曾經指出：

> 蘇州作為文學中心要完全羽翼豐滿，還有待年輕一代文學家的成熟，這一代人包括楊循吉（1458～1546）、祝允明（1461～1527）、唐寅（1470～1524）和文徵明（1470～1559）。他們在仕途均無建樹。……，不過如果他們不是在藝術領域名聲遠揚，其詩歌應該不會引起後代那麼多的注意力。實際上，在他們生活的時代，詩歌領域重要的新進展發生在蘇州之外，特別是北京，這也就是我們後來所知道的復古運動。〔註73〕

白潤德同樣點出了當時復古運動作為詩壇主流下，蘇州文士可能面臨的「失焦」。尤其復古派成員多半具有進士身份，在無心科名或宦

〔註70〕〔清〕陳田：《明詩紀事》（上海：上海古籍出版社，1993 年），第二冊，乙籤，卷 3，頁 637。

〔註71〕〔清〕張廷玉等：《明史》（臺北：藝文印書館，2010 年，清乾隆武英殿原刊本），第 6 冊，列傳第 175，卷 287，頁 3160。

〔註72〕文嘉：〈先君行略〉，見〔明〕文徵明著；周道振輯校：《文徵明集》（上海：上海古籍出版社，2014 年），下冊，附錄二，頁 1726。

〔註73〕〔美〕梅維恒主編；馬小悟等譯：《哥倫比亞中國文學史》（北京：新星出版社，2016 年），上卷，頁 443～444。

途乖蹇的情況下，「仕途均無建樹」，多少阻礙了他們獲得詩壇主導權的機會。以文徵明而言，嘗九度應試不利，直至五十四歲始由工部尚書李充嗣（1462～1528）推薦，授翰林待詔一職。未及三年，旋又幾度上疏乞歸，遂得致仕〔註 74〕。且，如果說藝術領域的名聲遠揚，讓蘇州文士的詩歌有以獲得矚目，從另一角度來看，他們的詩歌表現所以無法獲得充分的注意，未嘗不有藝術成就上的掩蓋？如同文嘉對其父詩文名聲的感嘆，萬曆間江盈科對文徵明亦也謂：「若太史者，可謂以字與畫掩其詩。」〔註 75〕

由明人選明詩的選錄情況進行檢視，似乎也有脈絡可循。依白潤德所提蘇州文人代表，選錄情況如下表所示：

表十六：明人選明詩收錄楊循吉、祝允明、唐寅、文徵明詩數比較表

	弘、嘉～萬曆中							萬曆中葉以降						
	泰	鈔	類	刪	綸	盧	統	穆	華	最	名	石	陳	歸
楊循吉					◎ 1		◎ 3				◎ 14	◎ 49		◎ 1
祝允明	◎ 1				◎ 5	◎ 1	◎ 10	◎ 1	◎ 1		◎ 20	◎ 171		◎ 4
唐寅	◎ 1				◎ 1	◎ 1	◎ 5	◎ 4	◎ 5		◎ 29	◎ 110	◎ 1	◎ 5
文徵明					◎ 8	◎ 4	◎ 15	◎ 6	◎ 2	◎ 2	◎ 23	◎ 272	◎ 2	◎ 6

※雙圈下方數字為選錄詩數

從入選次數來看，《明史》以文徵明主掌吳中風雅之說，或非虛

〔註 74〕參見〔明〕文徵明著；周道振輯校：《文徵明集》（上海：上海古籍出版社，2014 年），下冊，附錄三，文徵明年表。以下所述文徵明事跡主要參照年表，不另作註。

〔註 75〕江盈科：〈文翰林甫田詩引〉，參見〔明〕文徵明著；周道振輯校：《文徵明集》（上海：上海古籍出版社，2014 年），下冊，附錄一，頁 1717。

言。萬曆以後的選本幾乎都選錄了文徵明的作品，透露著文徵明確實享有一定的詩名。只是，這份詩名的建立，對應嘉靖選本間的缺席，又或萬曆中葉以後選本間收錄詩數上的落差，包括唐寅所錄詩作時有過之的情況，卻稍見突兀。

　　徐泰《皇明風雅》成書於嘉靖四年（1525），所收詩家雖大多辭世，仍不乏有在世者，如張琦（1450～1530？）、林俊（1452～1527）、李夢陽（1472～1529）等。其中，張琦，爲四明（今浙江）人，「自幼穎異，年十二能屬對」〔註76〕，友林俊嘗謂之「詞采精麗，音調孤絕」，以爲「上接少陵之席，與陶、謝、潘、左參輩行」〔註77〕。以徐泰爲海鹽人，同屬浙江布政司管轄區域，於張琦之名或當有知。而林俊、李夢陽，徐泰《詩談》中均有所稱，以爲「莆田林俊，雄健之詞，困而不撓。剛大之氣，至老不衰」〔註78〕；李夢陽則係「崧高之秀，上薄青冥」〔註79〕，並充分肯定明詩發展上李夢陽所扮演的關鍵性角色〔註80〕。是則，《皇明風雅》所以選錄，依徐泰〈皇明風雅題辭〉所云，確乃「目之所及」，「特取適己口者」（頁1）之名家作品。

　　若然，時文徵明已五十餘歲，甫任翰林待詔職，且於正德間已編有歷年詩《甫田集》四卷，何以詩作未得見收？即便徐泰於〈凡例〉中指出「詩雖名家而未之錄者，未得而錄之也」，但既爲名家，且在「詩人雖有隱顯，惟其詩錄之而已」（頁2），著重詩作不計身

〔註76〕參見〔清〕曹秉仁纂：《寧波府志》，收於《中國方志叢書·華中地方浙江省》（臺北：成文書局，1980年），第198號，卷26，頁2072。

〔註77〕林俊：〈白齋詩集序〉，見〔明〕林俊：《見素集》，收於《景印文淵閣四庫全書》（臺北：臺灣商務印書館，1986年），第1257冊，卷5，頁46。

〔註78〕徐泰：《詩談》（清道光辛卯（11年）六安晁氏活字印本），頁6。

〔註79〕徐泰：《詩談》（清道光辛卯（11年）六安晁氏活字印本），頁6。

〔註80〕徐泰《詩談》嘗云：「至宏治，西涯倡之，空同、大復繼之，自是作者森起。」徐泰：《詩談》（清道光辛卯（11年）六安晁氏活字印本），頁6。

份的選錄情況下，所以「未得而錄之」豈非暗示著徵明的詩作流傳未廣？詩名未盛？抑或是詩歌的表現不盡符合徐泰「適己口者」的選錄要求？

文徵明於嘉靖二年（1523）始獲薦任，此前應試之路崎嶇，縱與徐禎卿（1479～1511）、唐寅、祝允明有「吳中四才子」之名，然徐禎卿於弘治十八年（1505）已登進士第，且與李夢陽、何景明等復古派成員交遊〔註81〕，聲名明顯更盛。徐泰《詩談》論何景明以為「上追漢魏，下薄初唐」，即謂有「時惟姑蘇徐禎卿媲美」〔註82〕，所選《皇明風雅》亦收有徐詩十七首，文、唐、祝三人反而闕而弗錄。王世貞亦云：「吳中人於詩述徐禎卿，書述祝允明，畫則唐寅伯虎」〔註83〕，可見，當時吳中四才子尤以徐禎卿之詩名為著。

且，何良俊（1506～1573）《四友齋叢說》曾載：「衡山先生在翰林日，大為姚明山、楊方城所窘，時昌言於眾曰：『我衙門中不是畫院，乃容畫匠處此耶？』」〔註84〕透露出當時文徵明的詩名確實可能為畫所掩。文嘉〈先君行略〉述文徵明薦任事，也曾提及：「翰林諸公見諸公推與太甚，或以為過。」又云：「初歸時，適玉峯朱公希周與公先後歸，又同里閈；時吳中前輩多已凋謝，遂以二公之德望文學並稱者垂三十年。」〔註85〕是知，至少在授職翰林前，文徵明之詩作流傳、詩名顯揚的確未臻鼎盛。返歸致仕後，在前賢多有凋

〔註81〕李夢陽〈朝正倡和詩跋〉嘗述所與倡和交遊者，其中復古派陣營相關人物考論，參見何宗美：《文人結社與明代文學的演進》（北京：人民出版社，2011 年 3 月），上冊，頁 211～223。
〔註82〕徐泰：《詩談》（清道光辛卯（11 年）六安晁氏活字印本），頁 6。
〔註83〕王世貞：〈文先生傳〉，見〔明〕王世貞：《弇州四部稿》，收於《景印文淵閣四庫全書》（臺北：臺灣商務印書館，1986 年），第 1280 冊，卷 83，頁 371。
〔註84〕何良俊《四友齋叢說》卷 15〔明〕何良俊撰：李劍雄校點：《四友齋叢說》（上海：上海古籍出版社，2012 年），卷之 15，頁 92。
〔註85〕文嘉：〈先君行略〉，見〔明〕文徵明著：周道振輯校：《文徵明集》（上海：上海古籍出版社，2014 年），下冊，附錄二，頁 1725～1726。

零下，乃有掌吳中風雅事，聲名遂隆。〔註86〕是則，既徐泰《皇明風雅》成書之際，約莫徵明乞歸前後，無由搜羅其作實不無可能。何況，文徵明繪畫、文章嘗分別師事沈周（1427～1509）、吳寬（1435～1504），《皇明風雅》錄有沈詩八首、吳詩一首。徐泰《詩談》評沈、吳，但曰：「姑蘇沈周出入宋、元，成一機軸。孫登獨嘯，和者稀矣。吳寬穠郁。」〔註87〕文徵明的詩歌是否受到二人影響固難斷言，但吳詩之穠郁明顯不爲徐泰所重，沈詩即使「成一機軸」，「和者稀矣」卻也看出並非當時詩壇主流。以文徵明與沈、吳之往來相從，在詩歌上「或以格律氣骨爲論者，公不爲動」〔註88〕的態度，甚或自言己作「格調卑弱」〔註89〕，對應徐泰《詩談》之以「格調」、「格律」品評詩家〔註90〕，凡此種種，皆可得見文徵明詩作所以不爲錄，難獲徐泰矚目，當非偶然。

　　至於楊愼、黃佐對文徵明雖是「愛敬尤至」〔註91〕，然所選《皇

〔註86〕關於文徵明是否主掌吳中風雅數十年，徐楠亦曾提出質疑，指出「文徵明在蘇州文苑中的重要性，的確是在弘治、正德間便顯現出來了。不過，這並不意味著他在此時即有『主盟』的能力」，並強調「就時間上看，以文徵明爲核心的這一創作群體的形成，至早萌芽於正德中葉；眞正成熟，則當在文徵明徹底斷絕仕宦之念、穩定處於蘇州之時，那已經是嘉靖前中期的事情了。」相關討論參見徐楠《明成化至正德間蘇州詩人研究》（北京：社會科學文獻出版社，2010年），頁112～115。

〔註87〕徐泰：《詩談》（清道光辛卯（11年）六安晁氏活字印本），頁5。

〔註88〕文嘉：〈先君行略〉，見〔明〕文徵明著；周道振輯校：《文徵明集》（上海：上海古籍出版社，2014年），下册，附錄二，頁1726。

〔註89〕何良俊《四友齋叢説》：「衡山嘗對余言『我少年學詩，從陸放翁入門，故格調卑弱，不若諸君皆唐聲也。』」〔明〕何良俊撰；李劍雄校點：《四友齋叢説》（上海：上海古籍出版社，2012年），卷之26，頁172。

〔註90〕如：「臨川揭孟同、上饒張孟循、金陵夏允中德，興程邦民，格調相似」、「雲間表凱，師法少陵，格調高雅」、「時若危德華，名亞子羽，格調秀俊」、「廬陵楊士奇，格律清純」、「海南陳獻章，根據理學，格調高古，當別具一目觀之」等。參見徐泰：《詩談》（清道光辛卯（11年）六安晁氏活字印本），頁2、3、4、6。

〔註91〕文嘉：〈先君行略〉：「新都楊公愼、嶺南黃公佐，愛敬尤至。」文嘉：〈先君行略〉，見〔明〕文徵明著；周道振輯校：《文徵明集》（上海：

明詩抄》、《明音類選》均無收錄在世詩家，文徵明詩作或以未見。
唯黃佐、黎民表《明音類選》選有祝允明、唐寅詩各一首，重視程
度有限，對於徐禎卿詩反倒大量選錄，高達四十首之多。倘若連結
《明音類選》對李夢陽、何景明的高度青睞——選錄詩數居選本一、
二位，或如廖可斌所云：「徐禎卿的詩文創作取得了一定成就，是人
們公認的事實。當時復古派及接近復古派的作家都認爲這是徐氏後期
創作遵循復古軌轍，擺脫了早期浸染的吳中風尙的結果。」〔註92〕
那麼，祝、唐詩作的相形忽略，是否正源於「吳中風尙」的體現？
所以入選《明音類選》，亦殆如徐學謨（1521～1593）論吳人之詩，
所謂的「吳人作吳語，務極其所偏至，各自能名家」〔註93〕，取其
名家而錄？

　　對於吳中詩家的創作，廖可斌曾經指出，「像這樣『不經意寫
出』，於題材、格調都不復留意，便往往不免落入俗化一路」，「在
祝允明、唐寅等的作品中，這種俗化的特徵就表現得更爲突出。」
〔註94〕《明音類選》是否在「俗化」的角度上，沒有給予祝、唐太
多的肯定，或難以推知。但倘若吳中詩人的傳統風格無法獲得足夠
的矚目，文徵明所以主掌吳中詩壇，於明人選明詩間能夠得到多少
重視，似乎都留下了問號。意即，文徵明詩名之爲書畫所掩，背後
所隱含的可能還包括明人對於詩歌所展現之吳中習尙的接受態度。

　　李日華（1565～1635）《六硯齋筆記》即云：「文衡老詩，清婥
婉約，弇州、歷下諸公，每以吳歈目之。」〔註95〕王世貞、李攀龍

　　　上海古籍出版社，2014年），下冊，附錄二，頁1725。
〔註92〕廖可斌：《復古派與明代文學思潮》（臺北：文津出版社，1994年），
　　　上冊，頁250。
〔註93〕徐學謨：〈二盧先生詩集序〉，見黃宗羲：《明文海》，收於《景印文
　　　淵閣四庫全書》（臺北：臺灣商務印書館，1986年），第1456冊，卷
　　　269，頁126。
〔註94〕廖可斌：《復古派與明代文學思潮》（臺北：文津出版社，1994年），
　　　上冊，頁130、131。
〔註95〕〔明〕李日華著：沈亞公校訂：《六硯齋筆記》，收於《國學珍本文

將文徵明的詩作徒視爲「吳歈」——吳地之歌，興許繫於格局之拘，
如王世貞早先對文詩的品評，以爲「眼境易窮」〔註 96〕、「第亡丈
夫氣格」〔註 97〕。同時，從音調來看，亦也連結著吳中民間所尚，
「一種輕柔婉轉，通俗化與世情化的情調」〔註 98〕，黃卓越指出：

> 以「吳歈」借說吳中派的詩歌徵象，正是將後者與其固有
> 的地方傳統聯繫在一起看待。雖然完整地看，如李日華所
> 云並非就能涵蓋吳中派詩作的全貌，……但明中期吳中派
> 的詩歌尊尚在最主要的方向上依然顯現出了對這一傳統的
> 承接與續構。〔註 99〕

那麼，李攀龍《古今詩刪》所以不錄文徵明，包括祝允明、唐寅詩，
顯然有著對吳中習尚——「吳歈」的疑慮。亦即在以復古運動爲詩壇
主潮的情況下，吳中詩家的光芒確實或多或少受到了掩蓋〔註 100〕。

庫》（上海：中央書店，1936 年），第一集，第 18 種，《六硯齋二筆》，
卷 1，頁 25。

〔註 96〕 王世貞《弇州四部稿・藝苑卮言五》：「文徵仲如仕女淡粧，維摩坐
語，又如小閣疎窻，位置都雅，而眼境易窮。」〔明〕王世貞：《藝
苑卮言》，收於《景印文淵閣四庫全書》（臺北：臺灣商務印書館，
1986 年），第 1281 冊，卷 148，頁 401。

〔註 97〕 王世貞《明詩評》：「大抵徵明詩如老病維摩，不能起坐，頗入玄言：
又如衣素女子，潔白掩映，情致親人，第亡丈夫氣格。」〔明〕王
世貞：《明詩評》，收於《叢書集成簡編》（臺北：臺灣商務印書館，
1965 年），第 134 冊，卷 3，頁 66。

〔註 98〕 黃卓越以《正德姑蘇志》所提及之地方曲詞——吳音輕柔，進以連
結吳中民間所尚情調。認爲「『吳歈』一詞，習貫上常被用以說明同
類情調的特性，即一種輕柔婉轉，通俗化與世情化的情調。」相關
討論參見氏著：《明中後期文學思想研究》（北京：北京大學出版社，
2005 年），頁 139。

〔註 99〕 黃卓越：《明中後期文學思想研究》（北京：北京大學出版社，2005
年），頁 139。

〔註 100〕 針對吳中詩家所體現出的主導宗趣，黃卓越即云：「由於這一興趣
基本上屬於土生土長的，非外部引進的，因此帶有地方性經驗的痕
跡，並與當時的詩壇主流難以格入。」參見氏著：《明中後期文學
思想研究》（北京：北京大學出版社，2005 年），頁 156。余來明亦
稱：「由於復古風氣興盛，吳中地域文學特徵並不昭顯。今日所稱
以唐寅、文徵明等爲代表的吳中詩派，在其時詩壇並無太大影響。」

　　衍伸而來，當天啓間，《國朝名公詩選》於吳中詩家如文徵明、唐寅、祝允明詩多有所錄，毋寧說是對吳中風尚的靠攏。在署名雲間陳繼儒纂輯、茂苑陳元素箋釋、吳門錢協和校正，三人同屬吳郡的情況下，《國朝名公詩選》明顯帶有著對吳中詩歌成就的強調。甚者，若以陳繼儒之棄巾歸隱，宦途未達，詩文之外兼擅書畫，對於處境相彷，同樣雅好文藝的詩家予以關注並不意外，詩家當不致「以字與畫掩其詩」。而值得留意的是，唐寅選錄詩數更勝文徵明，且這種情況在華淑《明詩選》、《明詩選最》亦見。換言之，作為吳中風尚之體現，在萬曆中葉以後，唐寅詩歌可能更獲注意。

　　不同於文徵明「詩文翰墨俱自淳德厚養中流出」（〈山行〉尾評，卷 3，頁 33）的描述，《國朝名公詩選》於唐寅名下載有徐禎卿語，指其人「雅資疎朗，任逸不羈。」（卷 4，頁 16）文、唐二人性格已見歧異。在詩歌上，《國朝名公詩選》選文徵明詩強調「有清雅之趣，幽逸之懷，迥出人表，是悉可不錄者乎？」（〈石湖春遊〉尾評，卷 8，頁 36）。對於題畫諸作，更稱「首首俱有仙氣，記往時得，并觀其所繪，信是希世奇珍。」（卷 12，頁 25）反觀唐寅，錄王世貞評語，有曰：「先生之始為詩，奇麗自喜，晚節稍放，格諧俚俗，冀託於風人之旨，其合者猶能令人解頤。」（卷 4，頁 17）點出唐寅詩歌之俚俗放曠。同時，對於唐寅詩中流露的抑鬱不平之氣，頗多留意，如稱七古作品〈嘅歌行〉「雖以慨世也，而先生抑勃之氣，牢騷不平之感，亦可概見也」（卷 4，頁 17），又或所選七律〈漫興〉十首，尾評云：「俱是英雄之氣，發於牢騷不平之時。設六如先生際會風雲，其當設施經緯，宜何如者，讀其詩詞，幾欲涕下。」（卷 10，頁 37）評其題畫諸作，則多所肯定唐寅才情，以為「題畫諸作首首俱有才情，每得睹其所畫，妙更當為何如？」（卷 12，頁 36）

　　可見，不同於文徵明性情淳厚，詩歌清遠之著墨，《國朝名公詩

參見氏著：《嘉靖前期詩壇研究（1522～1550）》（武漢：武漢大學出版社，2009 年），頁 188。

選》所以選錄唐寅者，有見其不羈之態、不平之慨。同作題畫詩，文詩有「仙氣」，唐詩則強調「才情」。顯然，就詩歌創作之抒寫自我胸次，情懷之狂放恣意，唐寅更過文徵明。萬曆間，袁宏道爲吳令，評點唐寅詩文，嘗云：「吳人有唐子畏者，才子也」，「雖不同時，是亦當寫治生帖子者矣」〔註101〕。黃卓越認爲袁宏道以很大的熱情注評唐寅作品，「給其思想的更新與重構產生了決定性的影響」，強調「沒有吳中經驗的嵌入，袁宏道的思想轉折便是難以想像的」，「如以體統觀上來講，公安派之繫脈是直接可以與吳中派相承接的。」〔註102〕就袁宏道的思想啓發，吳中派與公安派之承接，唐寅儼然處於關鍵性地位。陳書祿援引袁宏道評注，亦指出：

> 袁宏道特別從「說盡假道學」、「自在」和「豪甚」等方面推崇唐寅的詩歌。而這些在明中葉正宗文壇上顯露出來的尊情抑理（「假道學」）、自由自在、豪爽狂放的精神，正是袁宏道等人所代表的晚明文學解放思潮的淵源之一。〔註103〕

那麼，《國朝名公詩選》對唐寅的多所選錄，無疑扣合著晚明文學思潮的一個側面。尤其，《國朝名公詩選》確實選錄了爲數不少的袁宏道詩，唐、袁兩人收錄詩數同居選本第三位，顯示詩壇主潮已不再是復古運動的全面籠罩。同時，亦也表示唐寅詩歌俗化特徵下，詩人的任放不羈，恣情發抒，作爲吳中習尚的體現，較之於文徵明，明顯更爲貼近晚明詩壇的走向，有以獲取更多的關注。

是以，即如文徵明享譽吳中，黃佐稱「藝文布滿海內，家傳人誦」〔註104〕。然而事實上，無論是復古運動蔚爲風潮之際，難以大

〔註101〕見袁宏道：〈序唐子畏集〉，收於〔明〕唐寅撰；袁宏道評：《袁中郎先生批評唐伯虎彙集》（明末四美堂刊本），頁1。

〔註102〕黃卓越：《明中後期文學思想研究》（北京：北京大學出版社，2005年），頁157。

〔註103〕陳書祿：《明代詩文創作與理論批評的演變》（南京：鳳凰出版社，2013年），頁180。

〔註104〕黃佐：〈將仕佐郎翰林院待詔衡山文公墓志〉，見〔明〕文徵明著；

展聲名，詩風之「清婉婉約」，但以「吳歈」目之，晚明詩壇思潮之變動，吳中詩歌有以漸至主流，目光的焦點卻不時投往唐寅，恰如唐寅〈又與徵仲書〉所云：「詩與畫，寅得與徵仲爭衡」〔註 105〕。是則，文徵明聲名所以冠於林鍔者〔註 106〕，恐確不在於詩歌，「以字與畫掩其詩」當爲其眞實寫照。

第五節　盛譽下的忽略：袁宏道

萬曆中葉以後，詩壇景況依舊蓬勃開展，明人結社風氣亦未有停歇，反而更顯興盛。明人論詩意見由是歧見難免，如同陳子龍之謂「作者既多，莫有定論」（〈皇明詩選序〉，頁 1）。且不惟是對此前詩家的討論，針對萬曆以來的詩家表現，選家欲取得共識，尤其顯得不易，比方華淑以竟陵爲「赤幟方新」（〈明詩選序〉，頁 3），李雯卻視作「蕭艾、蓬蒿」（〈皇明詩選序〉，頁 5）；陳子龍談昭代之詩，感嘆「仁鄙竝存、雅鄭無別」，選詩乃在「衡量古昔，攘其蕪穢，存其菁英」（〈皇明詩選序〉，頁 1）；錢協和則稱美明詩「等漢魏而上之，奚三唐之能竝」，以爲「選今詩者，譬入龍宮大藏，盈目炫睛」，係「取隨其人之力，力盡於人之識」。（〈皇明詩選序〉（國朝名公詩選），頁 3）

體現在選錄詩歌上，以明末選本爲例，陳子龍、李雯等《皇明詩選》，與署名鍾惺、譚元春《明詩歸》，兩部選本共計收錄八十八位相同詩家。依《皇明詩選》總收一百九十六名詩家來看，比例不低，但萬曆以後詩家卻僅見五位──屠隆（1543～1605）、陳繼儒（1558～1639）、馮琦（1559～1603）、袁宏道（1568～1610）、張溥

周道振輯校：《文徵明集》（上海：上海古籍出版社，2014 年），下冊，附錄二，頁 1735。

〔註 105〕唐寅：〈又與徵仲書〉，見〔明〕唐寅著；應守岩點校：《六如居士集》（杭州：西泠印社出版社，2012 年），頁 171。

〔註 106〕顧起綸《國雅品》：「吳中往哲，如公之博鑒，雅步藝苑者，宜冠林鍔矣。」〔明〕顧起綸：《國雅品》（明萬曆元年（1573）勾吳顧氏奇字齋刊本），頁 23。

（1602～1641）〔註107〕，選家意見明顯相左。雖說《皇明詩選》「選中所載咸屬往賢」（〈凡例〉，頁 1），然而箇中原因恐怕仍不脫選詩立場的堅持，〈凡例〉有云：「萬曆、天啓之間，作者或盛有時名，而于法未合，故所選寥寥，至有闕如者。」（頁 1）倘就萬曆中葉以後選本的收錄情況——七部選本計有六部收袁宏道詩，且於四部選本中詩數更居前十名〔註108〕，以袁宏道在選本間所佔有的份量，連

〔註107〕 依詩家主要活動時間，參酌華淑《明詩選》詩家名氏所繫，選錄相同詩家屬洪武、永樂計 23 位、宣德迄天順計 8 位、弘治迄嘉靖、隆慶計 52 位、萬曆計 5 位。

〔註108〕 萬曆中葉以後選本總計七部，穆光胤《明詩正聲》、華淑《明詩選》、《明詩選最》、署名陳繼儒《國朝名公詩選》、曹學佺《石倉明詩選》、陳子龍、李雯等《皇明詩選》、署名鍾惺、譚元春《明詩歸》。其中，僅穆光胤《明詩正聲》未收袁宏道詩。又，萬曆中葉以後選本收錄詩數前十名詩家，除曹學佺《石倉明詩選》因未得蒐見全本，無得計算外，其餘選本收錄情況如下：

明詩正聲(穆)	李夢陽 116	王世貞 91	李攀龍 76	何景明 74	穆考功 51	謝榛 46	孫一元 41	李先芳 36	李化龍 35	宗臣 高啓 32
明詩選	湯顯祖 39	高啓 32	何景明 28	袁宏道 27	湯賓尹 25	屠隆 24	陳繼儒 楊愼 23	李夢陽 22	王世貞 21	鄔迪光 20
明詩選最	高啓 何景明 28	楊愼 湯顯祖 22	李夢陽 21	王世貞 19	袁宏道 17	鄔迪光 楊基 陳繼儒 16	劉基 王樨登 湯賓尹 王鼇 15	邊貢 屠隆 胡儼 14	吳國倫 13	太祖皇帝 魯鐸 馮時可 12
國朝名公詩選	王世貞 35	李攀龍 皇甫汸 徐有貞 31	唐寅 袁宏道 29	王守仁 28	高啓 華察 27	何景明 25	文徵明 23	沈周 22	張鳳翼 21	祝允明 20
皇明詩選(陳)	李攀龍 155	何景明 150	李夢陽 116	王世貞 108	謝榛 69	吳國倫 53	徐禎卿 35	皇甫濬 23	薛蕙 22	徐中行 高叔嗣 19
明詩歸	高啓 23	華善述(1547～1609) 萬一龍(1567～1640) 21	楊基 李夢陽 譚元春 16	李攀龍 王世貞 王微(1600～1647) 韓繹祖 13	徐賁 12	王鐸(1592～1652) 11	王樨登 10	歸子慕(1563～1606) 黃國琦(崇禎進士) 許景樊(1563～1589) 9	方孝孺 陳繼儒 潘之恒(1536～1621) 汪淮 曹學佺 鍾惺 8	袁凱 姚廣孝 王廷相 何淳之(萬曆進士) 景翩翩 袁宏道 7

結著李雯對近世詩家──公安、竟陵的強烈抨擊，〈凡例〉所指的「萬曆、天啓之間」，「盛有時名」，似乎已是呼之欲出，而「所選寥寥」，更是隱然對應著公安派的代表──袁宏道。

「公安派結社始於萬曆八年，終於天啓元年」〔註109〕，無論是就結社數量、持續時間、結社活動的地域分布、入社成員的眾多、社團類別的多樣化，都已在在顯示出公安派在晚明時期作爲一種突出的結社現象〔註110〕，所可能帶動的龐大影響力。尤其，袁宏道創作詩文，帶有著矯正詩壇風氣的強烈意圖，〈雪濤閣集序〉中嘗云：「余與進之（江盈科）遊吳以來，每會必以詩文相勵，務矯今代蹈襲之風。」〔註111〕那麼，伴隨著結社勢力的壯大，對於詩壇風氣難免造成波動。是則，李雯對公安派的不滿，興許源於這股力量的不容小覷，而陳子龍、李雯等《皇明詩選》對袁宏道詩的選錄，且僅僅收有一首，在詩數與聲名強大的反差間，則充分表達了袁詩縱然「盛有時名」，卻是「于法未合」，以致「所選寥寥」的必然結果。且事實上，無獨有偶地，這種刻意的忽略在萬曆間選本，如盧純學《明詩正聲》、李騰鵬《皇明詩統》中已可預見其端，並明顯發酵在穆光胤《明詩正聲》。

公安派的興起，醞釀於萬曆八年（1580）到二十二年（1594）〔註112〕。當時「公安派社團基本上還屬於地域性的」〔註113〕，結

〔註109〕　何宗美：《公安派結社考論》（重慶：重慶出版社，2005年），頁3。
〔註110〕　何宗美指出：「研究顯示，公安派結社的現象十分突出。其特點在於：其一、數量多，達到30多例；其二，持續時間長，從萬曆八年到天啓元年共爲40多年；其三，地域分布廣，在公安、沙市、武昌、京師、金陵等地皆有結社活動的開展；其四，入社者眾多，形成規模較大的文人陣營，成員具有廣泛性，尤以士、僧合流爲特色；其五，社團類別多樣化，文社、酒社、詩社、詩禪社、法社和臨行時大社等不一而足。」參見氏著：《公安派結社考論》（重慶：重慶出版社，2005年），前言，頁3～4。
〔註111〕　〔明〕袁宏道著；錢伯城箋校：《袁宏道集箋校》（上海：上海古籍出版社，2008年），中冊，瓶花齋集之六──敘，頁710。
〔註112〕　何宗美將公安派的發展分爲四階段：萬曆八年到二十二年爲興起階

社範圍主要以公安（今屬湖北）爲中心。在聲勢、影響力上相對受
限。而盧純學《明詩正聲》、李騰鵬《皇明詩統》約纂於萬曆十七
年（1589），時袁宏道雖早結文社於城南，自爲社長，「舉業外，爲
聲歌古文詞，已有集成帙。」〔註 114〕然詩名似乎猶未顯達，如盧
純學〈明詩正聲敘〉謂選本詩歌，「迺博采兼收，旁蒐逖考秦、晉、
齊、魯、燕、趙，與夫三吳、兩浙、楚、蜀、閩、粵諸名家」（頁 1
〜2）；李騰鵬〈皇明詩統〉亦稱「無論廊廟山林、虎賁綴衣、閨壼
釋老、下逮臧獲，以皆擒詞振藻，握靈蛇而採驪龍，雖各道其性情，
無非宣洩一代人文之盛，余得而錄之，此詩統之所以名也。」（頁 1）
兩部選本均強調了詩作搜羅之廣，盧純學更指稱所選乃名家之作。
但是，不僅袁宏道不在其列，其兄袁宗道（是時已官翰林），包括「點
化鎔鑄」〔註 115〕三袁，組有陽春社，首開公安派結社之風〔註 116〕，
三袁之舅父龔仲敏同樣缺席其間。可見公安派醞釀之際，聲勢有
限，袁宏道時年尚輕，科名未揚，詩名未獲選家留意，無有入選自

段、萬曆二十二年多到二十八年秋爲鼎盛階段、萬曆二十八年冬到
三十八年爲持續階段、萬曆三十九到天啓元年爲衰落階段；李聖華
則分作三期：約萬曆八年到二十二年爲醞釀期、約萬曆二十三年至
三十年爲激進期、萬曆三十一年之後十餘年爲驟變期。此處係依何
說。相關討論參見何宗美：《公安派結社考論》（重慶：重慶出版社，
2005 年），頁 4〜11；李聖華：《晚明詩歌研究》（北京：人民文學
出版社，2002 年），頁 117〜122。

〔註113〕 何宗美：《公安派結社考論》（重慶：重慶出版社，2005 年），頁 6。
〔註114〕 袁中道〈吏部驗封司郎中中郎先生行狀〉有云：「入鄉校，年方十
五六，即結文社於城南，自爲社長。社友年三十以下者，皆師之，
奉其約束，不敢犯。時于舉業外，爲聲歌古文詞，已有集成帙矣。」
〔明〕袁中道著；錢伯城標點：《珂雪齋集》（上海：上海古籍出版
社，1989 年），中冊，卷之 18，頁 755。
〔註115〕 袁宗道〈送夾山母舅之任太原序〉：「蓋謬疑開闢蓁蕪自我兄弟，而
不知點化鎔鑄，皆舅氏惟學先生力也。……先生誅茆城南，號曰陽
春社。一時後進入社講業者如林，不肖兄弟亦其一也。」見〔明〕
袁宗道著；錢伯城標點《白蘇齋類集》（上海：上海古籍出版社，
1989 年），卷之 10，頁 128〜129。
〔註116〕 何宗美：《公安派結社考論》（重慶：重慶出版社，2005 年），頁 4。

是難免。

萬曆二十三（1595）至二十八（1600）年，這段期間「公安派結社走出公安、進入京師和其他地區，完成了由地域性社團向全國性社團的轉化。」〔註117〕頻繁的結社活動，推促著公安派的發展，「在結社達到鼎盛的同時，公安派的文學活動及其影響也進入最為輝煌的新階段。」〔註118〕然而，編纂時間約萬曆四十一年（1613），穆光胤《明詩正聲》卻仍舊漠視了這股文學聲浪。不惟是公安三袁詩歌未有選錄，萬曆二十六年（1598）前後，作為公安派結社高峰的標誌——三袁於京師所結之蒲桃社〔註119〕，主要成員如潘士藻、劉日升、黃輝（1559～1621）、陶望齡（1562～1609）、顧天埈（1561～?）、李騰芳（1573～1633）、吳用先、蘇惟霖等人詩作均未收錄。以穆光胤《明詩正聲》之僅錄往賢詩作，顯然已不足為由。

如按公安派結社之地域分布，穆光胤為東明人，屬北直隸大名府。以公安派成員大半來自湖廣、南直隸〔註120〕，《明詩正聲》的罕有所選，或許有囿於地域的可能。唯獨公安派於萬曆十六年（1618）

〔註117〕 何宗美：《公安派結社考論》（重慶：重慶出版社，2005年），頁7。

〔註118〕 何宗美：《公安派結社考論》（重慶：重慶出版社，2005年），頁7。

〔註119〕 關於蒲桃社結社時間，另有萬曆二十五、二十七年之說，參與人員的考證亦見不同討論。此處姑以萬曆二十六年前後為敘，至於主要人員則依袁中道〈石浦先生傳〉所載：「戊戌，再入燕。先生官京師，仲兄亦改官，至予入太學。乃於城西崇國寺蒲桃林結社論學。往來者為潘尚書士藻、劉尚寶日升、黃太史輝、陶太史望齡、顧太史天埈、李太史騰芳、吳儀部用先、蘇中舍惟霖諸公。」〔明〕袁中道著；錢伯城標點：《珂雪齋集》（上海：上海古籍出版社，1989年），中冊，卷之17，頁709。而蒲桃社結社、成員相關討論可參見何宗美：《公安派結社考論》（重慶：重慶出版社，2005年），頁112～125、李聖華：《晚明詩歌研究》（北京：人民文學出版社，2002年），頁122～123。

〔註120〕 關於公安派成員的地域分布，何宗美指出：「據不完全統計，參與公安派結社的人物至少分布於湖廣、南直隸、浙江、江西、福建、四川、河南、陝西、北直隸等9個行政區劃的近50個縣（州）。」依何宗美所述成員，以湖廣、南直隸人數最多。何宗美：《公安派結社考論》（重慶：重慶出版社，2005年），頁20。

到萬曆四十四（1616）年間，「至少有七次在京師結社」〔註121〕，何宗美指出：

> 一個文學團體或文學派別若要有效地擴大其全國範圍內的影響力，往往必須取得在京師的優勢地位，才能領風氣之先，高標文幟，號令天下。而達到這種目的最有效的方式則莫過於結社訂盟，擴大陣營，壯大聲氣。以此而論，公安派幾經在京師結社，對公安派的發展是有重要意義的。〔註122〕

換言之，公安派幾度在京師的結社活動，對於推進公安派的影響力確實達到了一定的成效〔註123〕。而作爲公安派主將，袁宏道「一生主要的談詩論文之作約計四十來篇，而在蒲桃社時期所撰幾近半數」〔註124〕。嘗自言「才雖綿薄，至于掃時詩之陋習，爲末季之先驅，辨歐、韓之極冤，搗鈍賊之巢穴，自我而前，未見有先發者」〔註125〕。袁中道亦謂之：「時中郎作詩，力破時人蹊徑，多破膽險句」〔註126〕。以袁宏道的積極突破詩壇習尚，加上公安派在京師的結社力量，穆光胤應當不致毫無所知，那麼，《明詩正聲》所以未選袁宏道詩，在地域受限的可能外，似乎還透露出了一些訊息。

其一、復古派影響力的延續：穆光胤〈明詩正聲序〉論詩壇景況，曾云：「迄今猶方盛未艾」（頁5）。所推衍之明詩發展，由明初

〔註121〕 何宗美：《公安派結社考論》（重慶：重慶出版社，2005年），頁22。

〔註122〕 何宗美：《公安派結社考論》（重慶：重慶出版社，2005年），頁22。

〔註123〕 何宗美即直云：「這一時期京師文人結社基本上以公安派爲主導。故京師文人結社的現象便大致反映了公安派發展的狀況。」何宗美：《文人結社與明代文學的演進》（北京：人民出版社，2011年3月），上冊，頁351。

〔註124〕 何宗美：《公安派結社考論》（重慶：重慶出版社，2005年），頁144。

〔註125〕 袁宏道：〈答李元善〉，見〔明〕袁宏道著；錢伯城箋校：《袁宏道集箋校》（上海：上海古籍出版社，2008年），中冊，瓶花齋集之十──尺牘，頁763。

〔註126〕 袁中道：〈書方平弟藏愼軒居士卷末〉，見〔明〕袁中道著；錢伯城標點：《珂雪齋集》（上海：上海古籍出版社，1989年），中冊，卷之21，頁891。

劉基、高啓之開源，爾後則謂有「李、何、邊、徐標其盛，而王、李諸君子，又人人赤幟，家家牛耳」（頁 5）。顯然，他所標榜、強調的詩壇引領者，主要集中在復古派。又，「復古派詩論家一般對唐詩選本都很留心」〔註 127〕。穆光胤於序言中，對高棅《唐詩品彙》、《唐詩正聲》確實一再表達推崇。包括就李攀龍《古今詩刪》「以意而輕退古之作者有之，謂舍格而輕進古之作者則無是也」的選錄態度，但謂「余不敏不敢輕進，亦不敢輕退，惟取其有當於正者錄之」（頁 6），似乎也隱然有以《古今詩刪》爲選本指標的傾向。反映在選錄詩家上，選錄詩數前十名者與《古今詩刪》同樣多有疊合，主爲復古派詩家〔註 128〕。乃至穆光胤《明詩正聲》反覆強調的選錄標準「惟取其有當於正者錄之」。所謂的「正」，係訴諸聲調音律，謂：「必五音迭奏，洪律不奸，而後可謂之正；亦必十二律旋相爲宮，音節不爽，而後可謂之正」（頁 4），以爲「聲出金石，調合律度，無非同歸於正者」（頁 5）。這種對詩歌聲調音律的關注，也許有高棅《唐詩正聲》「題曰正聲者，取其聲律純完，而得性情之正者矣」〔註 129〕的延續，而事實上著重詩歌聲律，復古派亦是每每提及〔註 130〕，如李夢陽有云：「律和而應，聲永而節，言弗暌志，

〔註 127〕 陳國球：《明代復古派唐詩論研究》（北京：北京大學出版社，2007年），頁 231。

〔註 128〕 穆光胤《明詩正聲》與李攀龍《古今詩刪》收錄詩數前十名詩家相同的計有六位：李夢陽（前七子）、王世貞（後七子）、何景明（前七子）、謝榛（後七子）、宗臣（後七子）、高啓。其中，除高啓外，皆爲復古派前後七子成員。

〔註 129〕 〔明〕高棅：《唐詩正聲》（明嘉靖間刻本），凡例，頁 2。

〔註 130〕 廖可斌指出：「在詩與樂已經分離之後，講求聲律要求已必不可免。……後代詩人欲在一定程度上恢復古典詩歌詩樂結合的審美特徵，主要也只能從講求聲律著手。因此，復古派作家都十分重視詩歌的聲律要求。」廖可斌：《明代文學思潮史》（北京：人民文學出版社，2015 年），頁 343。關於復古派對詩歌聲律的討論，可參見廖可斌：《明代文學思潮史》（北京：人民文學出版社，2015 年），頁 342～346、鄭利華：《前後七子研究》（上海：上海古籍出版社，2015 年），頁 141～145；頁 500～522。

發之以章，而後詩生焉」〔註131〕、謝榛之謂：「作者審而用之，勿專於義意而忽於聲律也」〔註132〕等等。

　　換言之，穆光胤《明詩正聲》基本上是一部傾向復古派立場的詩歌選本。從選錄詩數前四名，依序為李夢陽、王世貞、李攀龍、何景明，同樣可以看出穆光胤對復古派的推重。是則，即使萬曆二十年（1592）前後，復古派鉅子如王世貞、吳國倫等已先後辭世，公安派握有崛起的良好契機〔註133〕，然而由萬曆二十七年（1599）袁宏道發出「才力單弱，倡微和寡」〔註134〕的感嘆，乃至萬曆四十一年（1613），穆光胤《明詩正聲》選錄立場的明顯偏重復古派，已清楚揭示著復古派在詩壇的影響力仍然持續作用著。尤其，以公安派之創作重心不在於聲調音律〔註135〕，乃主張「獨抒性靈，不拘格套」〔註136〕。在袁宏道所以力矯時習，「多抒其意中之所欲言，

〔註131〕李夢陽：〈林公詩序〉，見〔明〕李夢陽：《空同集》，收於《景印文淵閣四庫全書》（臺北：臺灣商務印書館，1985年），第1262冊，卷51，頁469。

〔註132〕〔明〕謝榛著；李慶立、孫慎之箋注：《詩家直說箋注》（山東：齊魯書社，1987年），卷3，頁415。

〔註133〕何宗美嘗指出：「復古派領袖王世貞已卒於萬曆十八年（1590），吳國倫、汪道昆也同在萬曆二十一年（1593）離世。復古派失去了統領全局的台柱，晚明文壇則亟待新的文學領袖和文學流派繼之而起，這樣，公安三袁及公安派便獲得了崛起的良好契機。」何宗美：《文人結社與明代文學的演進》（北京：人民出版社，2011年3月），上冊，頁389。

〔註134〕袁宏道：〈馮侍郎座主〉，見〔明〕袁宏道著：錢伯城箋校：《袁宏道集箋校》（上海：上海古籍出版社，2008年），中冊，瓶花齋集之十——尺牘，頁769。

〔註135〕袁中道〈阮集之詩序〉嘗批之曰：「學之者浸成格套，以浮響虛聲相高；凡胸中所欲言者，皆鬱而不能言，而詩道病矣。」〔明〕袁中道著；錢伯城標點：《珂雪齋集》（上海：上海古籍出版社，1989年），上冊，卷之10，頁462。

〔註136〕袁宏道：〈敘小修詩〉，見〔明〕袁宏道著：錢伯城箋校：《袁宏道集箋校》（上海：上海古籍出版社，2008年），上冊，錦帆集之二——遊記、雜著，頁187。

而刊去套語，間入俚易」〔註137〕的創作下，穆光胤《明詩正聲》的未予選錄，儼然為意料中事。

　　其二、袁宏道詩歌的實際接受度：穆光胤《明詩正聲》所以未選袁宏道詩，除了選詩立場上可能有的刻意忽略外，似乎也在提醒著公安派與復古派彼此聲勢上的真實拉拒。即公安派的結社活動、袁宏道的勇於革新，確實有可能發生錢謙益所謂的「中郎之論出，王、李之雲霧一掃，天下之文人才士始知疏瀹心靈，搜剔慧性，以蕩滌摹擬塗澤之病」〔註138〕的景況，但是「王、李之雲霧一掃」，不代表復古派影響的便會全然消失〔註139〕。從弘治以來，李夢陽、何景明的推動，至嘉靖、萬曆李攀龍、王世貞的繼起，這股聲勢、力量縱有起伏，亦也持續多年，豈會一夕轉變？穆光胤《明詩正聲》對復古派詩家的偏袒，即為最佳例證。且，隨著公安派結社談禪所受到的排拒〔註140〕，萬曆三十八年（1610）領袖人物袁宏道的辭世，公安派勢力更趨衰微。是以，穆光胤《明詩正聲》對袁詩的忽略，透露的不惟是相較於復古派在詩壇的持續作用，公安派聲勢上的驟轉蕭條，同時，也包括了袁宏道詩歌可能無由更為拓展的詩壇地位〔註141〕。

〔註137〕　袁中道：〈答須水部日華〉，〔明〕袁中道著；錢伯城標點：《珂雪齋集》（上海：上海古籍出版社，1989 年），下冊，卷之 24，頁 1047。

〔註138〕　〔清〕錢謙益撰；錢陸燦編：《列朝詩集小傳》（上海：上海古籍出版社，2008 年），下冊，丁集中，頁 567。

〔註139〕　何宗美亦曾指出：「在公安派社團興起前，文人社團大多皆屬復古派陣營，這是復古派隊伍壯大、聲勢久遠的重要因素」、「因為復古派的影響既廣且深，其勢力仍然存在，無論從淵源、情感層面，還是技術層面，要使深受復古派薰染的作家斷然擺脫其影響實為十分不易的事情。」何宗美：《公安派結社考論》（重慶：重慶出版社，2005 年），頁 12、142。

〔註140〕　相關討論可參見李聖華：《晚明詩歌研究》（北京：人民文學出版社，2002 年），「京師攻禪事件與公安派驟衰」一節，頁 122～127。

〔註141〕　如，袁中道便曾對宏道的早逝發出感嘆，云：「若尚留在世一二十年，不知為宇宙開拓多少心胸，闢多少乾坤，開多少眼目，點綴多少烟波。」〔明〕袁中道著；步問影校注：《遊居柿錄》（上海：上海遠東出版社，1996 年），卷 9，頁 214。

　　比方，即使萬曆、天啓間，華淑《明詩選》、《明詩選最》、署名陳繼儒《國朝名公詩選》皆選有袁宏道詩，收錄數量均在選本前五位。但《國朝名公詩選》選錄詩數一、二位，乃爲復古派後七子代表王世貞、李攀龍。且在吳中詩家的選錄偏好上，對於兼善詩、書之詩家——徐有貞（1407～1472）、皇甫汸（1497～1582）的關注度〔註 142〕，似乎更勝袁宏道。而華淑《明詩選》、《明詩選最》選錄情況兩者雖稍有不一，但獲得青睞的詩家，大抵如同華淑〈明詩序〉所述明詩發展，以「高、何、李、楊標勝於前，王、屠、湯、袁振響於後」（頁 3）。從收錄詩數前三名的詩家來看〔註 143〕，「標勝於前」的高啓、何景明，詩歌尤其受到重視，其次則爲「振響於後」的湯顯祖。至於袁宏道雖是「振響於後」，選錄詩數亦列於選本前五位，但若與「舍七子而另闢蹊徑，趨向則一」〔註 144〕之盟友湯顯祖相較，終究稍嫌失色了些。

　　此中，是否係詩歌創作量的多寡，影響了兩人的選錄詩數？明末時人，沈際飛於〈詩集題詞〉嘗謂「臨川詩集獨富」〔註 145〕，以

〔註 142〕徐有貞，初名埕，號天全翁。字元玉。皇甫汸，字子循，號百泉。兩人皆工於詩歌、書法。如王世貞〈吳中往喆像贊〉稱徐有貞，曰：「於書少所不窺，能詩歌，善行草，得長沙素師、米襄陽風。」〔明〕王世貞：《弇州續稿》，收於《景印文淵閣四庫全書》（臺北：臺灣商務印書館，1986 年），第 1284 冊，卷 146，頁 134。《開州志‧宦蹟》載有：「皇甫汸，字子循，長洲人。進士以工部郎謫州同知。素有才名，公事之餘，嘯歌自適，書法尤工，州人士多珍之。」見〔清〕陳兆麟纂；祈德昌修：《開州志》，收於《中國方志叢書‧華北地方‧河北省》（臺北：成文書局，1976 年），第 515 號，卷 4，頁 572。

〔註 143〕華淑《明詩選》收錄詩數前三名詩家，分別爲湯顯祖（39 首）、高啓（32 首）、何景明（28 首）；《明詩選最》收錄詩數前三名詩家，則爲高啓（28 首）、何景明（28 首）、楊愼（22 首）、湯顯祖（22 首）、李夢陽（21 首）。

〔註 144〕〔清〕陳田：《明詩紀事》（上海：上海古籍出版社，1993 年），第四冊，庚籤，卷 2，頁 2268。

〔註 145〕參見〔明〕湯顯祖著；徐朔方箋校：《湯顯祖集全編》（上海：上海古籍出版社，2016 年），第六冊，附錄，頁 3115。

現存計約有兩千兩百餘首〔註 146〕。而袁詩就通行的《袁宏道集箋校》統計，詩作共有一千六百七十首〔註 147〕，創作量確實有別。但華淑《明詩選》逕以湯詩為選錄之冠，自然不會只是詩數上的考量。

　　不同於袁宏道早卒，湯顯祖在詩壇的活動時間明顯長於袁宏道。時人鄒迪光（1550～1626）嘗稱：

> 庚午舉于鄉，年猶弱冠耳。……彼其時，於古文詞而外，能精樂府歌行五七言詩，諸史百家而外，通天官地理醫藥卜筮河渠墨兵神經怪牒諸書矣。公雖一孝廉乎，而名蔽天壤，海內人以得見湯義仍為幸。〔註 148〕

可知，隆慶四年（1570），湯顯祖年甫二十初，即已鄉試中舉。其人精擅詩文，滿腹學識，早是享有盛譽。在公安派尚處醞釀時期，湯顯祖更已登進士第，踏入仕途，且累積了一定的創作，萬曆初便先後刊有詩集《紅泉逸草》、《雍藻》（今佚）、《問棘郵草》等。嘗自稱「鄉舉後乃工韻語，詩賦外無追逐功」〔註 149〕，他在詩歌上的著力可見一斑。萬曆三十四年（1606）刊有《玉茗堂文集》，友人帥機（1537～1595）序之云：「古近諸詩，聚寶鎔金，可使少陵焚硯」，以為「譬諸瑤池之宴，無腥腐之混品；珠履之門，靡布褐之蕪雜。誠余目中所希覯。明興以來所僅見者矣。」〔註 150〕即如

〔註 146〕徐朔方指出：「湯顯祖留下卷帙浩繁的詩文創作，包括二千二百首以上的詩和文、賦。」參見〔明〕湯顯祖著；徐朔方箋校：《湯顯祖集全編》（上海：上海古籍出版社，2016 年），第一冊，前言，頁 5。

〔註 147〕詩作統計係依何宗美：《袁宏道詩文繫年考訂》（上海：上海古籍出版社，2007 年），緒論，頁 1。

〔註 148〕鄒迪光：〈臨川湯先生傳〉，參見〔明〕湯顯祖著；徐朔方箋校：《湯顯祖集全編》（上海：上海古籍出版社，2016 年），第六冊，附錄，頁 3137。

〔註 149〕沈際飛：〈詩集題詞〉，參見〔明〕湯顯祖著；徐朔方箋校：《湯顯祖集全編》（上海：上海古籍出版社，2016 年），第六冊，附錄，頁 3115。

〔註 150〕帥機：〈玉茗堂文集序〉，參見〔明〕湯顯祖著；徐朔方箋校：《湯顯祖集全編》（上海：上海古籍出版社，2016 年），第六冊，附錄，

復古派末五子之一屠隆（1543～1605）亦於序中，對其詩作表達肯定，曰：「夫詩烏有兼長哉。庶而兼之，今天壤之間，乃有義仍。義仍意始不可一世，歷下琅邪而下，多所睥睨。余頗不謂然。乃近者義仍玉茗集出，余一見心折。」〔註151〕可知，湯顯祖的詩歌從隆慶迄至萬曆中葉，確實已然奠定了一定的地位、成就。而華淑選詩，由其〈明詩序〉反覆提及「詩本性情，發乎天籟」、「詩道本於性情，固有不必闡揚而自日新者也」（頁 3），對於詩歌本乎情的強調，與湯顯祖所述：「世總爲情，情生詩歌」〔註152〕、「人生而有情。思歡怒愁，感於幽微，流乎嘯歌，形諸動搖」〔註153〕之說，兩者實頗有相應。包括華淑所輯《閒情小品》，以〈療言〉一章爲「千古有情癡」之療〔註154〕，其中〈傳奇有可消魂者六〉一節，湯顯祖《還魂記》、《紫釵記》俱在其中。是則，不難想見，華淑《明詩選》之以湯詩爲冠，對湯顯祖多所留意，由湯顯祖詩名之累積、詩見表述，乃至華淑對其戲曲作品的偏好等等，殆已顯出端倪，有其脈絡可循。

甚者，萬曆間，丘兆麟（1572～1629）已有如是之謂：「天下人厭王、李者思袁、徐，厭袁、徐者思先生。」〔註155〕從李攀龍、王

頁 3104。

〔註151〕 屠隆：〈玉茗堂文集序〉，參見〔明〕湯顯祖著；徐朔方箋校：《湯顯祖集全編》（上海：上海古籍出版社，2016 年），第六冊，附錄，頁 3105。

〔註152〕 湯顯祖：〈耳伯麻姑游詩序〉，見〔明〕湯顯祖著；徐朔方箋校：《湯顯祖集全編》（上海：上海古籍出版社，2016 年），第三冊，詩文卷31，頁 1497

〔註153〕 湯顯祖：〈宜黃縣戲神清源師廟記〉，見〔明〕湯顯祖著；徐朔方箋校：《湯顯祖集全編》（上海：上海古籍出版社，2016 年），第三冊，詩文卷 34，頁 1596。

〔註154〕 華淑：「療言者，可以療窮措大之饑也。當其荒涼落寞，不芳不韻之時，忽一念至，如入綺羅、如遊蓬島、如對騷人俠士，自歌、自舞、自笑、自泣，亦千古有情癡也。」收於華淑：《閒情小品》（明萬曆間刻本），〈療言〉，頁 1～2。

〔註155〕 丘兆麟：〈湯臨川絕句選序〉，參見〔明〕湯顯祖著；徐朔方箋校：

世貞到徐渭、袁宏道，再至湯顯祖。明人在復古與反擬古間已經在進
行省思。畢竟，如同徐朔方所指出的：

> 湯顯祖不像公安派袁宏道等人那麼強調趣味和性靈，那麼
> 為反摹擬而流于纖巧和單薄，他對後來反對後七子的先驅
> 作用是值得一提的。他的詩有的也在典雅中見出功力，但
> 不是前後七子那樣的假古董。他不像公安派詩人那樣明白
> 如話，但也不像他們那樣有時流於油滑。〔註156〕

是則，華淑所以推重湯顯祖的詩歌，或者說其他選家所以錄有袁宏
道詩，卻不一定會多加選收，或許正是基於這樣的考量。亦即就算
袁宏道詩文「一洗應酬格套之習，而詩文之精光始出」，袁中道謂「今
天下之慧人才士，始知心靈無涯，搜之愈出；相與各呈其奇，而互
窮其變」〔註157〕，錢謙益視作「王、李之雲霧一掃」。從萬曆中葉
以後選本中袁詩的均見收錄，的確反映出了他的盛名，甚至有以凌駕
湯顯祖。但那些早先「意在破人之縛執，故時有遊戲語。蓋其才高膽
大，無心於世之毀譽，聊以舒其意之所欲言耳」〔註158〕的作品，包
括「一二學語者流，粗知趨向」，已經產生的效顰學步之狀〔註159〕，
在明詩選家期望選錄佳作，提供詩歌範式的情況下，卻似乎不得不
再作斟酌。比方鍾惺（1581～1624）云：「石公惡世之羣為于鱗者，

《湯顯祖集全編》（上海：上海古籍出版社，2016 年），第六冊，附
錄，頁 3117。

〔註156〕 〔明〕湯顯祖著：徐朔方箋校：《湯顯祖集全編》（上海：上海古籍
出版社，2016 年），第一冊，前言，頁 6。

〔註157〕 袁中道：〈中郎先生全集序〉，見〔明〕袁中道著：錢伯城標點：《珂
雪齋集》（上海：上海古籍出版社，1989 年），中冊，卷之 11，頁 522。

〔註158〕 〔明〕袁中道著：步問影校注：《遊居柿錄》（上海：上海遠東出版
社，1996 年），卷 9，頁 213～214。

〔註159〕 袁中道〈中郎先生全集序〉：「至于一二學語者流，粗知趨向，又取
先生少時偶爾率易之語，效顰學步。其究為俚俗，為纖巧，為茶蕩，
譬之百花開，而棘刺之花亦開；泉水流，而糞壤之水亦流。烏焉三
寫，必至之弊耳，豈先生之本旨哉！」〔明〕袁中道著：錢伯城標
點：《珂雪齋集》（上海：上海古籍出版社，1989 年），中冊，卷之
11，頁 523。

使于鱗之精神光燄，不復見于世。李氏功臣，孰有如石公者？今稱
詩者，遍滿世界，化而爲石公矣，是豈石公意哉？」〔註160〕肯定了
袁宏道力矯敝習的詩壇成就，卻又不得不省思隨之帶來的詩歌影
響。甚至提出，恐學之，「其弊反有甚於學濟南諸君子也」〔註161〕。
在署名鍾惺、譚元春《明詩歸》中，袁宏道的選錄詩數雖仍然位列
前十，但重視程度已明顯減低，或許與公安派所帶來的矯枉流弊不
無關連。

　　總言，由選本的收錄情況來看，袁宏道在萬曆十九年（1591）
前後，公安派尚屬興起，復古運動仍爲流行之際，詩名明顯猶有未
揚。其詩歌地位的確立，在萬曆中葉以後的選本，七部中計有六部
選本收錄，乃見有一定的反映。只是，在偏向復古派主張的選本中，
如穆光胤《明詩正聲》，或有著刻意的忽略，是爲復古派在詩壇影響
力的延伸。又或者，即便選家留意到了這股不同的詩壇力量，但袁
宏道的詩作卻仍然無法成爲首選。無論是選家對所屬地域詩家的更
爲偏好，又或隨著袁宏道早逝、公安派轉趨衰微，袁宏道詩名開展
的相對受限，包括在袁宏道大格摹擬頹風後，詩壇對其流派所帶動
的風氣，質疑、檢討聲浪的湧起，都可能讓選家對袁宏道的詩作有
所保留，以致縱然是「三袁才名，在萬曆時幾傾天下」〔註162〕，陳
懋仁《藕居士詩話》更謂有：「袁中郎力糾明詩，藝林咸允，十集出，
幾于紙貴」之榮景〔註163〕。然而，呈現在明人選明詩間，透露著的
卻是盛譽下的忽略。

〔註160〕　鍾惺：〈問山亭詩序〉，見〔明〕鍾惺著；李生耕、崔重慶標校：《隱
　　　　　秀軒集》（上海：上海古籍出版社，1992 年），卷 17，頁 254～255。
〔註161〕　鍾惺：〈與王穉恭兄弟〉，見〔明〕鍾惺著；李生耕、崔重慶標校：
　　　　　《隱秀軒集》（上海：上海古籍出版社，1992 年），卷 28，頁 463。
〔註162〕　語出《桃源縣志》，見〔明〕袁宏道著；錢伯城箋校：《袁宏道集箋
　　　　　校》（上海：上海古籍出版社，2008 年），下冊，附錄二，頁 1666。
〔註163〕　〔明〕陳懋仁：《藕居士詩話》，收於《四庫全書存目叢書》（臺南：
　　　　　莊嚴文化出版社，1997 年），集部，詩文評類，第 418 冊，頁 309。

第六節　結　語

　　綜合上述，撤除一些不利詩家入選的初步因素後，根據選本視域下的明詩發展進程、詩家選錄次數上的變化，明初迄於萬曆詩家所以缺席選本間，大抵可以分作以下幾種情況：其一、當時頗有詩名，而往後選本未收，如吳同、徐賁生；其二、詩名盛譽遲來，而其時未見，如袁凱；其三、詩家雖有詩名，而選本卻有或選或否的情況，如三楊、文徵明、袁宏道。歸納其由，可分作兩方面來討論：

　　第一、以詩家而言，詩歌作品是否進行刊印、流傳廣布，得以為選家所見，是為主要原因，如吳同、袁凱。除此之外，詩家生卒所可能影響到的詩壇活動時間，又或詩家是否另有長才，如徐賁生、文徵明；政壇地位上的突出，如楊溥、楊榮，都可能相對掩蓋了明人對其詩作的關注，造成詩家時或缺席選本，不為選家所錄的情況。

　　第二、以選本而言，選家的編選標準自然是影響詩家是否入選的決定性因素，包括選家足以（或者說偏好）搜羅到的詩作範圍，亦即選家的交遊、所屬地域，甚至是當時的詩壇風潮，都將影響到詩家在選本中的份量，選詩數量上的多寡。是以，即便選家未必明言自己的選詩標準，透過選錄情況的分析，仍然能夠得知一些線索，比方劉仔肩《雅頌正音》、沈巽、顧祿《皇明詩選》、署名陳繼儒《國朝名朝詩選》等選本在選詩上皆帶有一定的地域偏好。又或者由選本多半都選有復古派詩家之作，尤其李夢陽、何景明，又或選詩份量幾乎集中在復古派的選本，如李攀龍《古今詩刪》、穆光胤《明詩正聲》、陳子龍、李雯等《皇明詩選》，可以瞭解到復古運動確實為明代詩壇主潮。在此情況之下，選家的注意力難免集中於此，比方復古派對臺閣平和雅正詩風的反動，或許間接影響到了明人對臺閣詩作的評定，又或弘治間吳中文士如文徵明等，即有才名亦難免光芒受掩。時至萬曆中葉，選本間雖稍見不同的選錄取向，如華淑《明詩選》、《明詩選最》、署名陳繼儒《國朝名公詩選》、署名鍾惺、譚元純《明詩歸》等選本，但前後七子代表李夢陽、何景明、李攀龍、

王世貞仍佔有一定選錄份量。是知，萬曆中葉以後，明代詩壇確有
另一番波動，選本的編選如實地反映了另一股文學聲浪，復古派的
聲勢或許受到了影響，但不代表明人並非全盤否定了復古派詩家的
貢獻。甚者，即便反對摹擬，肯定詩壇上的不同變化，如公安派、
竟陵派的興起，也不必然保證選家對這股新的詩壇習尚毫無疑慮，
如袁宏道在選本間無法取得的絕對優勢，乃至「所選寥寥」。可知在
晚明文學思潮的變動間，選家既是共有體認，面對明代詩壇總體的
沿革發展、紛陳變化，在龐大的詩家群中，如何定位明代詩家，選
錄出經典之作，選詩考量必然更增，詩家由是間或忽略，缺席選本
間，也就在所難免。

　　簡言之，詩家在爾後的選本間所以詩名不顯、時有忽略，或盛
譽遲來，在詩家自身作品流傳、生卒長短，是否另為長才所掩的因
素外，詩家詩風之所主是否對應著詩壇主流，實為真正的關鍵因素。
是則，就明代大抵以復古為主潮的情況下，諸如臺閣三楊、文徵明
的詩作難免受到忽略，縱然晚明文學思潮有所變動，公安派、竟陵
派的繼起亦未必取得詩壇一致認定，那麼，袁宏道時有盛名卻選錄
有限，也就不難想見了。

第七章 「復古」與「求新」的雙重思維——選錄詩體分析

　　在明人選明詩中，分體選詩的情況普遍，突顯著明人的辨體意識，亦反映出他們對於不同詩歌體製對應著的體式規範、風貌樣態的一種期待。衍伸而來，詩歌的題材、內容是否有適合表現的詩歌體製？甚者，詩家創作成就、表現的高低優劣也許來自於他對詩歌體製的掌握，恰如其分的風格，又或獨出機杼的突破與革新？如同吳承學所云：「明人總集的著眼點大多在於辨體，最終目的卻是通過辨體推崇某種理想」〔註1〕。固然，相較於明代一批兼有選本和文體學著作的總集，如吳訥（1372～1457）《文章辨體》、徐師曾（1510～1573）《文體明辨》等，在書名上「辨」的強調，又或徐師曾之謂是書「唯假文以辯體，非立體而選文」〔註2〕，純粹輯錄作品的選集在辨體的意義上未必過之，但當兩種不同編纂形式的選集在明代並行、流通，明人對「體」（無論詩、文）的重視，乃至於在詩歌選集上採用分體選詩，恐怕都有迥異於前，更明顯的分判、總結之意。

〔註1〕 吳承學：《中國古代文體學研究》（北京：人民出版社，2011年），頁372。

〔註2〕 〔明〕徐師曾：〈文體明辨序〉，見氏著：《文體明辨序說》，收於王水照編：《歷代文話》（上海：復旦大學出版社，2007年），第2冊，頁2047。

而純粹輯錄詩歌，「立體而選詩」的選本，提出各體菁華之作的企圖
與野心尤其顯得強烈，王世貞〈古今詩刪序〉即云：「于鱗之所取，
則亦以能工於辭，不悖其體而已」〔註3〕。由是，在所取與被取之
間，選者與詩家當中，明人對諸詩體的認定與追求、創作與實踐，
就在這樣的過程裡被彰顯出來了。因此，透過明人選明詩選錄詩體
的分析，事實上是對明人的詩體觀的探究，亦即明人著眼、留意的
詩體為何？諸詩體間各自的代表詩家為誰？不同的詩歌體製有否相
應的詩歌題材？包括在選本的發展過程中，選者對於各詩體的關注
是否產生了差異，且連帶地影響到了他們對詩家的評價。

第一節　選錄詩體中的「復古」意識──以五律、五古展開的討論

一、選錄重心的轉移：從七言律、絕到五律、五古

　　大致來看，在十九部明詩選中，分體選詩的選本，計有十一部，
按其各體詩的選錄總數，可以發現近體詩的數量皆高於古體，尤以
萬曆年間的選本為最，如華淑《明詩選》、《明詩選最》明人近體詩
的數量分別是古體詩七、八倍，李攀龍《古今詩刪》更高達九倍之
多。顯示，明人對近體詩的關注，或者說創作興趣，基本上大於古
體詩，這自然不是值得意外的事，從唐代發展近體詩，近體詩的創
作量已有高於古體詩的現象〔註4〕。只是若對應於嘉靖以前、天啟
以後選本在古、近體詩的選錄數量比例大約落在二、三倍左右，萬
曆期間選本對近體詩的「偏好」，多少反映出當時詩壇所籠罩著的創

〔註3〕見〔明〕李攀龍：《古今詩刪》（明萬曆間（1573～1620）新都汪時元
　　　校刊本），頁3。
〔註4〕依施子愉所統計《全唐詩》收錄唐詩（一卷或一卷以上情況），五古、
　　　七古計有7244首，五律、五排、七律、七排、五絕、七絕計有26688
　　　首。參見施子愉：〈唐代科舉制度與五言詩的關係〉，收於《東方雜誌》
　　　（上海：上海商務印書館，1944年），第40卷，第8期，頁39。

作氛圍、論述重心，聚焦在近體詩上的強烈程度。何以如此？陳國球嘗云：「事實上，明初貶抑律體，說此體過於人工化，違反『自然』的言論相當多」〔註5〕，爲嘉靖以前古、近體詩選錄比例差距不及萬曆提供了原因。同時，倘若在這種貶抑之中，帶有的其實是另一種對律體的揣摩鑽研〔註6〕，那麼，時至萬曆，選者或詩家對律體的加倍關注，或許有順理成章之處。

昔施子愉〈唐代科舉制度與五言詩的關係〉有云：「唐詩——至少是五言律詩——的發達，原因也許很多，但唐以詩『取士』不失爲一重要原因」〔註7〕。明代科舉雖以八股爲試，然早先朝廷人才任聘主要透過薦舉〔註8〕，於是人才群聚京師，彼此交流，詩歌酬答，無形中提供了七律創作之溫床〔註9〕。洪武初，劉仔肩《雅頌正音》收有七律五十五首，已高於五律三十二首；洪武三十年（1397年），沈巽、顧祿《皇明詩選》七律收有一百五十六首，更高居選錄詩體之冠，顯見朝廷「取士」方式確實有可能帶動詩體之創作。

而隨著永樂以後，科舉日重，薦舉日益輕，至成化間，八股文的漸趨定型、成熟，雖吸引了多數文人的目光，文人心力多所投注，然以八股文在音韻、對偶，乃至於謀篇布局與律詩間的互滲影

〔註5〕陳國球：《明代復古派唐詩論研究》（北京：北京大學出版社，2007年），頁66。

〔註6〕陳國球曾經指出明初詩人的矛盾，云：「明初詩人雖然一邊批評，但另一邊還是投入律詩的揣摩鑽研，這是一種矛盾的心理。」陳國球：《明代復古派唐詩論研究》（北京：北京大學出版社，2007年），頁67。

〔註7〕施子愉：〈唐代科舉制度與五言詩的關係〉，收於《東方雜誌》（上海：上海商務印書館，1944年），第40卷，第8期，頁37。

〔註8〕參見第二章第二節〈明代政治社會、學術文化的影響——以明代科舉爲觀察起點〉。

〔註9〕陳國球指出：「七言律詩是古典詩中成熟最遲的一種體裁，然而卻是最受歡迎的詩體之一，應酬唱和，一般都選用七律體。」陳國球：《明代復古派唐詩論研究》（北京：北京大學出版社，2007年），頁65。

響〔註10〕，仍有可能推進，或者消極地說，不致妨礙律詩的發展
〔註11〕，呈現在明人選明詩中，律詩幾乎為選錄最多之詩體。至於
自天啟以後，古、近體詩選錄比例的拉近，對應於八股文的發展，
恰為「八股文的危機期」〔註12〕，即使律詩在近體詩中的選錄比例
未見太大的變動，但由古體詩選錄數量的提升，亦也暗示著文人的
眼光已有了轉向。

　　又，國家儲才，庶吉士作為入選翰林之徑，著重考核詩文，就
其館課彙編以觀，萬曆年間，王錫爵（1534～1610）等所編——《增
定國朝館課經世宏辭》、《皇明館課經世宏辭續編》〔註13〕，所收詩
歌之中，律詩亦居大宗，且以七律為最。凡此種種，似乎都在透露
著明詩——至少是律詩的發達，與明代「取士」間難以切割的關係。
同時，也拈出了作為創作的主要體裁——七言律詩，在明代詩壇上

〔註10〕參見第二章第二節〈明代政治社會、學術文化的影響——以明代科
　　　　舉為觀察起點〉。
〔註11〕據今人劉俊偉統計，被商衍鎏譽為明代「時文正宗」的王鏊（1450
　　　　～1524），所作近體詩673首中，律詩即佔有495首，以七律最多，
　　　　計440首。如撇開詩歌評價問題，顯見擅於八股文，未必妨礙了王
　　　　鏊為詩，尤其律詩的創作。關於王鏊詩歌創作，參見劉俊偉：《王
　　　　鏊研究》（浙江：浙江大學博士論文，2011年10月），頁150～166。
〔註12〕清·李光地（1642～1718）論明代八股文，嘗云：「明代時文，洪、
　　　　永、宣、景、天為初；成、弘為盛；正、嘉為中；慶、曆為晚；天
　　　　啟以後，不足錄而已。」〔清〕李光地：《榕村語錄》，收於《景印
　　　　文淵閣四庫全書》（臺北：臺灣商務印書館，1984年），第1256冊，
　　　　卷29，頁458。李氏此語或有過激之處，然亦也透露在天啟以後，
　　　　明代八股文可能有的頹弊之象。龔篤清論明代八股文之發展，即嘗
　　　　將萬曆末年到天啟視作八股文的危機期，有云：「到萬曆末年，產生
　　　　了大量問題與弊端。而天啟年的八股文繼承了萬曆末年所有的弊端
　　　　與問題，並在一個特殊的社會環境中加速發酵，使八股文在這一時
　　　　期出現了深刻的危機。」龔篤清：《八股文匯編》（長沙：岳麓書社，
　　　　2014年），頁16。
〔註13〕據連文萍統計，《增定國朝館課經世宏辭》收有677首詩，其中七律
　　　　最多，計260首；《皇明館課經世宏辭續集》收有678首，亦以七律
　　　　174最多。參見連文萍：《詩學正蒙：明代詩歌啟蒙教習研究》（臺北：
　　　　里仁書局，2015年），頁138～139。

所佔有的重要份量。此一現象，恰恰符合簡錦松所云：「蓋詩體發展至唐，律絕已極盛行，七律視五律益為新體，故宋詩一般多作七言律絕，沿及元、明，猶順流而下，風習無改，仍喜作七言律絕。」〔註14〕

　　換言之，假定喜作七言律絕在明代是一普遍現象，無論就詩體的發展，或者是明代的「取士」方式，那麼，當明人選明詩著眼於五言律詩，依詩體分卷的十一部選本，計有五部，針對三十名共同詩家之選錄情況統計，更增為六部，包括與五律體類相近的五言古詩，在諸選本間的創作量幾乎都高於七言古詩，隱隱然地顯示明人的詩歌、詩體創作，恐怕不只是單純地「順流而下，風習無改」地「前進」而已。

二、五律的宗唐傾向——以何景明為例

　　過往簡錦松探究復古派代表——弘德七子〔註15〕的詩集結構，發現五言律詩的比率最高，五言古詩的比率亦有大幅提高的現象。他指出，這些變化與復古派的理論若合符節，即主張古體學漢魏晉詩，因此極重視五古；又以特重杜甫，而著眼於五律〔註16〕。另外，如果援施子愉對《全唐詩》（一卷或一卷以上）的統計，同樣能發現，五律創作居冠，以及五古遠高於七古的情況。緣此，明人選明詩在五律、五古上的諸多選錄，也許是明代復古派影響力的展現，又或者有著明人對唐詩的追步。總的來看，毋寧說正是明人「復古」、「學古」的一種體現。

　　盧純學《明詩正聲》選詩云：「五、七言古體，五、七言近體，

〔註14〕簡錦松：《明代文學批評研究》（臺北：臺灣學生書局，1989年），頁194。

〔註15〕弘德七子——李夢陽、何景明、徐禎卿、王廷相、康海、王九思、邊貢。其詩集結構表參見簡錦松：《明代文學批評研究》（臺北：臺灣學生書局，1989年），頁191。

〔註16〕相關討論參見簡錦松：《明代文學批評研究》（臺北：臺灣學生書局，1989年），頁195～199。

必以古人爲的，外是者略之。」（凡例，頁 1）雖古人未必侷限於唐人，然由其選詩比率前五依序爲「五律→七絕→七律→五古→五絕」，暗合於《全唐詩》所選，與盧純學「必以古人爲的」的復古論調，似乎不只是巧合。又，瀨尾維賢跋穆光胤《明詩正聲》謂明詩「聲律純正」，乃「唐人的派」，以爲穆光胤《明詩正聲》所選，「眞唐人之遺響」（頁 159）。是則，或可推知，明人對律體的重視，自有延續唐人之處，特別是在以七律爲發展的主調下，明人對五律的留意，尤有以唐人爲標的、範式之「復古」意涵存在。

　　如，陳子龍、李雯等編《皇明詩選》，選有五言律詩三百七十三首，居諸詩體之冠，並以何景明詩選錄最多，計五十八首。名下見陳子龍、宋徵輿總評：

> 臥子曰：仲默五言律，深雅朗秀，似攬王、杜之長，而仍見獨運。（卷 7，頁 17）

> 轅文曰：仲默，五言近體，盛唐無處不合，後至秦中，反似獨宗子美。（卷 7，頁 17）

可知，陳、宋二人皆著眼何景明五律與唐人——尤其杜甫之相似處，陳子龍以爲此間猶有何之匠心獨運，宋徵輿則由其五言近體與「盛唐無處不合」，聚焦至何景明爾後官任陝西，入於秦中時，詩歌與杜甫的尤爲類近。呈現在具體的詩歌評論中，有九首詩歌同樣點出了何詩與唐人的相應，除了初唐、尚涉及杜甫、王維、岑參、高適等人〔註17〕。反觀七律，選錄詩數仍居眾詩家之首，品評亦著墨在與唐詩間的聯繫，謂其七律「本於杜」（卷 10，頁 14），但卻多了對何

〔註17〕論及初唐，如〈駕幸南海子〉，轅文曰：「結句不諧，要是初唐氣色」、〈內直遇雪〉，轅文曰：「本於初唐，而加之以逸」；論及王維，如：〈雨夜似清溪〉，轅文曰：「王、孟風致」、〈望京師寄王職方〉，臥子曰：「右丞建禮之遺」、〈雨後次孟望之〉，轅文曰：「亦本右丞」、〈遊賢隱寺〉，轅文曰：「三四句是摩詰神境」；論及岑參、高適，如〈送別劉朝信〉，轅文曰：「常侍高壯、嘉州穠婉，此殆合之」、〈送王生還嵩州（盟）兼訊趙叔〉，轅文曰：「亦似嘉州」、〈送曹瑞卿謫尋句〉，「臥子曰：似高常侍」。

景明在七律風貌開拓上的肯定，如總評七律，宋徵輿云：「何以婉麗之致，追其雅練，故人見李（夢陽）之襲，以何爲脫耳」（卷 10，頁 14），評詩歌〈安莊道中〉，宋徵輿又謂：「明詩是有此派，雖本於唐，體裁自異，要亦不減古人。」（卷 10，頁 14）也就是說，雖同樣取法於唐，但相較於七律，他們對五律的品評、創作，顯然更向唐詩靠攏。或者，變相地說，何景明在七律上的出脫變化、有此一派，是他們更多看見了明人在七律上的可能發展性。

回觀何景明的論詩主張、學詩經驗中，亦嘗云：「近詩以盛唐爲尚」〔註18〕，又稱：「景明學歌行、近體，有取於二家（李、杜），旁及唐初、盛唐諸人。」〔註19〕可見不只是陳子龍等人的論見，何景明的創作，本來就是以唐人近體爲宗尚。即便他沒有進一步表達對五、七言律的想法，但如果留意到何景明的近體創作，五律幾乎佔了大部分，有近五成之多〔註20〕，可以想見，他的取法於唐，基本上是在五律上進行努力的。

以故，當明人選明詩選錄諸詩體，詩家表現之優劣，最無爭議的恰恰是五律，十四部明人選明詩中〔註21〕，計有九部以何景明爲冠〔註22〕。除了是何景明五律的創作數量高，亦也顯示明人在五律的品評上當有一共通點，而隱隱指向了何詩中所呈現的宗唐復古意向，殆有吸引明人留意、受到肯定之處。

嘉靖年間，楊慎《皇明詩抄》可見其端，高啓、何景明五律各選

〔註18〕 〔明〕何景明：〈與李空同論詩書〉，見何景明著；李叔毅等點校：《何大復集》（鄭州：中州古籍出版社，1989 年），頁 575。

〔註19〕 何景明：〈海叟集序〉，見何景明著；李叔毅等點校：《何大復集》（鄭州：中州古籍出版社，1989 年），頁 595。

〔註20〕 參見簡錦松：《明代文學批評研究》（臺北：臺灣學生書局，1989 年），頁 191。

〔註21〕 已扣除無收錄何景明詩歌之洪武時期選本——劉仔肩《雅頌正音》、沈巽、顧祿《皇明詩選》。

〔註22〕 楊慎《皇明詩抄》、黃佐、黎民表《明音類選》、李攀龍《古今詩刪》、盧純學《明詩正聲》、李騰鵬《皇明詩統》、華淑《明詩選》、《明詩選最》、署名陳繼儒《國朝名公詩選》、陳子龍等《皇明詩選》。

有五首，同居詩家之冠。唯詩數有限，何詩入選的五律未及七古來得多，透露出楊慎對其五律表現的猶有未愜〔註23〕。爾後，黃佐、黎民表《明音類選》選錄何景明五律，躍升爲三十七首，詩數之多，已爲選錄諸體之冠，充分彰顯選者（基本上是「指授去取」的黃佐）對何景明五律的肯定，以及何詩在當時的影響力。且所選與後來的選本重疊最多，據何詩五律在明人選明詩中的收錄次數，達五次以上者，計有六首〔註 24〕，均見於《明音類選》，除反映出選者的選詩眼光，亦也突顯了《明音類選》在選錄何景明五律詩歌上可能具有的代表性。

　　那麼，透過《明音類選》，也許可以進一步瞭解在取法唐人的傾向，或者說在唐人奠定的基礎上，明人對於五律創作的想法爲何？何景明的五律呈現了什麼樣的風格，得以受到較多的選本青睞？即便現存資料極爲有限，然而，以黃佐嘗就杜甫論詩之「晚於詩律細」，提出「律詩貴細不貴粗」之說，並批評當世詩歌「工律詩則以粗豪爲氣格」〔註25〕，包括對應黃佐自身的詩歌表現，時人屠應峻（1502～1546）有謂：「近體雄深麗逸，旨遠格精」〔註 26〕，或許可以初步推知，何景明的五律所以受到肯定，當有詩歌中聲律上的掌握，以及整體呈現出的深雅流麗。而這樣的風格表現，可以說基本上構成、符合了明人

〔註23〕楊慎嘗選六朝詩歌，爲律體溯源，編有《五言律祖》一書，自序有云：「五言肇於風雅，儷律起於漢京。……豈得云切響浮聲，興於梁代；平頭上尾，創自唐年乎？」又韓士英爲序，曰：「《選》變爲律，律盛於唐，然啓一代一人遂至此乎！論者謂五言始於漢，律詩始爲唐，殆未之考耳。……楊子之選，獨取夫律，不及於唐，而祖之云者，其有意於復古乎？」可知，楊慎編選是有針對性的，他留意到了六朝詩歌與唐律的關連，不只將五律侷限在唐人的創作上，那麼，假定何景明的五律，確實充斥著取法於唐的色彩，其五律表現難免無法全然符合楊慎的期待。〔明〕楊慎著：王文才、張錫厚輯：《升庵著述序跋》（昆明：雲南人民出版社，1985 年），頁 199～200。

〔註24〕分別爲〈駕入〉、〈鑑公房石鐙〉、〈送楊太常歸省〉（聞道）、〈鏡光閣〉、〈登五丈原謁武侯廟〉、〈昭烈祠〉。

〔註25〕〔明〕黃佐：〈明音類選序〉，頁 2。

〔註26〕〔清〕朱彝尊：《明詩綜》（臺北：世界書局，1962 年），上冊，卷37，黃佐條下注，頁 4。

對於五律創作的一種期待。

　　藉由《明音類選》所選，尤其得到眾選家的認可，共有十一部明人選明詩收錄——〈昭烈祠（廟）〉一詩，相信可以有進一步的認識，詩云：

> 漂泊依劉計，間關入蜀身。中原無社稷，亂世有君臣。
> 峽路元通楚，岷江不向秦。空山一祠宇，寂寞翠華春。

（《明音類選》卷9，頁20）

是詩約作於正德十三年（1518年）何景明擔任陝西提學副使期間。內容係透過蜀漢昭烈帝祠廟，懷想亂世之際，劉備之入蜀建業，爾今卻僅存祠宇，孤冷淒清於群山春景之間，藉以發抒人事變遷、歷史滄桑之感。其中，後兩聯「峽路元通楚，岷江不向秦」、「空山一祠宇，寂寞翠華春」，明顯化用了杜甫五排〈謁先主廟〉「錦江原過楚，劍閣復通秦」、七律〈詠懷古跡〉「翠華想像空山裏，玉殿虛無野寺中」〔註27〕詩句，有何景明對杜詩的學習。

　　另外，白潤德更指出「杜甫其人也可見於何詩之中」〔註28〕，透過杜甫歷經安史之亂，「間關入蜀」寫作〈謁先主廟〉、〈詠懷古跡〉，連結何景明巡察陝南爲是作，當時同樣有著朝政的紛亂——明武宗南巡，寧王之亂甫平。進而認爲：

> 其復古的內容不限于引用杜甫的詩句，且包括一種歷史性同情。此詩的意義不限于寫劉備，同時也包括杜甫寫劉備，以及何景明自己所寫的劉備及杜甫。〔註29〕

明代的選者對〈昭烈祠（廟）〉的肯定，未必來自於這樣的體察，選

〔註27〕〔唐〕杜甫著；〔清〕楊倫編輯：《杜詩鏡銓》（臺北：華正書局，1979年），第2冊，卷12，頁873、卷13，頁941～942。

〔註28〕白潤德：〈復古與審美——略談何景明詩中的審美意識〉，收錄於淡江大學中國文學研究所主編：《文學與美學》（臺北：文史哲出版社，1998年），第6集，頁319。

〔註29〕白潤德：〈復古與審美——略談何景明詩中的審美意識〉，收錄於淡江大學中國文學研究所主編：《文學與美學》（臺北：文史哲出版社，1998年），第6集，頁319。

本中或見頷聯、頸聯的評賞，又或以爲詩歌「意念深矣」，蘊含著詩人對劉備志業的論斷〔註30〕。然而正如同何景明〈與李空同論詩書〉批評李夢陽之「刻意古範」，提出了「僕則欲富於材積，領會神情，臨景構結，不倣形跡」〔註31〕的見解，他對唐詩是有取法，無論在字句、詩意上都能看到這樣的追求，但他重視的是呈現出來、累積過後，不倣形跡的圓熟，〈昭烈祠（廟）〉尤其可以看出他對杜詩的領會學習。這或許正是他獲得明代選家青睞的原因，亦也反映出了明人對五律的要求，有著對唐詩的靠攏、推崇，而不純然只是一種刻意的、形式上的「復古」而已。

三、五古的取法對象：漢魏古詩與唐人五古的雙重參照

至若五古，以五律尤其蘊含著明人對唐詩的追隨，五古則體現出了他們（特別是復古派）對漢魏古詩的推崇，且這種推崇大抵構築在對唐代古詩的審視、思辨上。陳國球嘗言：「明復古派對唐代五古的概念是在與漢魏五古對照之下而形成的」〔註32〕，事實上，很可能不只是復古派，從分體選詩的選本中，五古的收錄數量幾乎多過於七古，明代選者對五古的關注度不言可喻。如果進一步留意到《全唐詩》對古詩的選錄，同樣是五古多於七古，甚至將近三倍之多〔註33〕，這表示唐代詩家在五古上著力尤深。那麼，當明人面對過往的古詩成就時，唐代五古自然是他們難以迴避的對象，無論認

〔註30〕如〔明〕華淑《明詩選》、《明詩選最》但圈點頷、頸聯；署名〔明〕鍾惺、譚元春《明詩歸》，詩下評有「鍾云：昭烈承漢統者也，不專主伐魏是本根大病痛，此詩三復致譏，意念深矣。」（卷3，頁620）
〔註31〕〔明〕何景明：〈與李空同論詩書〉，見何景明著；李叔毅等點校：《何大復集》（鄭州：中州古籍出版社，1989年），頁575。
〔註32〕陳國球：《明代復古派唐詩論研究》（北京：北京大學出版社，2007年），頁116。
〔註33〕援施子愉所統計《全唐詩》收錄唐詩（一卷或一卷以上情況），五古5466首、七古1788首，五古數量幾爲七古三倍之多，參見施子愉：〈唐代科舉制度與五言詩的關係〉，收於《東方雜誌》（上海：上海商務印書館，1944年），第40卷，第8期，頁39。

可與否，在詩歌發展的脈絡中，作爲漢魏古詩樹立典範後的參照值。

　　早先李夢陽直接表明「夫五言者不祖漢則祖魏，固也」〔註34〕，將漢魏古詩視爲學習典範，雖對唐代五古沒有太多的討論，但由其批點孟浩然古詩，以爲帶有律詩的平仄聲律，是爲「調雜」〔註35〕，殆由古、律之辨，預告了唐代五古可能延伸出的問題。其後，李攀龍選錄唐詩，發出「唐無五言古詩，而有其古詩」〔註36〕之論，在〈選唐詩序〉中，他論述了各體詩歌，「唯獨對五言古，所論卻超越了唐代的範圍」〔註37〕，古詩與唐代五古形成了兩個比較的概念，這背後唐代五古龐大創作量的難以忽視，以及此前論者對漢魏古詩的肯定、古詩與律體的分判〔註38〕，顯然都是促成他進行思辨的推力來源。乃至於竟陵派鍾惺（1581～1624）提出「蓋五言古，詩之本原，唐人先用全力付之，而諸體從此分焉」〔註39〕，強調五言古詩，作爲詩歌諸體之源，以爲唐人先致力於五古，始旁及其它詩體〔註40〕，進以批駁李

〔註34〕〔明〕李夢陽：〈刻陸謝詩序〉，見〔明〕李夢陽：《空同集》，收於《景印文淵閣四庫全書》（臺北：臺灣商務印書館，1986年），第1262冊，卷50，頁465。

〔註35〕李夢陽嘗批點孟浩然集，其間數度批其五言詩「調雜」，就此，簡錦松曾作過討論，以爲「調雜的調字，即爲聲調格律，爲體製的條件之一，並非指風貌而言」，相關論述見簡錦松：《李何詩論研究》（臺北：國立臺灣大學中國文學所碩士論文，1980年6月），頁107～109。

〔註36〕〔明〕李攀龍撰：包敬第標校：《滄溟先生集》（上海：上海古籍出版社，1992年），卷15，頁377。

〔註37〕陳國球：《明代復古派唐詩論研究》（北京：北京大學出版社，2007年），頁113。

〔註38〕陳國球曾對李攀龍「唐無五言古詩而有其古詩」說的產生、意義，復古派如何建構出唐代的五古詩史有過細緻的論證，相關討論參見陳國球：《明代復古派唐詩論研究》（北京：北京大學出版社，2007年），頁106～168。

〔註39〕〔明〕鍾惺、譚元春：《唐詩歸》（明萬曆間（1573～1620）原刊本），卷5，張九齡〈感遇〉總評，頁3。

〔註40〕鍾惺此論，陳國球嘗指出「這是將詩學的兩個層面混同而作的推論：事實上詩歌體裁在歷史上的發展次序，與詩人選用詩歌成規構撰詩作，無必然關係。」關於《唐詩歸》對唐代五言古的相關問題，可參見陳國球：《明代復古派唐詩論研究》（北京：北京大學出版社，

攀龍「唐無古詩」之說，包括譚元春直謂「唐人神妙全在五言古」，「歎漢魏二字，誤却多少妙才快筆耳」〔註41〕，同樣都是看到了唐代五古的成果，在漢魏古詩的典範下，嘗試爲之找出定位。

　　換言之，唐代五言古詩的表現未嘗眞正離開過明人的批評範疇，以漢魏古詩作爲基準點，唐代五古或有不逮，或有企及，這種掘發、討論的過程，是漢魏古詩與唐代五古間的拉距，有以漸次梳理出五言古詩的發展脈絡、唐代五古的成就地位。同時，亦將帶動明人在五古的創作（學習）方向、品評標準上的思考，而這樣的反省，不只呈現在明人的詩論意見，透過明人選明詩的選錄，同樣可以找到一些線索。

　　在分體選詩的選本中，五言古詩的選錄數量幾乎都高於七言古詩，七古多於五古的選本主要集中在萬曆以前，若以收錄共同詩家的十六部明人選明詩來看，也可以得到一樣的結論。可見，明人對於五古的重視、創作興趣，在萬曆以後得到了充分的發酵。誠如前述，簡錦松以爲復古派——弘德七子對漢魏古詩的推崇，讓他們在詩歌表現上，尤爲重視五古。緣此，爾後選本對五古多有選錄，未必不有復古派對明代詩壇創作的影響，如明人選明詩中，五古收錄數量前三名的詩家，復古派代表李夢陽、何景明每每入列。不僅如此，那些選錄五古遠多於七古的選本，對李夢陽的作品尤其青睞。而李夢陽提出五言祖漢、魏之說，詩集中他的五古的創作量遠多於七古，亦確確實實是漢魏古詩的推崇者。那麼，按照何景明〈與李空同論詩書〉對李詩的批評：「追昔爲詩，空同子刻意古範，鑄形宿鏌，而獨守尺寸」〔註42〕，則明人選明詩對李夢陽五古的肯定，多少應當摻拌著對取法、推尊於漢魏的認同。意即，對漢魏古詩的強

<hr>

　　2007年），頁247〜251。

〔註41〕〔明〕鍾惺、譚元春：《唐詩歸》（明萬曆間（1573〜1620）原刊本），卷15，李白〈送韓準裴政孔巢父還山〉尾評，頁21。

〔註42〕〔明〕何景明，〈與李空同論詩書〉，見何景明著；李叔毅等點校：《何大復集》（鄭州：中州古籍出版社，1989年），頁575。

調，讓詩家著力於創作五古，不僅呈現在個人詩集的體類結構，形諸為詩壇風氣，同時，亦反映在明人選明詩裡，一種選詩傾向──越是強調漢魏古詩，五言古詩的選錄往往越多。

於是，萬曆以前，七言古詩選錄猶盛，五古的相對「忽略」，似乎透露出了一些訊息。清・王士禎（1634～1711）有云：「明五言詩極為擾雜。西涯之流，源本宋賢；李何以來，具體漢魏：平心論之，互有得失，未造古人」〔註43〕，撇開明代五言古詩是否「未造古人」，按照王士禎的說法，李東陽（1447～1516）之流（應指茶陵派）在創作五言古詩上，係依宋人步伐，而自李夢陽、何景明以後，遂以漢魏五古為具體學習對象。那麼，爾後，明代五古創作的流行、反映在選本上五古收錄數量的提昇，如果是伴隨著李、何提倡漢魏古詩的結果，此前五古的相對「忽略」，也許只是未嘗「具體漢魏」的結果，比如李東陽等之「源本宋賢」。

在《懷麓堂詩話》中，即便李東陽嘗言「唐人不言詩法，詩法多出宋；而宋人於詩無所得」、「宋詩深，却去唐遠」〔註44〕，以崇唐為尚，卻能不有偏廢，以為「漢、魏、六朝、唐、宋、元詩，各自為體。譬之方言，秦、晉、吳、越、閩、楚之類」〔註45〕。並不吝表達對宋詩家的肯定，如評歐陽脩，曰：「歐陽永叔深於為詩，高自許與。觀其思致，視格調為深」〔註46〕、評蘇軾詩，認為他衍展了詩歌內容，「於是情與事，無不可盡」〔註47〕等等，包括實際在詩

〔註43〕〔清〕王士禎著；張宗柟纂集；戴鴻森校點：《帶經堂詩話》（北京：人民文學出版社，1998 年），纂輯類，卷 4，上冊，頁 94。

〔註44〕〔明〕李東陽著；李慶立校釋：《懷麓堂詩話校釋》（北京：人民文學出版社，2009 年），頁 27、33。

〔註45〕〔明〕李東陽著；李慶立校釋：《懷麓堂詩話校釋》（北京：人民文學出版社，2009 年），頁 179。

〔註46〕〔明〕李東陽著；李慶立校釋：《懷麓堂詩話校釋》（北京：人民文學出版社，2009 年），頁 211。

〔註47〕〔明〕李東陽《懷麓堂詩話》：「漢魏以前，詩格簡古，世間一切細事長語，皆著不得。其勢必久而漸窮，賴杜詩一出，乃稍為開擴，

歌的創作上，對宋詩的汲取、學習〔註48〕，甚至詩集結構中與宋詩家（尤其歐陽脩）的隱然相合——五古與七古創作量的相近〔註49〕，有別於唐詩在五古上的偏重。甚至，如果留意到了宋人在古體詩上的成就，大抵落在七言古詩上，王錫九有云：「宋人特別是北宋作家，最擅長古體詩，而七言古詩的成就又高於五言古詩」〔註50〕，在宋人之中，又以歐陽脩的七言古詩，尤其受到矚目〔註51〕。於是，在五古之外，以李東陽的館閣身份，有「今之歐陽子」〔註52〕之稱，他的七古創作，不由得讓人聯想到他對宋詩的承襲〔註53〕。若然，

庶幾可盡天下之情事。韓一衍之，蘇再衍之，於是情與事無不可盡。」參見〔明〕李東陽著；李慶立校釋：《懷麓堂詩話校釋》（北京：人民文學出版社，2009年），頁205。

〔註48〕鄭禮炬嘗從李東陽詩歌中的和東坡之作、晚年集句詩對宋詩家的學習，說明李東陽詩歌中的宗宋傾向，相關討論見鄭禮炬：〈李東陽詩歌創作的宗宋轉向〉，《鹽城師範學院學報》（人文社會科學版）（2008年8月），第28卷，第4期，頁66～69。

〔註49〕按簡錦松的統計，歐陽脩之集，分有內、外，《內集》主要為歐陽脩臺閣體時期之作，集中五古計91首，七古計89首，詩數相近，而李東陽集，五古計208首，七古計195首，詩數差距同樣不大。參見簡錦松：《明代文學批評研究》（臺北：臺灣學生書局，1989年），頁194、190。

〔註50〕王錫九：《宋代的七言古詩》（天津：天津人民出版社，1993年），頁2。

〔註51〕如〔清〕田雯《古歡堂集雜著》：「七言古詩，至唐末式微甚矣！歐陽文忠公崛起宋代，直接杜、韓之派而光大之，詩之幸也。」〔清〕田雯：《古歡堂集雜著》，見郭紹虞編選；富壽孫校點：《清詩話續編》（上海：上海古籍出版社，1983年），上冊，卷2，頁701、〔清〕王士禎《古詩選·七言詩凡例》：「宋承唐季衰陋之後，至歐陽文忠公始拔流俗，七言長句高處直追昌黎，自王介甫輩皆不及也。……文忠公七言長句之妙，自子美、退之後一人而已。」〔清〕王士禎：《古詩選》，收於《四部備要》（臺北：中華書局，1967年），冊2，頁2。

〔註52〕〔明〕黃綰，〈再上西涯先生書〉：「綰嘗讀公文章，知公乃今之歐陽子也。」〔明〕黃綰：《石龍集》（明嘉靖間（1522～1566）原刊本），卷16，頁20。

〔註53〕簡錦松嘗言：「五、七言古體，歐蘇亦擅長，而又皆學唐賢，故臺閣體亦學唐賢及歐蘇五、七古，惟不及七言律絕之多。」論臺閣體文風，亦嘗謂渠等以歐陽脩為宗，舉李東陽事跡為證，相關討論參見簡錦松：《明代文學批評研究》（臺北：臺灣學生書局，1989年），頁

在李、何以前，明人對七言古詩的多所選錄，恐怕不乏宋代以來發展七古的一種延續，或者說，在「具體漢魏」之前，明人的古體詩創作，在取法對象上，其實保留了更多的空間，連帶地在實際的創作、選本在收錄詩歌時，專力於五古的現象，也就顯得薄弱了些。

因此，即便嘉靖間，楊慎《皇明詩抄》、黃佐、黎民表《明音類選》收錄的五古數量，雖均以李夢陽爲最，但事實上，不只是對於漢魏古詩，他們沒有過多、特別的標榜，就李夢陽的古體詩而言，他們在意的可能更在於他的七古創作〔註54〕。且，雖說李夢陽的五古在共同詩家中最受選家青睞，但除了萬曆後期，穆光胤《明詩正聲》選有大量五言古詩，並以李夢陽爲首外，一直要到崇禎以後，李夢陽的五古才又重新登上了選錄之冠的地位。

換言之，在萬曆期間，即便古體詩的收錄，基本上以五古居多，李夢陽的創作卻未必是選家心中的首選，如李攀龍《古今詩刪》、盧純學《明詩正聲》五古選錄最多的詩家爲王世貞、李騰鵬《皇明詩統》、華淑《明詩選》、《明詩選最》爲何景明、顧起綸《國雅》爲薛蕙、署名陳繼儒《國朝名公詩選》則爲孫一元。原因固然很多，包括選家得以搜羅的詩歌多寡、詩家在當時的影響力等等，但脫不開的仍是選家的選評標準。亦即假設明人五古的選錄，多少帶有對漢魏古詩的肯定，以李夢陽推尊漢魏，「尺寸古法，罔襲其辭」〔註55〕的創作態度，何以未能一帆風順地得到選家（特別是萬曆時期）的絕對認可？這是否表示在選家的眼中，李夢陽的五古可能帶有某種「瑕疵」，是尺寸古法的拿捏未盡期待？如同何景明對他的批評，「刻意古範，鑄形宿

194、39～49。

〔註54〕如楊慎《皇明詩抄》收錄李夢陽的七古數量高於五古，黃佐、黎民表《明音類選》則是七古數量與五古相同，可見，李夢陽的古體詩，五古不一定是他們的興趣所在。尤其，這兩部選本，在選錄古體詩上，基本上是以七古爲主軸的，以《明音類選》來看，五古收有342首，七古則有469首，多出了一百餘首。

〔註55〕〔明〕李夢陽：《空同集》，收於《景印文淵閣四庫全書》（臺北：臺灣商務印書館，1985年），第1262冊，卷62，頁566。

鎮」〔註56〕。所以，何景明的「古作必從漢魏求之」〔註57〕，但強調在「富於材積」後的「領會神情」、「不傚形迹」〔註58〕，才因此取得了選家的青睞？原因恐怕未必。

李騰鵬《皇明詩統》曾引用曹忭（生卒年不詳，嘉靖二十年進士）語，視之爲「定論」，其言曰：

> 二子貽書辨論意各殊致，余以爲：空同誠守規矩，爲方圓矣。至其出入變化，豈誠古人影子哉？大復信脫落繩墨矣。至其模擬推敲，豈盡不由法度哉？要之本之以古人之法，參之以獨得之趣，雖有不同，咸出自己，非無因強作，此其所以至而成家也。嗚呼！斯蓋定論矣。（卷17，頁13）

顯然，在曹忭的眼中，李夢陽的「誠守規矩」，不純然是「古人影子」；何景明的「脫落繩墨」，亦有「不由法度」處。兩人「雖有不同，咸出自己」，各自在古人法度的參酌中，展現了「獨得之趣」。而李騰鵬既然認同曹忭，他對李夢陽五古的顧慮，自不在於尺寸古法。

那麼，在萬曆選家眼中，李夢陽五古的稍嫌失色，也許將導向另一種可能。即選家心中的五古佳作，已不單純地鎖定在漢魏古詩提供的範疇裡，還蘊含著其它方面的考量。依著明人所面對的，在漢魏以後，龐大的五古詩家群，而隱約指向了唐人五古的表現，對於明人的五古創作、品評所造成的激盪。尤其是萬曆時期，作爲與漢魏古詩的強烈參照。時人胡應麟（1551～1602）論詩專著《詩藪》有云：「世多謂唐無五言古」〔註59〕，可見當時關於五言古詩，延續著李攀龍「唐無五言古詩」之論，充斥著的其實是對唐代五古的討

〔註56〕〔明〕何景明，〈與李空同論詩書〉，見何景明著；李叔毅等點校：《何大復集》（鄭州：中州古籍出版社，1989年），頁575。

〔註57〕〔明〕何景明，〈海叟集序〉，見何景明著；李叔毅等點校：《何大復集》（鄭州：中州古籍出版社，1989年），頁595。

〔註58〕〔明〕何景明，〈與李空同論詩書〉，見何景明著；李叔毅等點校：《何大復集》（鄭州：中州古籍出版社，1989年），頁575。

〔註59〕〔明〕胡應麟：《詩藪》（臺北：文馨出版社，1973年），內編卷二，頁35。

論，誠如陳國球所云：

> 後來李攀龍將「古詩」與「唐古詩」搬出來比較，可見當時諸家議論已經常涉及唐代五古，隨著「師匠宜高，捃拾宜博」的思想盛行，「唐古」與「正宗古詩」的關係逐漸成為詩論家的探索對象。〔註60〕

緣此，對唐人五古發展脈絡、成就定位的思辨，難免左右了他們對明人五古的看法。如李攀龍《古今詩刪》、盧純學《明詩正聲》選錄五古以王世貞為最，箇中緣由固然不乏情誼、聲名的考量〔註61〕，但除了《古今詩刪》在選錄五言古詩時，並不排除六朝、唐代作品，顯示這些作品有得以「不刪」、可供參酌的價值。事實上王世貞論及五古，亦嘗謂：「世人『選體』，往往談西京、建安，便薄陶、謝，此似曉不曉者，毋論彼時諸公，即齊、梁纖調，李、杜變風，亦自可采。」〔註62〕可見即便是纖調、變風，六朝五古、唐人五古亦確實在他的取法對象之內。胡應麟論其古詩，即云：「古詩枚、李、曹、劉、阮、謝、鮑、庾以及青蓮、工部，靡所不有，亦鮮所不合」〔註63〕。尤其，在取法、學習古人間，王世貞更肯定在熟玩前人名作後，胸次的「悠然有融浹處，方使命筆」〔註64〕，以為「法之極者無跡」，得做到「淘洗之極，歸而若自然」〔註65〕，足見他追求的是「基於

〔註60〕陳國球：《明代復古派唐詩論研究》（北京：北京大學出版社，2007年），頁168。

〔註61〕如王世貞〈古今詩刪序〉云：「蓋于鱗之所最善為世貞，其屬存于鱗刪者不少。」（頁4）、陳文燭〈明詩正聲〉：「王元美先生著作高一代，盧江過弇州而亦請序，幸以吾言質之。」（頁7）

〔註62〕〔明〕王世貞：《藝苑卮言》，收於《景印文淵閣四庫全書》（臺北：臺灣商務印書館，1985年），第1281冊，卷144，頁348。

〔註63〕〔明〕胡應麟：《詩藪》（臺北：文馨出版社，1973年），續編卷二，頁338。

〔註64〕〔明〕王世貞：《弇州續稿・徐孟孺》，收於《景印文淵閣四庫全書》（臺北：臺灣商務印書館，1985年），第1282冊，卷182，頁611。

〔註65〕〔明〕王世貞：《弇州續稿・華孟達詩選序》，收於《景印文淵閣四庫全書》（臺北：臺灣商務印書館，1985年），第1282冊，卷53，頁690。

精湛琢磨工夫而形於詩歌之中極爲工致、不露痕跡這種法度自然運用的藝術之境」〔註66〕，這與何景明期望詩歌能夠「脫落繩墨」顯然也有一定程度的契合。

　　又，顧起綸《國雅》屬意薛蕙的五古作品，《國雅品》有謂：

　　　文徵仲評其詩云：「古風追躡漢魏，近體有王、孟風。」……
　　　余讀其集，古體如〈江南曲〉、〈從軍行〉甚佳，……辟之
　　　馬飾金羈，連翩蹀躞，穩步康莊，了無�踏之跡。王元美
　　　云：「如倩女臨池，疎花獨咲」特言其秀拔處。（頁20）

引文中，顧起綸援文徵明語（1470～1559），提出薛蕙古詩乃以漢魏爲尚，並舉出其五古〈從軍行〉、七古〈江南曲〉視之爲佳作。此間，顧起綸對於薛蕙古、近體詩歌所呈現出的「了無蹢躅之跡」，又或藉王世貞的評論，強調薛詩之「秀拔」，以古體詩來看，除了帶有肯定薛蕙追步漢魏的傾向，似乎也在說明薛詩在取法漢魏間「幾奪天巧」〔註67〕的秀特出眾。然而，如果留意到顧起綸所選，其實還包含了薛蕙對六朝詩歌的學習，如十九首入選作品中，包含〈八月十四日夜餞伯昭〉五首（以謝靈運〈南樓中望所遲客〉「圓景早已滿」爲韻）、〈游城南園林〉二首（以沈約〈游沉道士館〉「開襟濯寒水」爲韻）。昔薛蕙論詩，亦嘗云「曰清、曰遠，乃詩之至美者也，靈運以之，王、韋、柳抑其次也」、「（陸機詩）至於清遠秀麗，則不及康樂遠甚」〔註68〕，對清遠秀麗之風頗有稱許。加上，時人的評論中，以薛詩譬況、取法六朝詩歌之說亦非偶見〔註69〕。可知，顧起綸所謂薛詩的「秀拔」，實際所指

〔註66〕鄭利華，〈王世貞與明代七子派詩學的協調與變向〉，收於《文學遺產》（2016年11月），第6期，頁95。

〔註67〕〔明〕王世貞《藝苑巵言五》：「薛君采如宋人葉玉，幾奪天巧。又如倩女臨池，疎花獨笑。」〔明〕王世貞：《藝苑巵言》，收於《景印文淵閣四庫全書》（臺北：臺灣商務印書館，1985年），第1281冊，卷148，頁402。

〔註68〕〔明〕薛蕙：《西原先生遺書》，收於《四庫全書存目叢書》（臺南：莊嚴文化出版社，1997年），第69冊，卷下，頁406。

〔註69〕如：徐子元（嘉靖時人）：「君采俊麗，康樂殆不是過。」見〔清〕朱彝尊：《明詩綜》（臺北：世界書局，1962年），卷35，頁12、汪元范

應當還蘊藏著薛蕙對六朝詩歌（尤其謝靈運）的取法，其選錄五古以薛蕙爲冠，恐怕並不純然站在漢魏五古的立場。

甚者，顧起綸與楊愼嘗有論詩意見的往來〔註70〕，顧起綸《國雅品・序》中，更有「用脩《詩話》，深於辯核」〔註71〕之語。而楊愼學尙淵博〔註72〕，論詩頗有對六朝詩歌的關注〔註73〕，在創作上亦自謂其詩「獨夷鮑謝」〔註74〕，又每多著力在六朝詩歌與唐詩間的連繫，云「六代之作其旨趣雖不足以影響大雅，而其體裁實景雲、垂拱之先驅，天寶、開元之濫觴也」〔註75〕，對唐代五古並非全然否定，曾以李端〈古別離〉、劉禹錫〈擣衣曲〉、陸龜蒙〈茱萸匣中鏡〉、溫庭筠〈悠悠復悠悠〉爲「大歷以後，五言古詩可選者」〔註76〕，顯示「大歷以前的古詩是可取的，只是中晚唐以後才少有五古值得選入詩集」〔註77〕。且，嘗與薛蕙交游，「言及六朝初唐」〔註78〕詩歌，

（萬曆時人）《梁園風雅・諸公爵里》：「其詩咀英魏晉，振秀齊梁，意緜密而辭新，格醇雅而調逸」見〔明〕趙彥復：《梁園風雅》，收於《續修四庫全書》（上海：上海古籍出版社，2002 年），第 1680 冊，頁 383。

〔註70〕姚咨〈國雅後序〉提及，顧起綸邂逅楊愼，兩人「傾蓋交歡，說詩詮文」，見〔明〕顧起綸：《國雅》，卷末，頁 1。

〔註71〕〔明〕顧起綸：《國雅品》（明萬曆元年（1573）勾吳顧氏奇字齋刊本），頁 1。

〔註72〕楊愼嘗云：「杜子美云：『讀書破萬卷，下筆如有神』此子美自言其所得也。讀書雖不爲作詩設，然胸中有萬卷，則筆下自無一點塵矣。」〔明〕楊愼著；王仲鏞箋證：《升庵詩話箋證》（上海：上海古籍出版社，1987 年），頁 578。

〔註73〕參見雷磊：《楊愼詩學研究》（北京：中國社會科學出版社，2006 年），頁 89～141。

〔註74〕〔明〕張含〈南中集序〉：「楊子嘗謂含曰『詩吾媿風雅，獨夷鮑謝。』辭，楊子所變而雅也；鮑謝，楊子所謙而自謂也。」王文才：《楊愼學譜》（上海：上海古籍出版社，1988 年），頁 470。

〔註75〕〔明〕楊愼：〈選詩外編序〉，見〔明〕楊愼：《升庵集》，收於《景印文淵閣四庫全書》（臺北：臺灣商務印書館，1986 年），第 1270 冊，卷 2，頁 22。

〔註76〕〔明〕楊愼著；王仲鏞箋證：《升庵詩話箋證》（上海：上海古籍出版社，1987 年），卷 10，頁 332。

〔註77〕陳國球：《明代復古派唐詩論研究》（北京：北京大學出版社，2007

薛蕙論其詩，尚有「唐之四傑，不能過也」〔註 79〕之語。是則，當顧起綸選錄薛蕙五古，對其取法六朝詩歌之作多有留心，也許正是與楊慎論詩意見交流下的結果〔註 80〕。同時，亦也反映出了當時明人在漢魏古詩之外，對於五言古詩之取法、學習對象，已經有了更多的思考，六朝、唐代五古都在他們的討論範圍之內。

至若，天啓年間，署名陳繼儒《國朝名公詩選》選錄五古以孫一元為最，〈紫陽山中徐步〉箋釋曰：「鳥語成詩、山容得趣、雨飛雲起，皆其會心處也，策杖屨而來遊，坐漁舟而笑去，揔自寫其往來，無心之意，大類淵明歸去來辭。」（卷 3，頁 14）以是詩情感之發抒，有類晉、宋之際，陶潛的〈歸去來辭〉。此間，除了嘉靖、萬曆以後，山人階層的大量出現，在詩壇上多有表現。孫一元的山人身份，詩歌中流露出的隱逸之風，包括作為弘、正以前，為詩自娛，擺落官方的科考仕進之路，展現才性，堪與李、何相論的詩歌地位〔註 81〕，讓孫一元的作品連帶地容易受到矚目之外，無論是劉麟（1474～1561）謂：

年），頁 110。

〔註78〕 楊慎《升庵詩話·螢詩》：「何仲默枕藉杜詩，不觀餘家，其於六朝初唐，未數數然也。與予及薛君采言六朝初唐，始恍然自失。」〔明〕楊慎著；王仲鏞箋證：《升庵詩話箋證》（上海：上海古籍出版社，1987 年），卷 10，頁 303。

〔註79〕 薛蕙，〈升庵詩序〉，見王文才：《楊慎學譜》（上海：上海古籍出版社，1988 年），頁 470。

〔註80〕 薛蕙與楊慎結識，係正德年間薛蕙返京任官之時，而顧起綸與楊慎論詩，按姚咨〈國雅後序〉所云：「嘗邂逅楊用修太史於南中，傾蓋交歡說詩詮文，飽飫膏馥，楊復評其昆明集序而歸之」，按楊慎所書《昆明集》序時間，為嘉靖三十四年（1555 年），由此可以推知，兩人在「說詩詮文」間論及薛蕙詩歌並非全然不可能。

〔註81〕 王世懋〈王承父後吳越遊詩集序〉嘗云：「我國家右經術，士亡緣詩進者，放曠畸世之人乃始為詩自娛，宜其權在山林，而世不乏響。然弘、正以前，風氣未開，振騷創雅，實始李、何，其人又皆以進士顯，而其間稍稍建旗鼓，菰蘆中能與相角者一，孫太初山人而已。」王世懋，〈王承父後吳越遊詩集序〉，見〔明〕王世懋：《王奉常集》，收於《四庫全書存目叢書》（臺南：莊嚴文化出版社，1997 年），第133 冊，卷 7，頁 286。

「太初於詩非唐以前則不顧」〔註82〕，點出孫一元詩歌取法唐以前詩歌，又或顧起綸《國雅品》提出：「大都孫詩五言得孟襄陽幽處」〔註83〕，視孫詩頗得孟浩然詩歌之清幽；穆文熙（1532～1617）云：「太初詩神采秀發，不染色相，假與謫仙竝起，一時當互有長短」〔註84〕，將孫詩與李白詩歌並舉，事實上都帶出了孫一元詩歌可能有的多種面向——或晉、宋陶潛，或唐代孟浩然、李白。

如依《國朝名公詩選》署名陳繼儒，陳氏之論詩意見，嘗云：「若夫詩則漢魏、六朝、三唐，文則先秦、兩漢，或離或合，或合或離，不敢與優孟比肖、壽陵較步，自有吾之詩，吾之文而已。」〔註85〕可見漢魏、六朝、三唐詩歌，俱在他的取法對象之內。只是，他更在乎能否創作出具有自我性情的作品，如論明·董斯張（1586～1628）詩，即云：「遐周（董斯張字）得性情，則言不得則止，故其言清真幽澹、高邁孤迥，不洗汰而潔，不摹擬而肖」〔註86〕，肯定其詩歌出乎性情，毋須刻意仿擬，而流露出的清高幽致。倘若以此對照孫一元詩歌之清幽情懷，似亦頗有對應。由是可以推知，《國朝名公詩選》著意於孫一元五古，漢魏古詩的色彩是否強烈，或許不是選家首要考量，詩人取意於自然山水，呈現個人情性的「不摹擬而肖」，恐怕才是選錄主因。

亦即，當取法漢魏古詩，無法迴避掉唐代五古的發展時，兩者間的傳承、脈絡淵源，包括六朝五古的思考，就有了被納入討論的

〔註82〕見〔清〕朱彝尊：《明詩綜》（臺北：世界書局，1962年），上冊，卷32，孫一元條下注，頁17。

〔註83〕〔明〕顧起綸：《國雅品》（明萬曆元年（1573）勾吳顧氏奇字齋刊本），頁19。

〔註84〕見〔清〕朱彝尊：《明詩綜》（臺北：世界書局，1962年），上冊，卷32，孫一元條下注，頁17。

〔註85〕〔明〕陳繼儒，〈自序〉，見〔明〕陳繼儒：《陳眉公集》，收於《續修四庫全書》（上海：上海古籍出版社，2002年），第1380冊，頁1。

〔註86〕陳繼儒，〈靜嘯齋集序〉，見〔明〕陳繼儒：《陳眉公集》，收於《續修四庫全書》（上海：上海古籍出版社，2002年），第1380冊，卷6，頁89。

可能，連帶著彼此的成就高低評斷。而對於詩歌體製的論辯，如果最終將反歸爲詩歌創作時的一種提醒、學習，詩家的尺寸古人，必以漢魏爲取法對象，也許就不必然是唯一選項〔註87〕。

　　明代復古派後繼者許學夷《詩源辯體》即云：

> 五言古，自漢魏遞變以至六朝，古、律混淆，至李、杜、岑參始別爲唐古，而李杜所向如意，又爲唐古之壺奧。故或以李杜不及漢魏者，既失之過；或以李杜不及六朝者，則愈謬也。〔註88〕

其間，古、律混淆、唐古，均是體製上的考量，可能有「調雜」〔註89〕、體製不純的困擾，但李白、杜甫的「所向如意」，已然是詩家如何表現的問題，作爲「詞人才子之詩」，或類型不同，「別爲唐古」，是詩體「遞變」的結果，雖「非漢魏比」〔註90〕，自也沒有否定的必要，進以批駁提出李、杜不及漢魏、六朝者之失當。不難發現，當許學夷從「變」的角度，看待唐代五古的發展，在辨體的過程中，唐代五古的定位其實是逐漸被確立著的。唐代五古與漢魏古詩的兩相參照，不再是扞格，透過詩家的「各極其至，各就其所造」〔註91〕，

〔註87〕誠如陳國球所云：「復古主義的重要目標是研究向前人學習的問題。漢魏詩自李、何時已定爲學習典範，但無論在理論層面或實際過程中都困難重重，於是在肯定了唐代古詩的概念時，也會想到『唐體』是否可學。」陳國球：《明代復古派唐詩論研究》（北京：北京大學出版社，2007年），頁165。

〔註88〕〔明〕許學夷著；杜維沫校點：《詩源辯體》（北京：人民文學出版社，1998年），卷18，頁192。

〔註89〕李夢陽曾批點孟浩然詩集，並多次提到孟浩然的五言詩「調雜」，陳國球指出：「李夢陽說孟浩然『調雜』只是批評他混搖了古詩與律詩，他的批評基準是：古詩應該是純粹的，不沾上律體的色彩。」陳國球：《明代復古派唐詩論研究》（北京：北京大學出版社，2007年），頁157。

〔註90〕許學夷《詩源辯體》：「或問『漢魏詩與李杜孰優劣？』曰：漢魏五言，深於興寄，蓋風人之亞也；若李杜五言古，以所向如意爲能，乃詞人才子之詩，非漢魏比也。」〔明〕許學夷著；杜維沫校點：《詩源辯體》（北京：人民文學出版社，1998年），卷3，頁48。

〔註91〕許學夷《詩源辯體》嘗云：「盛唐古詩已不及漢魏」，下方自註曰：「向

而允許了另一種古詩範式的可能。

崇禎以後,當陳子龍、李雯、宋徵輿《皇明詩選》選錄五言古詩以李夢陽為冠,陳子龍總評其人曰:「獻吉志意高邁,才氣沉雄,有籠罩群俊之懷,其詩自漢魏以至開元,各體見長,然崢嶸清壯,不掩本色」(卷1,頁2),又李雯評曰:「古詩、樂府純法漢、魏,下及阮、謝,無不神合。……然於合處,反見其離;于離處,反見其合。」(卷1,頁2)顯然,也都是跳脫了必以漢魏為宗的傾向,以李夢陽於六朝、唐詩各有所探,肯定其才情,強調他取法古人,又自見英分的詩歌表現。類似論見,在具體詩評中亦見,如:

> 轅文曰:稍近唐音。(〈贈鄭生〉尾評,卷2,頁11)
>
> 轅文曰:似康樂。(〈廣嶽成還南昌候了〉尾評,卷2,頁15)
>
> 臥子曰:琢辭類謝,微見雄氣。(〈余懷百門山水尚矣頗有移家之志交春氣熙忻焉獨往述情遣抱四詠遂成示同好數子〉尾評,卷2,頁17)
>
> 轅文曰:蒼堅之色,康樂所難。(〈曲江亭閣〉尾評,卷2,頁18)
>
> 臥子曰:雖近唐製,無忝大篇。(〈袷祭頌述〉尾評,卷2,頁21)
>
> 轅文曰:太白、江寧五言如此,存之以脩唐風。(〈臘雪曲〉尾評,卷2,頁23)
>
> 轅文曰:此亦唐古詩之佳者。(〈贈劉主事麟〉尾評,卷2,頁23)

陳子龍、宋徵輿各自點出了李夢陽五古中似六朝(謝靈運)、似唐音的部分,可見對他們來說,即使地位上不及漢魏古詩,六朝、唐代五古仍有可採之處,宋徵輿甚至認為李夢陽的〈贈劉主事麟〉,是「唐古詩之佳者」。這就表示唐代五古並非全然不佳,且唐代五古的體製

言漢、魏、李、杜各極其至,各就其所造而言,此言盛唐不及漢魏,乃風氣實有降也。」〔明〕許學夷著;杜維沫校點:《詩源辯體》(北京:人民文學出版社,1998年),卷34,頁329。

風格，是明人可以企及的，李夢陽的〈臘雪曲〉不僅類於李白、王昌齡之作，更有以修正唐風。相較於李夢陽對待五古的態度，提出「夫五言者不祖漢則祖魏，固也，乃其下者，即當效陸、謝矣」〔註92〕，對陸機、謝靈運雖不致否定，但已屬「下者」，又稱「詩至唐，古調亡矣」〔註93〕，對唐代五古沒有太多的著墨，陳子龍、宋徵輿的說法，明顯融通許多。且當他們由六朝、唐代五古來看待李夢陽的詩作，變相地已是對六朝、唐代五古的一種重視，證成了明人在五古上的學習，確實可以有多種可能，而不單單守於漢魏。同時，也看到了詩家對前人的突破（康樂所難），對應李雯之說，殆「於合處，反見其離」，或陳子龍所謂的「不掩本色」，肯定詩家在取法前賢中，仍能展現出的詩家才情、詩歌特色。

即如署名鍾惺、譚元春《明詩歸》選錄五言古詩，仍以李夢陽為冠，〈子夜四時歌〉（摘葉）尾評，錄有：「鍾曰：本欲逐奸，反為奸逐，寓意深婉，忽作六朝姿態，可見大手筆，無所不可。」（卷3，頁7）以為該作抒以葉落，實為李夢陽個人際遇之寫照，寓意深刻委婉，而託以六朝樂府民歌來表現，於是肯定詩家之筆力，無有不可之變化；又〈述憤其二〉尾評，有范文光（天啓元年舉人）評，曰：「結有敦行不怠之意。……讀其詩，想見其人。」（卷3，頁5）同樣強調在詩意，以及詩歌中呈現詩人情性之處。是則，《明詩歸》對李夢陽五古的選錄，著意點已然不在取法前人，而在於詩人自身之表現。足見，即使立場有別，時至晚明，選家對李夢陽五古的稱許，更多聚焦在李夢陽如何創作，如何在前人的範式中進行發揮，更扣合在李夢陽提出「尺寸古法，罔襲其辭」前的要領──「以我

〔註92〕李夢陽，〈刻陸謝詩序〉，見〔明〕李夢陽：《空同集》，收於《景印文淵閣四庫全書》（臺北：臺灣商務印書館，1986年），第1262冊，卷50，頁465。

〔註93〕李夢陽，〈缶音序〉，見〔明〕李夢陽：《空同集》，收於《景印文淵閣四庫全書》（臺北：臺灣商務印書館，1986年），第1262冊，卷52，頁477。

之情，述今之事」〔註94〕。也就是說，在明人選明詩中，李夢陽的五古表現最受青睞，這與他宗尚漢魏古詩的立場不有對應，但萬曆以後，隨著對唐代五古的討論增多，或者說明人對五古取法對象的更多思考，李夢陽的五古作品卻不一定成為選家首選，或欣賞王世貞的融浹、薛蕙的秀拔、孫一元的清幽，選家收錄的共識有限。乃至崇禎後，選錄詩數的再度居冠，選家收錄詩歌雖仍見分歧，而著眼點──「以我之情」，實則相同。是知，由李夢陽五古選錄地位的升降，雖反映出明人對漢魏古詩的肯定，但此間折射出的仍是包圍著唐代五古淵源、發展的審辨、考量，而最終落實在詩家如何取法前賢，以為突破，進行個人創作的論題上。

　　準此，可以發現，無論是五律、五古，明人在詩歌創作上，都隱然帶有著唐詩的一種追隨，相較於漢魏詩歌的時空距離，唐詩成就的無法忽視，似乎成為了一種更大的焦慮，籠罩在明人選明詩的選錄中，於是五古創作幾乎多於七古，五律詩歌在共同詩家的收錄上，幾乎是創作主力〔註95〕，而形諸為明人的「復古」意識。以故，復古派的詩家在明人選明詩中，連帶得到了某一種「優勢」，如前七子代表何景明、李夢陽在明人選明詩中各自成為了最受推崇的五律、五古詩家。但如果說復古是為了在追步前賢中，確認自己的方向，以找到更好的前進，模擬亦終究逃不開自身創作的證明，那麼，如何擺落前人，掘發出自己，甚或是整個時代的詩歌定位，顯然將摻拌著明人的「復古」意識，成為明人在詩歌創作上的一股拉鋸力量，即如何成就「明詩」？在前人的步履裡，明詩能有哪些突破？這種企求「前進」的思維，體現在明人七律、七絕的詩歌創作、選錄上，似乎顯得格外地清晰。

〔註94〕李夢陽，〈駁何氏論文書〉，見〔明〕李夢陽：《空同集》，收於《景印文淵閣四庫全書》（臺北：臺灣商務印書館，1986 年），第 1262 冊，卷 62，頁 566。
〔註95〕以三十名詩家均有選錄的十部選本來看，共有六部選本，收錄的五律詩歌數量多於七律。

第二節　復古意識下的「求新」之路——以七律、
　　　　七絕爲例

一、前進的可能：明人對七律的重視

　　在分體選詩的十一部選本中，近體詩的選錄，七律多於五律，計有六部，且相較於唐代，七律的創作數量提升了許多，顯示明人的近體詩創作，大抵以七律爲主軸，在嘉靖以前，這種現象尤其明顯，如懷悅《士林詩選》，七律收錄數量已有五律的四倍之多。當然，依《士林詩選》的選錄背景，〈書士林詩選後〉有云：「今嘉禾鐵松懷用和，讀書嘗努力於風賦比興中，故立家塾，恆接海內名碩，凡知篇什者，靡不與游，以倡和爲事，久而蘊之累篋。」（頁 491）所載既「皆一時友朋之作」（頁 492），多所倡和，好用七律體自亦難免〔註96〕。明·高棅（1350～1423）《唐詩品彙》論七言律詩之發展，即嘗云：「唐初，始專此體，沈、宋等精巧相尙，開元初，蘇、張之流，盛矣，然而亦多君臣遊倖倡和之什」〔註97〕，以爲七言律詩確立於初唐，並在開元間蘇頲（670～727）、張說（667～730）等人手中達到流行，並帶有應制唱和的性質。宋初《西崑酬唱集》內，七律亦佔有高達百分之五十八的比例，即如歐陽脩、梅堯臣、蘇舜欽等北宋詩文革新詩人，他們的七律同樣「大多爲朋友間的往來唱和、寄贈交游之作」〔註98〕。可知，唐、宋以來，寄贈酬答之作，已多運用七律體，明人交游倡和，好用七律，當爲風氣之沿襲。

　　況且，誠如上節所述，相較於五律在唐代的勃然發展，七律顯得

〔註96〕《士林詩選》計收 424 首七律，光是詩題明確標出寄送、贈答、唱和、爲某人賦者即有 163 首之多（寄 50、贈 19、送 52、答 5、爲…賦 21、和 16），且這類性質的作品，亦確實多集中在七律體的創作中。

〔註97〕〔明〕高棅：《唐詩品彙》（上海：上海古籍出版社，2012 年），七言律詩敘目，頁 705。

〔註98〕張立榮：《北宋前期七言律詩研究》（北京：中國社會科學出版社，2014 年），頁 9。

猶有餘裕，「宋詩一般多作七言律絕」〔註99〕。又，宋、元之際，方回（1227～1307）《瀛奎律髓》專收唐、宋人五、七律詩，其論詩強調「一祖三宗」的江西詩統，主要亦針對七言律詩而發〔註100〕。是則，明人在七律上的努力，殆有詩體發展之勢。遑論南宋・嚴羽（寧宗時人）《滄浪詩話》所謂「唐人七言律詩，當以崔顥《黃鶴樓》為第一」〔註101〕，開啟了爾後明代詩壇的一連串論爭。周勛初針對唐代詩歌發展，嘗指出：

> 近體詩中的五言律絕和七言律絕，也已一一趨於定型。而在這些詩體中，應該把七言律詩看作唐代詩歌中最有代表性的一種文體。〔註102〕

站在這樣的立場，周勛初推測嚴羽僅在七律中選出登峰造極之作，應是以七律為唐詩代表體裁的緣故。但事實上，還有一個可能是，如果說在宋代，七律已經是一個被普遍運用的詩歌體裁，甚至多過五律，那麼正視七律的發展，提出經典範式，也就更有意義，更為切合實際需求。至少，突顯了宋人對七律的關心，可能更勝於五律。若然，當明人針對嚴羽之論提出不同意見，除了蘊含著他們對唐詩的探究興趣，自也反映出了他們對七律創作的關注。

　　有別於五律，基本上伴隨著復古派的主張得到推動，明代詩壇

〔註99〕 簡錦松：《明代文學批評研究》（臺北：臺灣學生書局，1989 年），頁194。

〔註100〕 〔元〕方回：《瀛奎律髓》：「老杜詩為唐詩之冠。黃、陳詩為宋詩之冠。黃、陳學老杜者也。嗣黃、陳而恢張悲壯者，陳簡齋也。流動圓活者，呂居仁也。清勁潔雅者，曾茶山也。七言律，他人皆不敢望此六公矣。」見〔元〕方回選評：李慶甲集評校點：《瀛奎律髓彙評》（上海：上海古籍出版社，2005 年），上冊，陳與義〈與大光同登封州小閣〉詩下評，卷1，頁42。相關討論參見，史偉：《宋元之際士人階層分化與詩學思想研究》（北京：人民文學出版社，2013 年），頁326～327。

〔註101〕 〔宋〕嚴羽著；張健校箋：《滄浪詩話校箋・詩評》（上海：上海古籍出版社，2012 年），下冊，頁659。

〔註102〕 周勛初，〈從「唐人七律第一」之爭看文學觀念的演變〉，收於氏著：《文史探微》（上海：上海古籍出版社，1987 年），頁228。

中，七律佔有的重大份量，既有宋、元以來，喜作此體的態勢延續，朝廷庶吉士考核詩文的好用七律體，包括明人彼此間的寄贈酬答，結社之風的盛行，推波助瀾間，明代七律的通行不言可喻。換言之，近體詩中，七律可能更爲貼近明人的創作需求，是他們慣於運用的一種體裁。緣此，明人對「唐人七律第一」的爭論，似乎有了某種必要性，在他們亟求範式以爲學習的情況下〔註 103〕，彼此間詩學觀念的差異、演變，固然有對唐代七律發展史的建構，但目的終究脫不開如何返歸自身，以確立自己的創作步伐。

加上「只有七言律詩，因爲聲律和對仗要求嚴，成功的詩作，一定要在人工上見天巧，也就需要更多的時間才能趨於成熟」〔註 104〕，周勛初認爲在杜甫的律詩出現後，才算是達到了全然成功的最後階段。反映在創作數量上，唐人在七律上的發揮，確實未如五律上來得完熟，佳作相對受限。於是，七律創作之難的說法隨之產生，如宋・嚴羽，《滄浪詩話》直言：「七言律詩難於五言律詩」〔註 105〕，宋・范晞文（理宗時人）《對牀夜語》亦謂：「七言律詩極不易，唐人以詩名家者，集中十僅一二，且未見其可傳」〔註 106〕。時至明代，類似的說法仍見〔註 107〕，李東陽《懷麓堂詩話》甚至發出「詩奚必以律爲哉」之語，認爲李白、孟浩然、孟郊等人，雖不以七律爲勝，

〔註 103〕 岳進嘗指出：「從創作的角度看，格調派爭論七律第一的目的，乃是爲明代詩人創作尋找最佳的七律範本。」岳進，〈明代唐詩選本與「唐人七律第一」之爭〉，《北方論叢》（2013 年），第 3 期，頁 31。

〔註 104〕 周勛初：〈從「唐人七律第一」之爭看文學觀念的演變〉，收於氏著：《文史探微》（上海：上海古籍出版社，1987 年），頁 228。

〔註 105〕 〔宋〕嚴羽著：張健校箋：《滄浪詩話校箋・詩法》（上海：上海古籍出版社，2012 年），下冊，頁 468。

〔註 106〕 〔宋〕范晞文：《對牀夜語》，收於《筆記小說大觀》（臺北：新興書局，1975 年），6 編，第 2 冊，卷 2，頁 811。

〔註 107〕 〔明〕周敘：《詩學梯航》：「七言律詩至難作，在唐人中亦歷歷可數。」見周維德集校：《全明詩話》（濟南：齊魯書社，2005 年），第 1 冊，頁 101。

作品有限，但「皆足以名天下、傳後世」〔註108〕。如果發現李東陽的詩作中，七律幾乎佔有一半的份量〔註109〕。此番不需執著於七律的論調，顯然出於詩人的深切自省，回應著七律之難，亦間接反映出當時詩壇可能有的共同困境──如何創作出成功的七律作品？假設七律聲律、對仗的嚴謹，必須在「人工」上達到天巧，又是否提供了一種人為努力的可能？在唐代詩家未盡發展七律的情況下，往後的詩家透過琢磨，是否獲得了「前進」的機會，有以企及唐詩的耀目成就？

二、先聲：杜詩與高啓的七律成就

在嘉靖以前，分體選詩的選本中，七律的選錄詩數幾乎多於五律，以李東陽之致力七律，照理說應有一定的選錄比例，然而，事實卻是徐泰《皇明詩選》收有李詩五十七首，七律僅佔八首；黃佐、黎民表《明音類選》雖收有十首，七律卻是一首未錄。可見對當時的選家來說，李東陽並非他們眼中的七律能手。除了再次感受到「詩奚必以律為哉」泰半有李東陽的心情寫照外，似乎也表示在嘉靖以前，明人對七律的重視，可能已有某種內容、詩風上的期待。且這種期待，基本上源於他們對杜甫七律的認識。比方，早先明人選明詩中，七律創作屢屢成為選錄之冠的高啓，即為杜甫詩歌的擁護者。高啓嘗云：

> 詩之要，有曰格、曰意、曰趣而已。格以辯其體，意以達其情，趣以臻其妙也。……三者既得，而後典雅、沖淡、豪俊、穠縟、幽婉、奇險之辭變化不一，隨所宜而賦焉。……夫自

〔註108〕　〔明〕李東陽：《懷麓堂詩話》：「《李太白集》七言律止二三首，《孟浩然集》止二首，《孟東野集》無一首，皆足以名天下、傳後世。詩奚必以律為哉？」〔明〕李東陽著；李慶立校釋：《懷麓堂詩話校釋》（北京：人民文學出版社，2009 年），頁 261。

〔註109〕　據簡錦松的統計，李東陽七律計 1109 首，佔其詩集約 48.4%。簡錦松：《明代文學批評研究》（臺北：臺灣學生書局，1989 年），頁 190。

> 漢、魏、晉、唐而降，杜甫氏之外，諸作者各以所長名家，
> 而不能相兼也。〔註110〕

高啓認爲自漢魏以來，唯杜甫能兼善諸作，其餘則各有所偏。雖然沒有進一步對杜甫七律的討論，然透過對詩歌「格」、「意」、「趣」的強調，不難發現，他對杜詩的肯定，應當根源於詩歌體製、情思內涵、意趣（情致氣氛）上的掌握〔註111〕，進以呈現出的隨所因應，變化不一的詩歌風貌。

時間稍晚，高棅《唐詩品彙》論及杜甫七律，雖未歸入「正宗」之列，亦嘗謂曰「少陵七言律法獨異諸家，而篇什亦盛」〔註112〕，點出了杜甫七律之特出。乃若李東陽之逕以杜甫七律爲冠，有云：

> 「無邊落木蕭蕭下，不盡長江滾滾來。萬里悲秋常作客，
> 百年多病獨登臺。」景是何等景，事是何等事！宋人乃以
> 《九日藍田崔氏莊》爲律詩絕唱，何邪？〔註113〕

在《懷麓堂詩話》中李東陽並未對嚴羽「唐人七律第一」說表達意見，論及崔顥〈黃鶴樓〉亦但以一句「要自不厭」〔註114〕，作爲「古詩與律不同體」，「律猶可間出古意」的佐證。反觀對杜甫〈登高〉的高度稱美，對於宋人或以杜詩〈九日藍田崔氏莊〉爲律詩絕唱的

〔註110〕　〔明〕高啓：〈鳧藻集序〉，收於〔明〕高啓著；〔清〕金檀輯注；徐澄宇、沈北宗校點：《高青丘集》（上海：上海古籍出版社，1985年），下冊，鳧藻集卷2，頁885。

〔註111〕　吉川幸次郎《元明詩概說》嘗針對高啓「格」、「意」、「趣」之說，提出解釋，認爲「根據他的看法，詩必須具備三個要素：『格』即體裁韻律，『意』即主題內容，『趣』即情致氣氛。」〔日〕吉川幸次郎著；鄭清茂譯：《元明詩概說》（臺北：聯經出版事業股份有限公司，2012年），頁144。

〔註112〕　〔明〕高棅：《唐詩品彙》（上海：上海古籍出版社，2012年），七言律詩敘目，頁706。

〔註113〕　〔明〕李東陽著；李慶立校釋：《懷麓堂詩話校釋》（北京：人民文學出版社，2009年），頁252。

〔註114〕　李東陽《懷麓堂詩話》：「古詩與律不同體，必各用其體，乃爲合格。然律猶可間出古意，古不可涉律。……崔顥『黃鶴一去不復返，白雲千載空悠悠』，乃律間出古，要自不厭也。」〔明〕李東陽著；李慶立校釋：《懷麓堂詩話校釋》，頁6～7。

說法〔註115〕提出質疑，顯見在強調詩歌體製，認爲「必各用其體乃爲合格」的立場下，杜甫在律體上的嚴整更爲切合李東陽對詩歌的要求。而〈登高〉一詩的「景」、「事」更勝，呼應了李東陽「詩貴意」〔註116〕的主張，亦突顯出他對律詩創作尤重詩歌情事、景色刻畫的態度。只是，如同他對嚴羽的評價，「識得十分，只做得八九分」〔註117〕，李東陽的七律多爲唱酬之作〔註118〕，詩風大抵「和平暢達」〔註119〕，未必能符合他對律詩「景」、「事」的期待。

〔註115〕　如〔宋〕楊萬里（1127～1206）《誠齋詩話》嘗謂：「唐律七言八句，一篇之中，句句皆奇，一句之中，字字皆奇，古今作者皆難之。予嘗與林謙之論此事。謙之慨然曰：『但吾輩詩集中，不可不作數篇耳。如老杜《九日》詩云：『老去悲秋強自寬，興來今日盡君歡。』不徒入句便字字對屬。又第一句頃刻變化，纔說悲秋，忽又自寬。以『自』對『君』甚切，君者君也，自者我也。『羞將短髮還吹帽，笑倩旁人爲正冠。』將一事翻騰作一聯，又孟嘉以落帽爲風流，少陵以不落爲風流，翻盡古人公案，最爲妙法。『藍水遠從千澗落，玉山高並兩峰寒。』詩人至此，筆力多衰，今方且雄傑挺拔，喚起一篇精神，自非筆力拔山，不至於此。『明年此會知誰健，醉把茱萸仔細看。』則意味深長，悠然無窮矣。」〔宋〕楊萬里《誠齋詩話》，收於吳文治主編：《宋詩話全編》（南京：江蘇古籍出版社，1998 年），第六冊，頁 5935～5936。方回《瀛奎律髓》亦謂：「楊誠齋大愛此詩。以予觀之，詩必有頓挫起伏。又謂起句以『自』對『君』，亦是對句。殊不知『強自』二字與『盡君』二字，正是着力下此，以爲詩句之骨、之眼也，但低聲抑之讀，五字却高聲揚之讀，二字則見意矣。三、四融化落帽事甚新。末句『子細看茱萸』，超絕千古。」〔元〕方回選評；李慶甲集評校點：《瀛奎律髓彙評》（上海：上海古籍出版社，2005 年），中冊，杜甫〈九日藍田崔氏莊〉詩下評，卷 16，頁 634。

〔註116〕　〔明〕李東陽著；李慶立校釋：《懷麓堂詩話校釋》，頁 12。

〔註117〕　〔明〕李東陽著；李慶立校釋：《懷麓堂詩話校釋》，頁 27。

〔註118〕　顧起綸：《國雅品》：「當時如丘邵二文莊、吳文定、石文隱諸縉紳先生倡酬，多作七言律，甚至疊和累篇，每以什計。」〔明〕顧起綸：《國雅品》（明萬曆元年（1573）勾吳顧氏奇字齋刊本），頁 10～11。

〔註119〕　〔明〕胡應麟：《詩藪》：「國朝詩流顯達，無若孝廟以還。李文正東陽、楊文襄一清、石文隱瑤、謝文肅鐸、吳文定寬、程學士敏政，凡所制作，務爲和平暢達，演繹有餘，覃研不足。」〔明〕胡應麟：

　　由是可知，早先明人在七律上的討論，雖未見具體，但杜甫的
創作顯然吸引著他們的目光，體現在明人選明詩上，則是高啟的七
律得到了矚目。猶如高啟之評杜詩，以為兼善眾作，明人在看待高
啟時，亦每每以此肯定高啟的成就，謂之「古今諸體咸備」〔註120〕、
「不拘拘乎一體之長」〔註121〕。這與他肯定杜詩，在詩歌上著眼
「格」、「意」、「趣」，主張「兼師眾長」、「力學以求至」〔註122〕的
立場或許不無關連。即便七律並非高啟創作的主要體裁〔註123〕，題
材亦不乏贈別、酬答，然詩歌中頗見澎湃情感，壯闊之氣象，殆為
明人所以肯定者。如居高啟七律選錄次數之冠──〈送沈左司徒從
汪參政分省陝西汪由御史中丞出〉：

　　　重臣分陝去臺端，賓從威儀盡漢官。
　　　四塞河山歸版籍，百年父老見衣冠。
　　　函關月落聽難度，華嶽雲開立馬看。
　　　知爾西行定回首，如今江左是長安。〔註124〕

是詩作於洪武二年（1369），時汪廣洋以御史中丞分省陝西，高啟友
人沈氏隨行，高啟因以作詩送別。全詩氣象磅礴，無論是對汪廣洋
的重臣身分、幕賓隨從之威儀排場、四塞河山收復之民心殷望，乃

　　　　　《詩藪》（臺北：文馨出版社，1973 年），續編卷一，頁 330。

〔註120〕　參見〔明〕高啟著；〔清〕金檀輯注；徐澄宇、沈北宗校點：《高
　　　　　青丘集》（上海：上海古籍出版社，1985 年），卷下，附錄詩評──
　　　　　周南老，頁 991。

〔註121〕　參見〔明〕高啟著；〔清〕金檀輯注；徐澄宇、沈北宗校點：《高
　　　　　青丘集》（上海：上海古籍出版社，1985 年），卷下，附錄序跋──
　　　　　謝徽，頁 983。

〔註122〕　〔明〕高啟：〈獨菴集序〉，收於高啟著；〔清〕金檀輯注；徐澄宇、
　　　　　沈北宗校點：《高青丘集》（上海：上海古籍出版社，1985 年），卷
　　　　　下，鳧藻集卷 2，頁 885。

〔註123〕　據季惟尊統計，高啟近體詩創作多於古體，共 1222 首，佔全部詩
　　　　　歌約 60%。其中，七律創作計有 251 首，次於七絕 407 首、五律
　　　　　272 首。參見季惟尊：《論高啟的七言律詩》（上海：上海社會科學
　　　　　院碩士論文，2009 年），頁 7。

〔註124〕　見〔明〕高啟著；〔清〕金檀輯注；徐澄宇、沈北宗校點：《高青
　　　　　丘集》（上海：上海古籍出版社，1985 年），下冊，卷 14，頁 577。

至設想汪廣洋、沈氏一行人之從容度關，駐馬華山，巍峨山勢之撥雲立見，種種壯美情景皆如臨眼前，繼而收束在沈氏西行之不望君恩，在頌美中對沈氏寄予祝福。情思流動間，既見友情，又寓家國之情，送別之作由是不落應酬諛俗。遑論此詩妙用《後漢書・光武帝紀》：「不圖今日復見漢官威儀」〔註125〕、《史記・孟嘗君列傳》：「夜半至函谷關，……關法：雞鳴而出客」〔註126〕等典故之渾然無跡，更見高啓之天才橫逸。《明詩歸》收是詩，錄有鍾惺評語，即稱此詩：「聲宏氣厚，此七言律正宗也」（卷1，頁568）。

只是，即如高啓之詩自成家，時人王褘（1321～1372）以為「與唐、宋以來作者，又不知孰先孰後也」〔註127〕。在萬曆以後，明人選明詩中，七律選錄最多之詩家，卻轉為同為吳中四傑之一的楊基，或是後七子代表之李攀龍。顯示，對於高啓的創作，七律可能不是他們最關心的，或者，在七律的創作要求上，萬曆以後已有了新的轉變。

三、七律典範的確立：楊基、李攀龍

事實上，李東陽《懷麓堂詩話》論及吳中四傑詩歌時，就已見端倪，嘗云：

> 國初稱高、楊、張、徐。高季迪才力聲調過三人遠甚，……張來儀、徐幼文殊不多見。楊孟載《春草》詩最傳，其曰「六朝舊恨斜陽外，南浦新愁細雨中」，曰「平川十里人歸晚，無數牛羊一笛風」，誠佳。然綠「迷歌扇」，紅「襯舞裙」，已不能脫元詩氣習。至「簾為看山盡捲西」，更過纖

〔註125〕 〔南朝宋〕范曄：《後漢書》，收於《景印文淵閣四庫全書》（臺北：臺灣商務印書館，1984年），第252冊，卷1上，頁34。

〔註126〕 〔漢〕司馬遷：《史記》，收於《景印文淵閣四庫全書》（臺北：臺灣商務印書館，1984年），第244冊，卷75，頁459

〔註127〕 參見高啓著；〔清〕金檀輯注；徐澄宇、沈北宗校點：《高青丘集》（上海：上海古籍出版社，1985年），卷下，附錄序跋──王褘，頁980。

巧：「春來簾幕怕朝東」，乃艷詞耳。今人類學楊而不學高
者，豈惟楊體易識，亦高差難學故邪？〔註128〕

李東陽認爲高啓爲明初吳中四傑之首，才情遠勝楊基、張羽、徐賁。
然而，當時的詩家在創作上，卻往往以楊基爲效，並指出其七律〈春
草〉一詩之流傳甚廣。這表示即便詩歌帶有「元詩氣習」，按李東陽
的說法，應指流於纖巧，徐泰《詩談》亦嘗有類似之語，認爲楊基
「獨時出纖巧，不及高之冲雅」〔註129〕，但楊基七律的易識、易學，
隱然讓他成爲了明人仿效的對象，作爲七律學習的典範，進一步地
在選本中取得了選錄居冠的地位。

畢竟，相較高啓，楊基著力於七律〔註130〕，確有「易識」之功。
且「高差難學」，高啓詩歌的「冲雅」，非僅才力，恐怕也有時移世易，
明人無法企及的環境因素。左東嶺論及高啓七律〈送沈左司徒從汪參
政分省陝西汪由御史中丞出〉一詩時，有云：

但本詩的眞正價值在於其中所言的天下統一與民族再興
是一個時代的共同心聲，「賓從威儀盡漢官」的傳統復歸，
「百年父老見衣冠」的喜悅興奮，都是明初人關注的焦點
與眞實的心理感受，可以說此詩套子裡所灌注的是眞實的
情感與眞實的現實狀況，這比起高啓的個人化抒情作品無
疑又進了一格。〔註131〕

換言之，高啓詩歌的價值，來自於他的眞實情感、現實狀況的融

〔註128〕 〔明〕李東陽著：李慶立校釋：《懷麓堂詩話校釋》（北京：人民文
學出版社，2009 年），頁 94。

〔註129〕 徐泰《詩談》：「楊基天機雲錦，自然美麗，獨時出纖巧，不及高之
冲雅」。〔明〕徐泰《詩談》（清道光辛卯（11 年）六安晁氏活字印
本），頁 1。

〔註130〕 據楊基《眉菴集》所收各體詩歌，按數量多寡，依序爲七律 222 首、
七絕 199 首、五律 184 首、五古 148 首、七古（含歌行、長短句體）
144 首、五絕 108 首、六絕(含六律)18 首、五排 8 首。版本依〔明〕
楊基：《眉菴集》，收於《景印文淵閣四庫全書》（臺北：臺灣商務
印書館，1985 年），第 1230 冊。

〔註131〕 左東嶺：〈高啓之死與元明之際文學思潮的轉折〉，收於氏著：《明
代文學思想研究》（北京：商務印書館，2013 年），頁 108。

注，其七律作品某一部分反映了明初時人的共同心聲，但在天下歸於一統後，這樣的情懷固然感動，卻不一定能相應明人實際上要面對的創作情境。

反觀楊基，其七律作品大多寫景詠懷、寄贈酬答之作，對於新王朝的頌美，未有高啓來得熱烈，即便他也有〈奉天殿早朝〉這類敘寫新王朝君主早朝陣仗的作品，尾聯「乍晴風日欣妍美，閶殿齊穿御賜袍」，以天朗風清、殿前群臣之身著御賜錦袍作結，收以一片祥和美好之景。然而，終究是「偶爲應制，實非所長」〔註132〕，明人選明詩中僅沈巽、顧祿《皇明詩選》錄此一詩，選錄次數遠遠不及他的七律名作〈春草〉。其中，「六朝舊恨斜陽裡，南浦新愁細雨中」一聯，於詠物間寄予六朝弔古、南浦傷別之情，尤爲明人所稱，謂爲佳句〔註133〕。李騰鵬《皇明詩統》選錄七律詩數，以楊基爲冠，評〈春草〉時，即嘗云：「詠物之體至此妙絕」（卷1，頁20）；署名鍾惺、譚元春《明詩歸》見有鍾惺詩評，同樣謂之：「有情有景，不即不離，可謂詠物當家。」（卷1，頁571）。可知，楊基那些抒寫「私人化情感」的作品，更加吸引明人的注意，「儘管不夠高昂壯大，但卻眞摯自然，感人至深」〔註134〕。如果以明人的交游唱和、寄贈酬答，大多好用七律體，楊基詩歌私人化情感的發抒，無疑更切合明人七律題材，尤其楊基詩歌既是「詩律精切」〔註135〕，追求的又是

〔註132〕 李聖華：《初明詩歌研究》（北京：中華書局，2012年），頁106。

〔註133〕 前述引文中，李東陽稱楊基〈春草〉詩最傳，便謂「六朝舊恨斜陽外，南浦新愁細雨中」誠佳。顧起綸《國雅品》評楊基七言，亦舉是聯爲「勢駕唐中興語」（頁2）、明末王翃（字介人），亦稱「不失爲佳句也」。王翃語，參見〔清〕朱彝尊：《明詩綜》（臺北：世界書局，1962年），上冊，卷9，楊基條下注，頁1。

〔註134〕 左東嶺嘗指出楊基詩歌「詩中所抒多爲思親懷友、感時傷秋的個人化情感」，「較少涉筆百姓時事，更不要說國家朝廷了，他所關心的就是自己的親友及個人遭遇，但卻情感眞摯，景色鮮明，達到了情景交融的境界。」相關討論參見左東嶺：〈元明之際的種族觀念與文人心態及相關的文學問題〉，收於氏著《明代文學思想研究》（北京：商務印書館，2013年），頁55～56。

〔註135〕 〔明〕都穆（1459～1525）：《南濠詩話》：「楊孟載詩律精切，其追

「音調清婉」〔註136〕的路子，如同王世貞所謂，譬若「西湖柳枝」，
「綽約近人」兼以「情至」〔註137〕，自然也就更爲符合明人的創作
需求。特別是在萬曆以後，明初詩家還能具備如此影響力，獲得選
本的高度重視，無疑表示明人七律體的創作，至此已經有了比較明
確的依循方向。楊基作爲其中之一，呈現的是私人化情感的創作，
情感必須深摯，詩風傾向綽約穠麗的典型，是明人追求、肯定的七
律表現，顧起綸稱其詩歌，便稱之「格高韻勝，渾然無迹」，謂其七
言，更以爲「又髣髴唐中興語矣」〔註138〕。

　　只是，就像許學夷對楊基的批評：「國朝古、律之詩爲豔語者，
自孟載始，然情勝而格卑，遠出溫、李之下」〔註139〕，王世貞謂其
詩歌「綽約」、「情至」，卻也不免說有「風雅掃地」之弊。楊基詩歌
中的「纖巧」、「豔詞」，有「元詩氣息」的延續，縱然此中其實也有
他亟欲追求的寄託，當他和李商隱的無題詩，以爲「雖極其穠麗，
然皆託於臣不忘君之意，而深惜乎才之不遇也，客牎風雨，讀而悲
之，爲和五章」〔註140〕，但楊基詩歌的穠麗，是否能確實呈現這份
寄託，又或者爲人所賞、所識，究竟是「格高」抑或「格卑」，卻不
一定是他所能掌握的。

次李義山《無題》五首，詞意俱到，眞義山之勁敵也。」參見周維
德集校：《全明詩話》（濟南：齊魯書社，2005 年），第 1 冊，頁 525。
〔註136〕 楊基〈無題和唐李義山商隱〉題下自註曰：「嘗讀李義山無題詩，
　　　　　愛其音調清婉。」參見〔明〕楊基：《眉菴集》，收於《景印文淵閣
　　　　　四庫全書》（臺北：臺灣商務印書館，1985 年），第 1230 冊，卷 9，
　　　　　頁 442。
〔註137〕 王世貞《弇州四部稿・藝苑卮言五》：「楊孟載如西湖柳枝，綽約近
　　　　　人，情至之語，風雅掃地。」〔明〕王世貞：《藝苑卮言》，收於《景
　　　　　印文淵閣四庫全書》（臺北：臺灣商務印書館，1985 年），第 1281
　　　　　冊，卷 148，頁 401。
〔註138〕 〔明〕顧起綸：《國雅品》（明萬曆元年（1573）勾吳顧氏奇字齋刊
　　　　　本），頁 2。
〔註139〕 〔明〕許學夷著；杜維沫校點：《詩源辯體》（北京：人民文學出版
　　　　　社，1998 年），卷 18，頁 399。
〔註140〕 參見〔明〕楊基：《眉菴集》，收於《景印文淵閣四庫全書》（臺北：
　　　　　臺灣商務印書館，1985 年），第 1230 冊，卷 9，頁 442。

　　王世懋（1536～1588）論時人七律創作，嘗云：「蓋至於今，餞送投贈之作，七言四韻，援以故事，麗以姓名，象以品地，而拘攣極矣」〔註141〕，可知，當時七律創作流行，寄贈之作，每行諸七律，書寫內容走向制式，援引故事，鋪陳藻飾，而多所拘束。那麼，在「今人作詩，必入故事」〔註142〕的情況下，楊基詩歌中的情致動人，對明人的七律創作即使不無啓發，但這份情感要如何表現？在私人化情感的發抒中如何避免纖巧，不失「莊雅」？不致「風雅掃地」？自是明人得進一步思考的課題。由是，楊基之外，在萬曆以後，得以走出穠麗詩風，掌握七律創作技巧，明人肯定的七律能手，又見有李攀龍。

　　李騰鵬《皇明詩統》頗稱李攀龍七律，有云：「以余觀之，其七言律誠佳，至於擬古諸作如白雪樓集者，雖無作可也」（卷29，頁1），視李攀龍七律表現，更勝其擬古樂府；陳子龍等《皇明詩選》中，宋徵輿亦直謂：「于鱗七言律是有明三百年來一人」（卷11，頁14），足見李攀龍的七律成就在時人眼中地位之高。

　　與楊基相同，李攀龍的詩歌創作以七律爲最，題材亦多爲寄贈酬答之作〔註143〕。然兩者詩風迥異。王世貞論李攀龍律詩創作，嘗言：「五、七言律，自是神境，無容擬議」〔註144〕，又云：

〔註141〕　參見〔明〕王世懋：《秕園擷餘》，收於《景印文淵閣四庫全書》（臺北：臺灣商務印書館，1986年），第1482冊，頁510。

〔註142〕　參見〔明〕王世懋：《秕園擷餘》，收於《景印文淵閣四庫全書》（臺北：臺灣商務印書館，1986年），第1482冊，頁510。

〔註143〕　許建崑、蔣鵬舉均嘗對李攀龍詩歌體裁進行分類，各體詩數統計稍有出入，然七律皆爲創作詩數最高者。至於題材部分，依蔣鵬舉的分類，共十一類，詠懷、贈別、紀行、題詠、詠物、唱和、山水田園、邊塞海防、時事、祭輓、懷人，其中，以贈別、唱和爲大宗。相關討論參見許建崑：《李攀龍文學研究》（臺北：文史哲出版社，1987年），頁334、蔣鵬舉：《復古與求眞：李攀龍研究》（北京：中國社會科學院出版社，2008年），頁240～258。

〔註144〕　〔明〕王世貞：《藝苑卮言》，收於《景印文淵閣四庫全書》（臺北：臺灣商務印書館，1985年），第1281冊，卷150，頁427。

> 于鱗自棄官以前，七言律極高華，然其大意，恐以字累句，
> 以句累篇，守其俊語，不輕變化，故三首而外，不耐雷同。
> 晚節始極旁搜，使事該切，措法操縱，雖思探溟海，而不
> 墮魔境。〔註145〕

可知，李攀龍的七律，詩風高雅華美，早先雖有字句重複，少有變化
之弊，但至晚年，已能旁搜博取，善加應用，使事完備而妥切，且思
致深刻，有以擺落雷同之病。換言之，王世貞所謂的「神境」，很大
的可能來自於李攀龍的俊語變化、用事妥切。尤其，若是「今人作詩，
必入故事」，李攀龍的「使事該切」，自然顯得特出。

又，王世懋論李攀龍七律，亦曾譽之「俊潔響亮」〔註146〕，以
為「子美而後，能為其言而真足追配者，獻吉、于鱗兩家耳」，認為
李攀龍足以追配杜詩，並提出七言律「于鱗求似於情，而求勝於句」
〔註147〕，對其七律字句上的琢磨同樣予以留意，且更觸及到了詩歌
情感的掌握。至如陳子龍等《皇明詩選》，對於李攀龍七律的情感表
現，也多有談及，如：

> 舒章曰：本朝七言律，境事多而神情少，所以工于唐而不
> 及唐也。余嘗病之，故亟賞此等詩。(〈送皇甫別駕往開州〉尾
> 評，卷11，頁16)

> 舒章曰：起調沉實，結語丁寧，離別情見乎辭。(〈送惲員外
> 按察郢中〉尾評，卷11，頁17)

> 轅文曰：使事、序景、離感，皆臻其妙。(〈寄劉子成〉尾評，
> 卷11，頁20)

總合引文可知，李雯、宋徵輿對李攀龍的七律（寄贈之作），在景、
事、情的掌握上，都有一定的肯定。若依李雯的說法，〈送皇甫別駕

〔註145〕 〔明〕王世貞：《藝苑卮言》，收於《景印文淵閣四庫全書》（臺北：
臺灣商務印書館，1985年），第1281冊，卷150，頁425。

〔註146〕 參見〔明〕王世懋：《藝圃擷餘》，收於《景印文淵閣四庫全書》（臺
北：臺灣商務印書館，1986年），第1482冊，頁513。

〔註147〕 參見〔明〕王世懋：《藝圃擷餘》，收於《景印文淵閣四庫全書》（臺
北：臺灣商務印書館，1986年），第1482冊，頁516。

往開州〉一詩，境事、神情俱佳，更有工於唐的可能。是知，李攀龍七律之所以得到青睞，俊語、用事固然是他受到矚目的地方，但情感的融注，應當也是原因之一。如同他自己對詩歌的論述：

> 詩可以怨，一有嗟嘆，即有永歌，言危則性情峻潔，語深則意氣激烈。能使人有孤臣孽子擯棄而不容之感，遁世絕俗之悲，泥而不滓，蟬蛻滋垢之外者，詩也。〔註148〕

李攀龍認為詩歌是情感的表達、發抒，「言危」、「語深」，有以突顯性情、意氣的高潔、激蕩，他「很明顯地將情感／文學／節氣三要素縮連在一起予以強調」，且是「偏於對詩歌表情中亢奮性的闡述，及將抗拒之情、受挫之情置於一個非常鮮明的位置，突出了介入世俗政治的意義」〔註149〕。那麼，同樣是表達情感，李攀龍的七律，營造出的就不會是一種纖巧、穠麗之感。許學夷《詩源辯體》評其七律即謂「于鱗先意定格，一以冠冕雄壯為主」〔註150〕。就算「句意亦每每相同」，「不耐多讀」〔註151〕、「不免著運奇之跡」〔註152〕的弊病仍然存在，錢謙益（1852～1664）逕批為「刻畫雄詞，規摹秀句，沿李頎之餘波，指少陵為頹放，昔人所以笑撫帖為從門，指偷句為鈍賊也」〔註153〕，但李攀龍嘗試透過師法前人，使事用典，

〔註148〕　〔明〕李攀龍著；包敬第標校：《滄溟先生集》（上海：上海古籍出版社，1992 年），卷 16，頁 403。

〔註149〕　黃卓越：《明中後期文學思想研究》（北京：北京大學出版社，2005年），頁 225。

〔註150〕　許學夷《詩學辯體》：「于鱗先意定格，一以冠冕雄壯為主，故不惟調一律，而句意亦每每相同，元美謂：『守其俊語，不輕變化』是也。」〔明〕許學夷著；杜維沫校點：《詩源辯體》（北京：人民文學出版社，1998 年），後集纂要卷 2，頁 415～416。

〔註151〕　胡應麟嘗云：「于鱗七言律絕，高華傑起，一代宗風。……然于鱗則用字多同，……故十篇而外，不耐多讀。」〔明〕胡應麟：《詩藪》（臺北：文馨出版社，1973 年），續編卷二，頁 337。

〔註152〕　〔明〕彭輅（嘉靖時人）〈與友人論詩〉：「（于鱗）若七言律，每于高華絕響之中，不免著運奇之跡。」參見〔明〕彭輅：《彭比部集》，卷 9，收於《四庫全書存目叢書》（臺南：莊嚴文化出版社，1997年），第 116 冊，頁 100。

〔註153〕　〔清〕錢謙益撰；錢陸燦編：《列朝詩集小傳》（上海：上海古籍出

守其俊語，「擬議以成其變化」〔註154〕之間，其七律終究提供給了明人一個具體可效的方向。陳子龍等《皇明詩選》選李攀龍七律，不時以「穩秀」、「工穩」、「穩切」〔註155〕評之，足見李詩創作的穩妥，尤爲渠等所賞。陳子龍總評李攀龍七律，嘗云：

> 于鱗七言律，有王維之秀雅、李頎之流麗，而加整練，高
> 華沉渾，固爲千古絕調。（卷11，頁14）

可知，陳子龍認爲李攀龍七律的成功，不只是因爲承襲唐人佳處，更來自於詩歌中的工整穩練。這種「整練」，有字句起結、意境情感上的安排，進以凝鍊出詩歌中的「深」、「雅」〔註156〕，而呈現出「高華沉渾」之風。類似的看法，早先胡應麟也曾經提及，云：「于鱗七言律絕，高華傑起，一代宗風」〔註157〕，又曰：

> 于鱗七言律所以能奔走一代者，實源流早朝、秋興、李頎、
> 祖詠等詩。大率句法得之老杜，篇法得之李頎。〔註158〕

準此，李攀龍七律的受到肯定，背後可能突顯著兩件事。

版社，2008年），下冊，丁集上，頁429。

〔註154〕 李攀龍嘗云：「古之爲樂府者，無慮數百家，各與之爭，片語之間，使雖復起，各厭其意，是故必有以當其無有擬之用。有以當其無有擬之用，則雖奇而有所不用也。易曰：『擬議以成其變化。』『日新之謂盛德。』不可與言詩乎哉！」見〔明〕李攀龍撰：包敬第標校：《滄溟先生集》（上海：上海古籍出版社，1992年），卷1，古樂府下語，頁1。

〔註155〕 轅文曰：「全首穩秀。」（〈城南樓〉尾評，卷11，頁15）、臥子曰：「應酬之作，工穩典麗，絕無游字，此是于鱗長技。」（〈送孫郎中守承天〉尾評，卷11，頁15）、舒章曰：「穩切。」（〈殷太史正甫至自太山爲贈〉尾評，卷11，頁21）。

〔註156〕 如：舒章曰：「結語深靜。」（〈崔駙馬山池燕集得無字〉尾評，卷11，頁14）、臥子曰：「結雅。」（〈送張轉運之南康〉尾評，卷11，頁23）、臥子曰：「新雅。」（〈答殿卿書〉尾評，卷11，頁23）、舒章曰：「結意深巧。」（〈舜祠哭臨大雪〉尾評，卷11，頁25）、臥子曰：「結甚深厚。」（〈大閱兵海上〉尾評，卷11，頁26）

〔註157〕 〔明〕胡應麟：《詩藪》（臺北：文馨出版社，1973年），續編卷二，頁337。

〔註158〕 〔明〕胡應麟：《詩藪》（臺北：文馨出版社，1973年），續編卷二，頁337。

　　其一、明人對唐人七律的肯定與學習：

　　從早先明人對高啓詩歌的肯定，到追溯李攀龍七律淵源，不難發現，杜甫仍是明人留意的對象。但在李攀龍身上，他們更多看到了對王維、李頎的學習。岳進〈明代唐詩選本與「唐人七律第一」之爭〉一文嘗云：

> 從詩壇論爭的角度看，七律正、變觀念的變化，也是不同流派交互作用的結果。選本表達了不同時期、不同流派的七律認識。……當然，對於唐代七律他們之間又有基本的共識，這是論爭的基礎和前提。如七律應制詩，王維、李頎所代表的「正體」，是明代選家普遍認同的，在選本中始終保持著穩定的數量與比例。〔註159〕

也就是說，萬曆以後，明人對於七律的創作，達成了基本共識，李攀龍作為當代宗匠，事實上是明人對唐人七律探究（包括「唐人七律第一」之爭）結果的某種反映。崔顥〈黃鶴樓〉畢竟「律非雅純」〔註160〕，難為取法，又以唐人七律早先的應制倡和性質，明人七律既亦多主交游倡和、寄贈酬答，王維、李頎作品的「色相俱空，風雅備極」〔註161〕，自然獲得了普遍的認同，是明人眼中的七律「正體」。那麼，李攀龍七律中的王、李色彩，遑論此中或許還包納著他對杜詩句法的學習，得以總合了唐人七律諸家妙處，「而加整練」，儼然是他得以「奔走一代」，成為「一代宗風」的原因。

　　甚者，前述楊基對李商隱詩歌「穠麗」的推崇，顧起綸評其詩以為「方之錢、劉則未迨，元、白斯有餘」〔註162〕，又或署名鍾惺、

〔註159〕 岳進：〈明代唐詩選本與「唐人七律第一」之爭〉，《北方論叢》（2013年第3期），頁31。

〔註160〕 高棅《唐詩品彙》嘗云：「盛唐作家雖不多，而聲調最遠，品格最高。若崔顥，律非雅純，太白首推其黃鶴之作。」〔明〕高棅：《唐詩品彙》（上海：上海古籍出版社，2012年），七言律詩敘目，頁706。

〔註161〕 胡應麟《詩藪》有云：「王、李二家和平而不累氣，深厚而不傷格，穠麗而不乏情，幾於色相俱空，風雅備極。」〔明〕胡應麟：《詩藪》（臺北：文馨出版社，1973年），內編卷五，頁80。

〔註162〕 〔明〕顧起綸：《國雅品》（明萬曆元年（1573）勾吳顧氏奇字齋刊

譚元春《明詩歸》，見有鍾惺評〈春日襆咏〉一詩，謂之「國朝大手筆，偏能搆中、晚巧思，風雅固不可測。」（卷 1，頁 573）明人對楊基詩歌的評價，同樣帶有著對中、晚唐詩歌態度的反映。是則，無論是李攀龍，或是楊基，他們的七律作品，或多或少地都折射出了明人對唐人七律的接受，有明人對唐詩的延續與學習〔註 163〕。

其二，萬曆以後，明人對七律（寄贈酬答之作）書寫的期望，在律體嚴整外，尤其著眼在情感的深刻，李攀龍與楊基各爲典型之一：

同樣是寄贈酬答之作，同樣是對詩歌情感的重視，李攀龍的七律，在字句用事、意象構築間，所呈現出的高雅渾厚，恰恰塡補了楊基七律可能留下的空白，如陳子龍等《皇明詩選》於楊基七律一首未錄，李雯評楊基詩，但謂「如玉袖臨春，翩翩自喜。」（卷 7，頁 3）顯然，只是「自喜」的個人化情感，未足以吸引他們的目光。反觀，陳子龍等《皇明詩選》評李攀龍七律，每謂其「深」、「雅」，這表示在詩歌的情感上，透過字詞用語的安排，他們更期望有深化、拓大的空間。

或許，無論是「自喜」或「深雅」，這種對詩歌情感的追求，由以詩緣情的角度來看並不特出，但在萬曆以後，楊基七律得以凌駕於高啓，更被選本所留意，終究顯示出了個人化的情感，有以突出鮮明個性的表現，相較於政教意涵的投射，更被明人重視。即如李攀龍詩歌帶有著「介入世俗政治的意義」，他所強調的「言危」、「語深」，仍不免偏重於「詩歌表情中亢奮性的闡述」，而不純然是頌美、疏朗的氣象。這種詩歌情感的趨於深刻，對個人內在情感的探求，

本），頁 2。

〔註 163〕孫琴安也嘗指出唐人七律在後代的繼承情形，有云：「在唐代盛極一時的各種七律派別，雖曾被後人分別繼承，……王維、李頎所開神韻一派，爲何景明、李攀龍等人所繼承。而從沈佺期到韓偓所開的綺麗一派，則被楊基、王次回等人所繼承。」孫琴安：〈唐代七律詩的幾個派別〉，《上海社會科學院學術季刊》（1988 年），第 2 期，頁 191。

隱然是晚明主情思潮的一種回應，同時，似也暗示明人的七律創作
有以轉出前人步履的，可能正在於此。

　　至於，陳子龍論李攀龍七律的「整練」，在承襲唐人佳處外，更
加穩練工整的書寫形式，評〈送孫郎中守承天〉以為「絕無游字」（卷
11，頁15），評〈神通寺〉之謂「比李頎〈聞梵〉，高亮過之。」（卷
11，頁22）顯示在探究、追步唐人七律成就的過程中，就算對王維、
李頎七律的表現有所共識，明人也不見得就是一味的稱揚。誠如陳國
球所云：

> 大抵明中葉以後，詩論家已經常常談到七律體的難處。他
> 們要取法唐人，但又發覺值得效法的篇什不多，大家如王
> 維等失粘失律、重押字等問題出現。〔註164〕

事實上，無論是七律之難，又或對「唐人七律第一」的討論，正因
為七律的通行，讓明人不由得去思辨如何能夠創作成功七律。崔顥
〈黃鶴樓〉既是「體裁未密」〔註165〕，那麼在把握了體裁、格律嚴
整後，謀篇起結、詩意的拿捏是否又能不出於「補湊」〔註166〕。縱
然杜甫七律得以「一意貫穿」、「一氣呵成」〔註167〕，初唐七律帶有
的應制唱和性質，至盛唐王維、李頎等人詩風之高華流麗，「少陵七
言律法獨異諸家」，又是否能目之為「唐人七言律第一」？種種難題

〔註164〕 陳國球：《明代復古派唐詩論研究》（北京：北京大學出版社，2007
　　　　年），頁97。

〔註165〕 胡應麟《詩藪》：「〈黃鶴樓〉、『鬱金堂』，皆順流而下，故世共推
　　　　之，然二作興會適超，而體裁未密；半神故美，而結撰非艱。」
　　　　〔明〕胡應麟：《詩藪》（臺北：文馨出版社，1973年），內編卷
　　　　五，頁92。

〔註166〕 胡震亨認為李頎詩雖合律，但卻認為有「補湊」之處。有云：「〈聞
　　　　梵〉頷聯之偏枯，〈寄盧司勳〉通篇之春事，〈璿公山池〉之一起，
　　　　〈綦毋〉、〈李回〉之二結，皆李之補湊處。」〔明〕胡震亨：《唐
　　　　音癸籤》，收於《景印文淵閣四庫全書》（臺北：臺灣商務印書館，
　　　　1986年），第1482冊，卷10，頁575。

〔註167〕 胡應麟《詩藪》：「若『風急天高』，則一篇之中句句皆律，一句之
　　　　中字字皆律，而實一意貫穿、一氣呵成。」〔明〕胡應麟：《詩藪》
　　　　（臺北：文馨出版社，1973年），內編卷五，頁92。

的湧現，無怪乎胡震亨要發出「七言律壓卷，迄無定論」〔註168〕之嘆。對於七律典範的尋求，明人的冀盼似乎是路有坎坷了。

即便如此，把握了律體的要求，試著在字句篇法裡錘鍊琢磨，就踏出了第一步。所以，李攀龍在王、李妙處之外，又「加以嚴整」，就有了值得肯定的地方。李雯曰：「本朝七言律境事多而神情少，所以工於唐而不及唐也」，如果多強調了「神情」，「不及唐」也許就有企及的可能。那麼，萬曆以後，明人對楊基、李攀龍詩歌情感的留意，顯然是其來有自。也可以說，假設七律是「人工上見天巧」，明人的努力應當是有一定成果的。至少，相較於「七言律最難，迄唐世工不數人」〔註169〕，明人已是多有發揮，且有意識地發現了當代七律的進展，胡應麟即云：「七言律開元之後，便到嘉靖」，以為「古今七言律之盛，極於此矣」〔註170〕，對明人七律表現予於高度肯定，論及詩歌諸體取法對象，亦在七律、七絕特別標舉明代。今人孫琴安曾經指出：

> 由於後代七律數量劇增，遠遠超過了唐代，其中一些大家名家，……不僅數量大，而且風格多。很難說他專學哪一派，其他各家也有相似之處。〔註171〕

可知，由於後代的七律數量劇增，遠遠超過了唐代，明人對唐詩已然不只是延續，他們在詩情上的探求、對律體的要求，呈現了多樣的七律風貌，終究讓他們在復古步履中，走出了前進的道路。

四、七絕的創作契機：唐人壓卷下的新變

與七律相同，明人對七絕的討論，一樣圍繞在「唐人第一」為

〔註168〕〔明〕胡震亨：《唐音癸籤》，收於《景印文淵閣四庫全書》（臺北：臺灣商務印書館，1986年），第1482冊，卷10，頁576。

〔註169〕〔明〕胡應麟：《詩藪》（臺北：文馨出版社，1973年），內編卷五，頁78。

〔註170〕〔明〕胡應麟：《詩藪》（臺北：文馨出版社，1973年），內編卷五，頁99。

〔註171〕孫琴安：〈唐代七律詩的幾個派別〉，《上海社會科學院學術季刊》（1988年），第2期，頁191。

何、該體創作何其困難兩個論題上。如，楊愼《升庵詩話》嘗云：

　　宋人詩話，取韓退之「一間茅屋祭昭王」一首，以爲唐人

　　萬首之冠。今觀其詩亦平平，豈能冠唐人萬首？而高棅《唐

　　詩品彙》取其說。甚矣，世人之有耳無目也！〔註172〕

若按照楊愼對高棅《唐詩品彙》「取其說」的批評，引文提及的宋人

詩話應爲劉辰翁語。《唐詩品彙》選錄韓愈〈題楚昭王廟〉，下方引劉

說，曰：

　　劉云：比人評韓〈曲江寄樂天〉絕句勝白全集，此獨謂唱詶

　　可爾。若韓絕句正在〈楚昭王廟〉一首，盡壓晚唐。〔註173〕

可知，相較於肯定唱酬性質的〈曲江寄樂天〉，有以勝過白居易全集，

劉辰翁反而更爲青睞〈題楚昭王廟〉一詩，以爲能夠「盡壓晚唐」。

換言之，楊愼所謂的「唐人萬首之冠」可能是個誤會？或者，「唐人

萬首」只是對晚唐詩歌的一種概括式論述。抑或，「在升庵的詩學著

述中，唐詩是他特別重要的一個方面，其中尤注意絕句。」〔註174〕

劉氏一句「盡壓晚唐」，足以喚起他對絕句的敏感，也讓他有了藉題

發揮的機會，透過《唐詩品彙》流布的可能影響力〔註175〕，表達他

對唐人絕句的觀察──即「唐人萬首之冠」在韓愈之外，有沒有其它

的可能〔註176〕？

〔註172〕　〔明〕楊愼著；王仲鏞箋證：《升庵詩話箋證》（上海：上海古籍出
　　　　　版社，1987 年），卷 9，頁 281。

〔註173〕　〔明〕高棅：《唐詩品彙》（上海：上海古籍出版社，2012 年），卷
　　　　　52，頁 478。

〔註174〕　〔明〕楊愼著；王仲鏞、王大厚箋注：《絕句衍義箋注》（四川：四
　　　　　川人民出版社，1986 年），前言，頁 1。

〔註175〕　陳國球指出：「大概要到嘉靖以後，高棅的選本才會愈見流行。……
　　　　　嘉靖年間出現了多種《品彙》和《正聲》的抽選整理本。」《升庵
　　　　　詩話》既是楊愼謫戍雲南所作，若遠在異地的楊愼都得見得此本，
　　　　　會單以《品彙》所引，批評「世人之有耳無目」，可以推知當時《唐
　　　　　詩品彙》應該已有一定的傳布，那麼，楊愼的表述已見，隱然有藉
　　　　　題發揮的意味。陳國球：《明代復古派唐詩論研究》（北京：北京大
　　　　　學出版社，2007 年），頁 190～191。

〔註176〕　岳進亦嘗就楊愼「唐人萬首之冠」之說，指出這是「楊愼藉題發揮，

在《升庵詩話》中，除了特別標出王周〈嘉陵江〉爲晚唐絕句之冠〔註177〕、王昌齡〈從軍行〉爲「神品」〔註178〕外，透過對諸詩的品評，還能看出楊愼對王維詩作的留意，論宋人（五言）絕句，更以有「王維輞川遺意」〔註179〕，反駁宋無詩之論，包括選本《唐絕增奇》錄王維〈第一疊〉（伊川歌）之歸入神品〔註180〕。甚者，楊愼於〈唐絕增奇序〉已標舉之唐絕四家，以爲：「擅場則王江寧（王昌齡），驂乘則李彰明（李白），偏美則劉中山（劉禹錫），遺響則杜樊川（杜牧）」〔註181〕。足見，相較於韓愈（嚴格來說是〈題楚昭王廟〉一詩的表現），這些詩家的絕句作品可能更吸引他的目光。且若依《唐絕增奇》、《唐絕搜奇》所錄盡爲七絕之作，顯然七絕體尤爲楊愼的關注重心。

稍晚，李攀龍〈選唐詩序〉亟稱李白，以爲：「五、七言絕句，實唐三百年一人。」〔註182〕選本《古今詩刪》錄唐人各體詩歌，七絕爲最，其中李白選有十七首，亦確實位列前二，僅次於王昌齡，其後則依序爲岑參、王維、劉禹錫等人。不難發現，楊、李兩人對於唐

表達對宋人偏賞中、晚唐七絕的強烈不滿。……從各個方面一一駁斥了宋人提出的七絕壓卷之選，同時反方面論證了提出新選擇的可能性與必然性。」並進一步由明代唐詩選本七絕數量之選錄情況，探究明人對唐人七絕詩史的建構。相關討論參見岳進：〈明人「七絕壓卷」之爭與唐詩史的建構〉，《求索》（2017年），第5期，頁144～149。

〔註177〕 〔明〕楊愼著；王仲鏞箋證：《升庵詩話箋證》（上海：上海古籍出版社，1987年），卷11，頁395～396。
〔註178〕 〔明〕楊愼著；王仲鏞箋證：《升庵詩話箋證》（上海：上海古籍出版社，1987年），卷9，頁266。
〔註179〕 〔明〕楊愼著；王仲鏞箋證：《升庵詩話箋證》（上海：上海古籍出版社，1987年），卷5，頁147～148。
〔註180〕 〔明〕楊愼選輯、焦竑批點、許自昌校：《唐絕增奇》（明萬曆刊本），卷1，頁1。
〔註181〕 〔明〕楊愼著；王仲鏞、王大厚箋注：《絕句衍義箋注》（四川：四川人民出版社，1986年），頁202。
〔註182〕 〔明〕李攀龍撰；包敬第標校：《滄溟先生集》（上海：上海古籍出版社，1992年），卷15，頁378。

人的七絕表現似乎頗有「共識」。若將明初以來，影響較大的兩部唐詩選本──楊士弘《唐音》、高棅《唐詩品彙》一併列入考慮〔註183〕，更可看出這種「共識」，聚焦在王昌齡、李白、劉禹錫三人的現象，並不令人意外。除了，在詩體的選錄數量上，《唐音》、《唐詩品彙》並非以七絕為最之外。

　　換言之，由明人對唐人七絕的選錄來看，盛唐詩家的地位明顯較高。此與宋人較多偏重中、晚唐的現象並不相類，比方宋・趙蕃（1143～1229）、韓淲（1159～1224）《註解章泉澗泉二先生選唐詩》專選七絕，計有一百零一首，共五十一位詩家。其中，晚唐即佔二十六位，選錄數量則以劉禹錫（十四首）、杜牧（八首）為最〔註184〕；宋・周弼《唐詩三體家法》，選五、七言律及七絕三體。其中，七絕計一百七十四首，共七十八位詩家，中、晚唐詩人即佔有七十位，而杜牧收有十五首，高居首位〔註185〕。有趣的是，此兩部選本均未選錄李白、杜甫詩，其中或有編選宗旨未能相符的考量〔註186〕，又

〔註183〕 楊士弘《唐音》選錄七絕數量前五名的詩家，依序是王昌齡（17首）、劉禹錫（15首）、張籍（14首）、岑參（10首）、韋應物（8首）；高棅《唐詩品彙》則為王昌齡（42首）、李白（39首）、劉禹錫（28首）、張籍（23首）、杜牧（23首）。其中，《唐音》雖未錄李白、杜甫、韓愈三家，以為「李杜韓詩世多全集，故不及錄。」（《唐音》凡例）無法得知選錄情況，然以楊士弘謂「後之言詩者皆知李杜之為宗」，有意續刊李、杜全集，仍可得知楊士弘對兩人詩歌之重視。參見〔元〕楊士弘編選；〔明〕張震輯注、顧璘評點；陶文鵬、魏祖欽整理點校：《唐音評注》（保定：河北大學出版社，2006年）、〔明〕高棅：《唐詩品彙》（上海：上海古籍出版社，2012年），頁427～429。另外，關於《唐音》編纂、選錄情況，可參見蔡瑜：〈《唐音》析論〉，《漢學研究》（1994年12月），第12卷，第2期，頁245～269。

〔註184〕 版本依〔宋〕趙蕃、韓淲選；謝枋得注：《註解章泉澗泉二先生選唐詩》，收錄於《宛委別藏》（臺北：臺灣商務印書館，1981年），第109冊。

〔註185〕 〔宋〕周弼《唐詩三體家法》詩歌、詩家統計，參見陳斐：《南宋唐詩選本與詩學考論》（鄭州：大象出版社，2013年），頁220～222。

〔註186〕 針對《註解章泉澗泉二先生選唐詩》未錄李、杜、韓、柳諸家，蔡

或者，如同楊士弘之編選《唐音》，以爲「後之言詩者皆知李杜之爲宗」〔註187〕，故而不及、未暇錄之。即使如此，假設「李白詩的註解，終宋之世也只有楊齊賢一家，更與千家註杜的盛況不能相提並論」〔註188〕，「儘管他的詩也爲（宋代）若干大家數稱揚，但是仙才的形象似乎阻礙了人們對他的親和感，無法可循的創作方式，也使學詩者望之卻步。」〔註189〕更遑論唐人選唐詩中，李白的絕句地位事實上也沒有得到一定的重視〔註190〕。因此，當高棅《唐詩品彙》意在彙集唐詩眾品流，「以爲學唐詩者之門徑」〔註191〕，選錄李白詩歌，視爲七絕正宗代表，相較於有意「始揭盛唐」〔註192〕，卻未

瑜曾據謝枋得序言，認爲該作「所選乃是上繼變風系統的詩歌」，「多怨刺的中晚唐詩人，正合於其之旨意」，故而諸家有所不錄。參見蔡瑜：《宋代唐詩學》，（臺北：國立臺灣大學中國文學研究所博士論文，1990 年 6 月），頁 415～416。至於《唐詩三體家法》之未錄李、杜，陳斐則從兩人詩歌普及程度高，無需選入，以及就周弼對宋詩之批判，認爲杜甫詩之下啓宋調，而李白詩之法度難以掌握，選家不易措手分析，推論《唐詩三體家法》不錄李、杜詩之因。參見陳斐：《南宋唐詩選本與詩學考論》（鄭州：大象出版社，2013年），頁 231～232。

〔註187〕 〔元〕楊士弘編選；〔明〕張震輯注、顧璘評點；陶文鵬、魏祖欽整理點校：《唐音評注》（保定：河北大學出版社，2006 年），上冊，頁 7。

〔註188〕 蔡瑜：《宋代唐詩學》，（臺北：國立臺灣大學中國文學研究所博士論文，1990 年 6 月），頁 252。

〔註189〕 蔡瑜：《宋代唐詩學》，（臺北：國立臺灣大學中國文學研究所博士論文，1990 年 6 月），頁 247。

〔註190〕 孫桂平考察現存唐代唐詩選本，發現其中李白絕句收錄不多，僅有《河岳英靈集》收有〈答俗人問〉一首，指出「如果說『唐人選唐詩』能夠代表唐人對李白詩接受和認識的情況，那麼《河岳英靈集》、《又玄集》、《才調集》的選詩傾向表明，李白絕句的成就在唐代還沒有引起重視。」參見孫桂平：《唐人選唐詩研究》（北京：中國社會科學出版社，2012 年），頁 150。

〔註191〕 高棅：〈唐詩品彙總敘〉，見〔明〕高棅：《唐詩品彙》（上海：上海古籍出版社，2012 年），頁 9。

〔註192〕 〔明〕胡震亨《唐音癸籤》：「自宋以還，選唐詩者，迄無定論，……至楊伯謙氏，始揭盛唐爲主，得其要領。」〔明〕胡震亨：《唐音

及錄之的《唐音》，終究顯得別具意義，給予了李白詩得以選、有以
學的可能。包括，迥異於宋代，王昌齡詩歌的大量選入﹝註193﹞，與
李白並列七絕正宗的地位，有謂「盛唐絕句，太白高於諸人，王少
伯次之」﹝註194﹞。即如高棅後來再次編選，影響程度更勝《品彙》
的《唐詩正聲》﹝註195﹞，在七絕體上仍然以王、李爲尊﹝註196﹞。
準此，可知明人對唐人七絕的接受──盛唐詩家地位的提升，確實
有異於前（宋代），暗示著七絕體的創作，明人已然有了不同既往的
追求目標。

　　其中，王昌齡的七絕成就尤其值得留意。駱禮剛曾經指出：

　　可知昌齡獲時譽於盛唐詩壇，乃是因其五古而非七絕。他
　　的七絕被表而出之，獲得特別的褒揚，這個情形乃是發生
　　於明代。﹝註197﹞

詩家之有詩名係由多種因素構成。駱禮剛以唐人選唐詩收錄情況、
《文鏡秘府論》所引王昌齡之論詩爲證，推論王昌齡之時譽緣自於
五古表現，此說雖仍有討論空間﹝註198﹞。但無可否認的是，大量

癸籤》，收於《景印文淵閣四庫全書》（臺北：臺灣商務印書館，1986
年），第1482冊，卷31，頁712。

﹝註193﹞〔宋〕趙蕃（1143～1229）、韓淲（1159～1224）《註解章泉澗泉二
先生選唐詩》、〔宋〕周弼《唐詩三體家法》選錄王昌齡七絕，皆
僅有兩首。

﹝註194﹞〔明〕高棅：《唐詩品彙》（上海：上海古籍出版社，2012年），頁
427～428。

﹝註195﹞陳國球曾經指出：「爲了要更清楚揭出唐詩的精純之作，他就再編
選了篇幅《品彙》六分之一的《唐詩正聲》，從後期坊間頻頻翻刻、
合刻看來，《唐詩正聲》於民間所受歡迎的程度，可能更勝《品彙》。」
陳國球：《明代復古派唐詩論研究》（北京：北京大學出版社，2007
年），頁204。

﹝註196﹞〔明〕高棅《唐詩正聲》七絕選錄數量前五名的詩家，依序爲王昌
齡（14首）、李白（13首）、劉禹錫（9首）、張籍（7首）、劉長卿
（6首）。〔明〕高棅：《唐詩正聲》（明嘉靖間刻本）。

﹝註197﹞駱禮剛：〈王昌齡二題〉，《唐代文學研究》（2000年），頁382。

﹝註198﹞比方畢士奎認爲選本所錄有其編選標準，選者識見亦有高低之別，
選錄數量不一定能代表詩人定以此種詩體名重一時；又王昌齡之論

選入王昌齡七絕，論詩文字中多有稱許，確實發生在明代。〔元〕
楊士弘《唐音》係明中葉以前「最通行而且最受重視的一個唐詩選
本」〔註 199〕，選有王昌齡七絕十七首，是爲開端。而嘉靖以後，
隨著高棅《唐詩品彙》、《唐詩正聲》的愈見流行，王昌齡的七絕由
是獲得了更多的「正視」，並聚焦在〈從軍行〉（秦時明月漢時關）
的討論上。

　　如果說，《唐詩品彙》還帶有著廣選唐詩的意味，高棅謂「凡不
可闕者悉錄之」〔註 200〕。那麼，《唐詩正聲》的「拔其尤，彙爲此
編」〔註 201〕，選入王昌齡〈從軍行〉（秦時明月漢時關）就顯得格
外有意義。豈止是因爲唐代殷璠《河岳英靈集》、芮挺章《國秀集》、
宋代趙蕃、韓淲《註解章泉澗泉二先生選唐詩》、周弼《唐詩三體家
法》、元末楊士弘《唐音》等選本均未選有此作，楊慎稱是詩爲「神
品」〔註 202〕，加上李攀龍視之爲唐人七絕「壓卷」〔註 203〕，包括

　　詩雖爲五古，但摘引例句並未侷限此體，而《文鏡秘府論》所載亦
　　未必是王氏論詩全貌。從而根據王昌齡在七絕體上投注的精力、當
　　時詩人群落中所處地位，推論王昌齡之時譽應該來自於七絕。相關
　　討論參見畢士奎：《王昌齡詩歌與詩學研究》（南昌：江西人民出版
　　社，2008 年），頁 45～63。陳英傑亦嘗指出殷璠《河岳英靈集》選
　　有王昌齡近體詩三首，全屬七絕，且數量居全集之冠。芮挺章《國
　　秀集》、韋莊《又玄集》、韋縠《才調集》選有王昌齡近體，亦全爲
　　七絕，以爲「王昌齡七絕的造詣是唐人有目共睹」。由此可知，唐
　　人對於王昌齡七絕表現並非全無留意，那麼王昌齡之時譽是否必然
　　來自於五古，確實仍有討論空間。陳英傑說法，參見陳英傑：《宋
　　元明詩學發展中的「盛唐」觀念析論》，（臺北：國立政治大學中國
　　文學研究所博士論文，2012 年 1 月），頁 51。
〔註 199〕陳國球：《明代復古派唐詩論研究》（北京：北京大學出版社，2007
　　年），頁 171。
〔註 200〕〔明〕高棅：《唐詩品彙》（上海：上海古籍出版社，2012 年），凡
　　例，頁 14。
〔註 201〕〔明〕高棅：《唐詩正聲》（明嘉靖間刻本），凡例，頁 2。
〔註 202〕〔明〕楊慎著：王仲鏞箋證：《升庵詩話箋證》（上海：上海古籍出
　　版社，1987 年），卷 9，頁 266。
〔註 203〕王世貞《藝苑卮言》：「李于鱗言唐人絕句當以秦時明月漢時關爲壓
　　卷。余始不信，以少伯集中有極工妙者。既而思之，若落意解，當

隨之引發的一連串「唐人壓卷」之論，都在在透露著該詩在明代（尤其嘉靖以後）佔有的重要份量。

王世懋《藝圃擷餘》嘗云：

> 于鱗選唐七言絕句，取王龍標「秦時明月漢時關」為第一，以語人，多不服。于鱗意止擊節「秦時明月」四字耳。必欲壓卷，還當於王翰「葡萄美酒」、王之渙「黃河遠上」二詩求之。〔註204〕

王世懋對李攀龍的說法提出質疑，以為此種論調人「多不服」，說明李攀龍「七絕壓卷」之說，在當時確實引發了一些討論。他將壓卷之作的目光轉向同為邊塞之作──王翰、王之渙的〈涼州詞〉，並強調李攀龍對〈從軍行〉的肯定，但鎖定在「秦時明月」四字耳。早先，王世貞論是詩亦嘗發出：「余始不信，以少伯集中有極工妙者。」但王世貞認為「若以有意無意、可解不可解間求之，不免此詩第一耳」〔註205〕，最終，認同了李攀龍的說法。

事實上，李攀龍何以將王昌齡〈從軍行〉（秦時明月漢時關）視為壓卷，難以確知，然而無論是王世貞、王世懋所述，都隱隱地指向「秦時明月漢時關」一句，很可能正是李攀龍所以青睞者。而更早楊慎稱之為「神品」，亦嘗提及「秦時明月」四字，以為『『橫空盤硬語』也，人所難解」〔註206〕。那麼，這種「人所難解」、「有意無意，可解不可解」之意，或許就是它有以獲得關注的原因，在明代唐詩選本的推波助瀾間。

因此，當胡應麟之謂：「『秦時明月』在少伯自為常調，用修以諸

別有所取：若以有意無意、可解不可解間求之，不免此詩第一耳。」〔明〕王世貞：《藝苑卮言》，收於《景印文淵閣四庫全書》（臺北：臺灣商務印書館，1985年），第1281冊，卷147，頁383。

〔註204〕　參見〔明〕王世懋：《秇圃擷餘》，收於《景印文淵閣四庫全書》（臺北：臺灣商務印書館，1986年），第1482冊，頁514。

〔註205〕　〔明〕王世貞：《藝苑卮言》，收於《景印文淵閣四庫全書》（臺北：臺灣商務印書館，1985年），第1281冊，卷147，頁383。

〔註206〕　〔明〕楊慎著：王仲鏞箋證：《升庵詩話箋證》（上海：上海古籍出版社，1987年），卷9，頁266。

家不選，故《唐絕增奇》，首錄之。所謂前人遺珠，茲則掇拾。于鱗
不察而和之，非定論也。」﹝註207﹞于鱗恐怕並非不察，楊慎所以「掇
拾」，亦不單單只是「諸家不選」，何況《唐絕增奇》並非首錄，縱爲
「遺珠」，自也有成爲「遺珠」的條件。再者，若「秦時明月」眞是
少伯常調，又何來「人所難解」？「自爲常調」下的諸家不選，只怕
是早先的選家更在乎王昌齡在其它體裁、題材上的表現而已﹝註208﹞。

　　由是，當「人所難解」成爲話題，甚至進而爲壓卷爭議，這背後
支撐著的自然是明人對七絕創作的再思考。唐末，司空圖（837～908）
嘗云：

> 蓋絕句之作，本于詣極。此外，千變萬狀，不知所以神而
> 自神也，豈容易哉！﹝註209﹞

司空圖指出絕句創作需要極高的造詣，那種變幻萬千，不自覺而能
企及的神妙之境，尤其顯出它的困難。這樣的論調，「不知所以神
而自神」的說法，蔡瑜認爲「似爲宋人所本」，指出「絕句的體貌
在宋代得到大多數批評家的認同」，宋人大抵「認定絕句應富有『思

﹝註207﹞〔明〕胡應麟：《詩藪》（臺北：文馨出版社，1973 年），內編卷六，
　　　　頁 106～107。

﹝註208﹞比方唐人選唐詩的《河岳英靈集》、《國秀集》主要選收的都是王昌
　　　　齡的五古作品，數量統計參見駱禮剛：〈王昌齡二題〉，《唐代文學
　　　　研究》（2000 年），頁 381。又〔宋〕趙蕃、韓淲《註解章泉澗泉二
　　　　先生選唐詩》、周弼《唐詩三體家法》各收王昌齡兩首七絕。其中，
　　　　趙蕃、韓淲《註解章泉澗泉二先生選唐詩》所錄皆爲閨怨之作——
　　　　〈閨怨〉、〈長信宮秋詞〉，周弼《唐詩三體家法》則一爲閨怨詩〈長
　　　　信宮秋詞〉，一爲送別詩〈別李浦之京〉，邊塞作品均未有見。參見
　　　　〔宋〕趙蕃、韓淲選；謝枋得注：《註解章泉澗泉二先生選唐詩》，
　　　　收錄於《宛委別藏》（臺北：臺灣商務印書館，1981 年），第 109
　　　　冊，卷 2，頁 21～24。另外，〔宋〕周弼：《唐詩三體家法》係陳
　　　　裴就《故宮珍本叢刊》爲底本，以早稻田大學藏明應甲寅（1494）
　　　　刻增注本校補所得版本。今以未見早稻田大學本，所述僅就《故
　　　　宮珍本叢刊》版所刊，參見〔宋〕周弼選；〔元〕釋圓至注：《箋
　　　　註唐賢絕句三體詩法》，收錄於《故宮珍本叢刊》（海口：海南出版
　　　　社，2001 年），第 609 冊，頁 8、14。

﹝註209﹞〔唐〕司空圖：〈與李生論詩書〉，收於〔唐〕司空圖：《司空表聖
　　　　文集》（上海：上海古籍出版社，1994 年），卷 2，頁 26。

致』，即『言已盡而意無窮』」〔註210〕。而篇幅既爲短小，得達到如
斯境界，自是不易，宋‧楊萬里（1127～1206）《誠齋詩話》即云：
「五、七字絕句最少，而最難工」〔註211〕，嚴羽《滄浪詩話》亦有
「絕句難於八句」之嘆，更謂「五言絕句難於七言絕句」〔註212〕。

至於周弼《三體詩法》則直指絕句創作之法，分有實接、虛接、
用事、前對、後對、拗體、側體等詩法，並強調：「絕句之法，大抵
以第三句爲主」〔註213〕。〔元〕楊載《詩法家數》同樣有類似之見，
總述絕句謀篇，曰：

> 大抵起承二句固難，然不過平直敍起爲佳，從容承之爲是，
> 至如宛轉變化，工夫全在第三句，若於此轉變得好，則第
> 四句如順流之舟矣。〔註214〕

楊載點出起、承兩句的困難與創作方向，並將焦點放在第三句的承接
變化。以上種種前人論見，明人或有所承，如，王世貞《藝苑巵言》
之謂「絕句固自難，五言尤甚」〔註215〕；或有調整，謝榛《四溟詩
話》引左國璣（字舜齊，嘉靖時人）語，則云：

> 左舜齊曰：「一句一意，意絕而氣貫。」此絕句之法。一句
> 一意，不工亦下也；兩句一意，工亦上也。以工爲主，勿
> 以句論。趙韓所選唐人絕句，後兩句皆一意。舜齊之説，
> 本於楊仲弘（楊載）。〔註216〕

〔註210〕 相關討論參見蔡瑜：《宋代唐詩學》，（臺北：國立臺灣大學中國文
　　　　 學研究所博士論文，1990 年 6 月），頁 91～93。
〔註211〕 〔宋〕楊萬里：《誠齋詩話》，收於吳文治主編：《宋詩話全編》（南
　　　　 京：江蘇古籍出版社，1998 年），第 6 冊，頁 5937。
〔註212〕 〔宋〕嚴羽著；張健校箋：《滄浪詩話校箋‧詩評》（上海：上海古
　　　　 籍出版社，2012 年），下冊，頁 468。
〔註213〕 〔宋〕周弼選；〔元〕釋圓至注：《箋註唐賢絕句三體詩法》，收錄
　　　　 於《故宮珍本叢刊》（海口：海南出版社，2001 年），第 609 冊，絕
　　　　 句實接下註，頁 6。
〔註214〕 〔元〕楊載：《新刻詩法家數》，收錄於《四庫全書存目叢書》（臺
　　　　 南：莊嚴文化出版社，1997 年），集部，第 416 冊，頁 62。
〔註215〕 〔明〕王世貞：《藝苑巵言》，收於《景印文淵閣四庫全書》（臺北：
　　　　 臺灣商務印書館，1985 年），第 1281 冊，卷 144，頁 349。
〔註216〕 〔明〕謝榛著；宛平校點：《四溟詩話》（北京：人民文學出版社，

追溯了左氏之說本於楊載。同時，在絕句「意絕而氣貫」的作法中，更著墨在立意措辭上的「工致」。此語或有針對宋人「專重轉合，刻意精鍊」〔註217〕的意味，企圖將絕句的謀篇章法重新轉回對立意、辭句上的掌握。

其實，自唐以來，七絕創作數量本即多於五絕，明人對七絕的掌握也許本如前人之述，有著五絕難於七絕下的無奈？而延續著前賢在七絕上的努力，以七律、七絕體式上的相類，七律在明代的廣為流行，對明人七絕創作或許不無啓發，比方胡應麟論七絕，已一反前人之述，云：「謂五言絕難於七言絕，則亦未然」，認為「五言絕即拙匠易於掩瑕；七言絕雖高手難於中的。」〔註218〕那麼，期待駕御七絕，明人在七絕上的努力，也許就不純粹是此體較易操作下的承繼。相較於七律之難的早已形諸共識，前人於七律的猶有未掘，七絕對於明人的意義，難以超越前人輝煌成就下的隱形壓力，顯得更為深重。

至若謝榛在絕句立意、辭句上的掌握，包括明人對王昌齡「秦時明月漢時關」一句的關注，隱然都透露出明人對七絕的要求，相較於起承轉合的刻意經營，猶有更多在詩「意」上的拿捏、呈現，那種有意、無意之間，「不用意得之」〔註219〕的境界嚮往。因此，當謝榛論盛唐七絕，在肯定用韻最嚴之餘，著眼的是「意到辭工，不假雕飾」，又或「命意得句」之「渾然無迹」〔註220〕，對「趙章泉、韓澗泉所選唐人絕句，惟取中正溫厚，閒雅平易；若夫雄渾悲

1998年），卷1，頁23。

〔註217〕 〔明〕謝榛著；宛平校點：《四溟詩話》（北京：人民文學出版社，1998年），卷1，頁13。

〔註218〕 〔明〕胡應麟：《詩藪》（臺北：文馨出版社，1973年），內編卷六，頁107。

〔註219〕 〔明〕李攀龍撰；包敬第標校：《滄溟先生集》（上海：上海古籍出版社，1992年），卷15，頁378。

〔註220〕 〔明〕謝榛著；宛平校點：《四溟詩話》（北京：人民文學出版社，1998年），卷1，頁13。

壯，奇特沉鬱，皆不之取」〔註221〕自然以為有所不足；而王世懋即使對王昌齡〈從軍行〉七絕壓卷有所疑義，論其七絕也同樣強調，指出：「其趣在有意無意之間，使人莫可捉著」，以為「盛唐惟青蓮、龍標二家詣極。」〔註222〕甚者，復古派之主盛唐，王世貞評中、晚唐七絕，謂「中晚唐主意，意工而氣不甚完」，也認為與盛唐相較，係「各有至者，未可以時代優劣也。」〔註223〕足見，透過「意」的掌握、表達，提供的也許是一個可能的願景，七絕之趣若在有意、無意之間，高手所及乃有「不用意得之」，「不自知其所至」〔註224〕的情況，回扣著的其實是「意隨筆生，不假布置」〔註225〕的創作形式，不同於宋人的「作詩必先命意」〔註226〕，詩意所主但在巧妙呈顯。由是，詩作千變萬狀的被允許、七絕體制作法上的「寬鬆」，形式上謀篇章法、字句承接的限制相對解套，而七絕的創作、評賞自然也就更顯融通。是以，當明末趙士喆（約 1610～1665 在世）《石室談詩》論七律以為「斷斷以盛唐為法」，言及七絕則謂「不拘時代」，而能平心侃言，以為「盛唐有盛唐之妙者，中晚有中晚之妙者，宋元有宋元之妙者」〔註227〕。

　　換言之，嘉靖以後，明人對七絕的討論漸次聚焦，他們嘗試走出宋人對中、晚唐七絕的喜好，重新在盛唐詩家中找到學習的典範，

〔註221〕　〔明〕謝榛著；宛平校點：《四溟詩話》（北京：人民文學出版社，1998 年），卷 2，頁 41。

〔註222〕　〔明〕王世懋：《藝圃擷餘》，收於《景印文淵閣四庫全書》（臺北：臺灣商務印書館，1986 年），第 1482 冊，頁 514。

〔註223〕　〔明〕王世貞：《藝苑卮言》，收於《景印文淵閣四庫全書》（臺北：臺灣商務印書館，1985 年），第 1281 冊，卷 147，頁 382。

〔註224〕　〔明〕李攀龍撰：包敬第標校：《滄溟先生集》（上海：上海古籍出版社，1992 年），卷 15，頁 378。

〔註225〕　〔明〕謝榛著；宛平校點：《四溟詩話》（北京：人民文學出版社，1998 年），卷 1，頁 23。

〔註226〕　〔宋〕魏慶之：王仲聞點校：《詩人玉屑》（北京：中華書局，2007 年），上冊，卷之 6，頁 171。

〔註227〕　〔明〕趙士喆：《石室談詩》，卷下，收於吳文治主編：《明詩話全編》（南京：鳳凰出版社，1997 年），第 10 冊，頁 10565。

即便他們的七絕作品在當時未必得到一樣的關注，李白、王昌齡七絕地位的再確立，著實帶出了明人對七絕創作的不同思索。他們著眼在「意」上面的表達，由絕句可能的千變萬狀間，找到創作的可能。無論是崇尚李白「不用意得之」、以王昌齡〈從軍行〉（秦時明月漢時關）是否堪爲壓卷的討論，「有意無意、可解不可解」之間，包括邊塞題材的被關注，都反映出了這樣的現象。周子翼在《北宋七言絕句研究》中曾經指出：

> 北宋七言絕句逐漸形成與唐人不同的面貌，主要表現在題材和創作手法兩個方面。唐人七絕中的許多題材在北宋時期消滅殆盡，比如邊塞征戍、少年遊俠、宮怨閨思等等，已是百無一二。〔註 228〕

若然，當唐人七絕的題材重新被喚起，貌似是對盛唐七絕的復歸，邵祖平以爲：「明代詩學，趨向模擬一途，各體詩幾如優孟衣冠，千篇一律，惟七絕摹唐，獨有所得，反爲七絕復盛之時。」〔註 229〕此中的「獨有所得」，事實上已有著明人對唐詩的不同接受，掘有唐、宋之所未發處，是明人有意重塑、重起的七絕風貌了。

且，這種七絕風貌的認識，很可能還來自於他們對絕句體制淵源的考索。高棅嘗云：「七言絕句，始自古樂府〈挾瑟歌〉、梁元帝〈烏栖曲〉、江總〈怨詩行〉等作，皆七言四句」〔註 230〕，楊愼亦謂：「齊梁之間，已有七言絕句」〔註 231〕、「六朝之詩，多是樂府，絕句之體未純，然高妙奇麗，良不可及，溯流而不窮其源，可乎？」〔註 232〕

〔註 228〕 周子翼：《北宋七言絕句研究》，（南京：南京師範大學博士論文，2006 年），頁 116。

〔註 229〕 邵祖平：《七絕詩論・七絕詩話合編》（北京：華齡出版社，2009 年），頁 21。

〔註 230〕 〔明〕高棅：《唐詩品彙》（上海：上海古籍出版社，2012 年），七言絕句敘目，頁 427。

〔註 231〕 楊愼：〈絕句辨體序〉，引自〔明〕楊愼著：王仲鏞、王大厚箋注：《絕句衍義箋注》（四川：四川人民出版社，1986 年），附錄，頁 203。

〔註 232〕 〔明〕楊愼著：王仲鏞、王大厚箋注：《絕句衍義箋注》（四川：四

同樣以六朝樂府諸作，爲絕句溯源。而唐人七絕大多被樂可歌，楊慎指出「唐人樂府多唱詩人絕句，王少伯、李太白爲多。」〔註233〕那麼，明人對王昌齡、李白絕句的關注，似乎其來有自。假設作爲一種門徑，有以更爲企及七絕創作淵源，王、李詩歌的風貌，自然也就有了追訪、探求的意義。

影響所及，呈現在明人選明詩中，選本收錄七絕較多的詩家起初未見一致，至萬曆以後選本，反而愈見聚焦，泰半是隨著明人對七絕的省思愈發具體的緣故。其中，以李攀龍、王世貞的七絕作品最受肯定。巧合的是，兩人正是李白、王昌齡七絕的愛好者、推動者〔註234〕。李攀龍《古今詩刪》選錄唐人七絕，數量最多的即屬王、李，〈選唐詩序〉中更謂李白七絕「實唐三百年一人」〔註235〕。而王世貞論七絕，亦嘗發「五、七言絕，太白神矣」〔註236〕、「七言絕句，王江陵與太白爭勝毫釐，俱是神品」〔註237〕等語，論李攀龍詩，更稱「絕句亦是太白、少伯鴈行」〔註238〕，視李詩可與渠等相匹，以爲稱美。足見兩人對李白、王昌齡七絕確有肯定，即非首發，藉由兩人的文壇地位，能帶領的風潮不難想見，況且兩人的創作，七絕數量均僅次於七律〔註239〕，兩人對七絕創作的著力可見一斑。

川人民出版社，1986年），卷1，怨詩條下，頁7。

〔註233〕 〔明〕楊慎著：王仲鏞箋證：《升庵詩話箋證》（上海：上海古籍出版社，1987年），卷8，頁235。

〔註234〕 邵祖平嘗云：「有明七絕特號復興，北地、信陽，既好唐音，于鱗、鳳洲，並標王、李。」參見氏著：《七絕詩論・七絕詩話合編》（北京：華齡出版社，2009年），頁15。

〔註235〕 〔明〕李攀龍撰：包敬第標校：《滄溟先生集》（上海：上海古籍出版社，1992年），卷15，頁378。

〔註236〕 〔明〕王世貞：《藝苑卮言》，收於《景印文淵閣四庫全書》（臺北：臺灣商務印書館，1985年），第1281冊，卷147，頁381。

〔註237〕 〔明〕王世貞：《藝苑卮言》，收於《景印文淵閣四庫全書》（臺北：臺灣商務印書館，1985年），第1281冊，卷147，頁381。

〔註238〕 〔明〕王世貞：《藝苑卮言》，收於《景印文淵閣四庫全書》（臺北：臺灣商務印書館，1985年），第1281冊，卷150，頁427。

〔註239〕 據許建崑的統計，李攀龍七絕計337首，各體詩歌中僅次七律348

陳子龍等《皇明詩選》評李攀龍、王世貞七絕，有云：

> 轅文曰：「置之江寧集中，不復辨矣。」（評李攀龍〈席上鼓飲
> 歌送元美〉，卷 13，頁 18）
>
> 舒章曰：「何減龍標。」（評李攀龍〈寄元美〉其三，卷 13，頁 22）
>
> 轅文曰：「亦有江寧之風。」（評王世貞〈從軍行〉，卷 13，頁 27）
>
> 轅文曰：「逸處似太白。」（評王世貞〈聞子相歸不能待寄之〉，
> 卷 13，頁 29）

無論是出於詩家的有意取法，或者基於選者對李白、王昌齡七絕的
肯定，藉以投設在詩家身上。顯然，在明人的眼中，李白、王昌齡
作爲唐人七絕能手，已然是一種共識，而李攀龍、王世貞的七絕成
就，亦在有以企及唐人七絕。不同的是，有別於亦步亦趨地學習，
在類近相較、譬況取法唐人七絕之中，明人的七絕表現，實已可見
詩家對詩意的掌握、詩歌的自出變化。陳子龍等《皇明詩選》總評
李攀龍七絕，有云：

> 臥子曰：于鱗絕句詞甚練，而若出自然，意必渾，而每多
> 可思。照應、頓挫俱有法度，未易至也。（卷 13，頁 18）
>
> 舒章曰：于二十八字中寫數十言所難盡者。于鱗于此處，
> 每絕塵而上。（卷 13，頁 18）
>
> 轅文曰：七言絕刻意江寧，而自出變化。無論元美，即何、
> 李亦爲却步。
>
> 又曰：何、李絕句多隨筆而出，于鱗每篇必作意，所以獨
> 上。（卷 13，頁 18～19）

由「意必渾」、「言所難盡」、「每篇必作意」可知，藉由「意」的掌
握、拿捏，是李攀龍七絕獲得青睞的原因。且詩句的凝練、謀篇的
照應之間，即有「法度」，卻能「若出自然」；縱然有心作意，卻能

首，參見許建崑：《李攀龍文學研究》（臺北：文史哲出版社，1987
年），頁 334。而王世貞各體詩歌創作，據鄺波統計，七絕計 1381
首，亦僅次七律 1552 首。參見鄺波：《王世貞文學研究》（北京：
中華書局，2011 年），頁 72。

「自出變化」。且如王世貞，陳子龍總評其七絕，亦謂「不專盛唐，然能意到調成，不傷其氣，固是超詣」（卷 13，頁 27）同樣著眼於「意」的表現，並在「不傷其氣」中，延續著王世貞論中、晚唐七絕「意工而氣不甚完」的說法，肯定王世貞七絕不徒規模盛唐，又能「意」、「氣」具足的超詣過人。是以，當陳子龍評其〈從軍行〉（蹋臂歸來）以爲「意能出新」，李雯評〈止德宮詞〉有謂「氣高於王建」，自都是看到了詩家在詩意上的變化，在唐人成就上的突破。也就是說，少了謀篇架構上起結轉承的討論，詩家如何巧妙地表達詩意，不僅切中選者的心，同時也讓明代七絕有了得以並駕前人的機會。

　　另外，若進一步探究，明人在七絕上的表現，在詩意的呈顯、變化間，往往還伴隨著對雄健豪宕的詩風追求。比方，明人選李攀龍七絕，選錄次數最高的係〈山中簡許郭〉（金牛谷）一詩：

　　　金牛谷裏樹蒼蒼，一入千峯但夕陽。
　　　浪跡莫愁難問訊，題詩多在朗公房。

是詩約作於李攀龍隱居家鄉濟南期間〔註240〕。詩歌以景入筆，茂密林間收以夕陽而不落蕭瑟。雖是寄居山中難相問訊，然詩家以題詩自許、自況，致意於友人——許邦才、郭子坤，充分展現了豪宕放曠的情懷。《國朝名公詩選》評是詩有謂：「高懷俠氣，不減太白」（卷 12，頁 42），以爲是詩俠氣縱橫，不亞於李白；《明詩歸》亦有譚元春評，云「氣骨矯健，何等自負」（卷 3，頁 616）對詩家所呈現的情思同樣予以肯定，顯示即使是簡寄之作，亦不必然流於寒暄應酬，詩家氣概、自負之情，不言可喻。

　　又若王世貞七絕，選錄次數較多的主要有三：〈閨怨〉（聞道邊關樂事多）、〈晚春〉（漠漠殘花獨閉門）、寄李伯承（漢帝秋風在栢梁）。其中，閨怨詩即佔兩首，誠如前述，這類題材在北宋時期已是

〔註240〕寫作時間依李伯齊，李斌選注：《李攀龍詩選》（北京：人民文學出版社，2009 年）。

百無一二，那麼，無論是王世貞對此類題材的創作、明人的選錄，
似乎都有著復歸於唐人七絕的傾向，尤其，蔚爲明人看重的七絕能
手王昌齡即以邊塞、閨怨之作爲擅。然而，不同的是，王世貞的閨
怨之作，明顯已跳脫了既往描摹思婦情態的框架，頗能別出新意。
如〈閨怨〉：

> 聞道邊關樂事多，前庭蹴鞠後庭歌。
>
> 不知刁斗聲中月，曾照流黃錦上梭。

首句不以邊關作苦，反以樂事多入題，而蹴鞠、詠歌若是塞外生活，
聽聞征夫之樂對於閨中思婦究竟該喜，抑或是悲，情思之糾結可想
而知。惟詩人不逕談思婦之苦，但以明月今昔兩照收結，頗有變化
「秦時明月漢時關」之感，亙古明月仍在，而征夫不還，縱是明月
曾照，征夫又能否感知，徒留思婦空守之悲。全詩以邊關之樂襯思
婦之悲，有別過往多談征戍之苦、征夫之音訊杳然，且思婦心緒不
多著墨，亦不作代言，僅就明月曾照寄寓思婦情懷，幽怨之情由是
隱然而生。

至若〈晚春〉：

> 漠漠殘花獨閉門，斜陽偏惹淚珠痕。
>
> 閨人莫怨秋宵永，春日何曾不斷魂。

全詩貌似就思婦之苦立言，以蕭條景象——殘花、斜陽，思婦獨守傷
懷開啓詩篇，然三、四句詩情一轉，以秋宵之永突入晚春景象，狀似
衝突，實是要思婦「莫怨」，以爲時序景物變化本如此，秋夜自是漫
長，晚春亦多見蕭瑟，難免爲之斷魂、煎熬。詩家語出寬慰，又不乏
灑脫，擺落了過往但作傷時、遲暮的描寫，閨怨之作自然翻出新意。
由是可知，王世貞七絕不囿於前賢，頗有匠心獨運之處，無怪乎胡應
麟評其絕句，以爲「多自出結搆，奇逸瀟灑，種種絕塵」〔註241〕。

準此，不難發現，無論是李攀龍，又或王世貞的作品，事實上

〔註241〕　〔明〕胡應麟：《詩藪》（臺北：文馨出版社，1973年），續編卷二，
　　　　頁338。

都嘗試著走出既有的模式——簡寄得以抒懷自詠，閨怨有以樂中見哀、悲中作適。題材的重啓，如果是一種取法乎上，詩人在詩意上的表達，呈現形式上的翻轉，毋寧看出了詩人的有心超越。包括詩情傾向上的豪逸雄放，閨怨之作不落綺情幽怨，寄贈酬答發乎眞率自然，顯然都拓大了七絕的創作可能。在明人選明詩中，這類七絕的選錄，不只對應出明人對「意」的著墨，允許了七絕不同的呈現方式，而詩意的掌握，又源於掘發李白、王昌齡七絕的創作表現，所抽繹出的豪逸放曠。於是唐人壓卷下的新變、明人創作契機的顯現，是七絕評賞的視角轉換——王、李地位的重啓、確立；是七絕詩意的不假布置，作意亦得語出自然；是題材的多方包納——邊塞、閨怨，乃至明人多有的酬答、寄贈，在避免流於俗套堆砌、應酬虛應間，而強調在意氣俱足的豪宕詩風。

　　明・胡應麟《詩藪》嘗論七絕之取法，在唐代詩家之外，以爲要「益之以弘、正之骨力，嘉、隆之氣韻」〔註242〕，對明代七絕頗見重視，許學夷縱謂國朝人詩五、七言絕，「斷不能及唐人」，亦以爲「入錄者誠足配唐」〔註243〕，表示明人作品確有足以追配唐人者。遑論此後，不乏對明代七絕之稱美，如清・陳田（光緒間進士）《明詩紀事》謂李攀龍七絕，以爲「格韻、風調，不愧唐人」〔註244〕。究其由，實乃明人在七絕體上的努力，確有難以抹滅、忽略者，不惟李攀龍、王世貞在七絕上的多有創作，明人選明詩中，七絕的選錄數量每每居前，誠如邵祖平所言：「明代七絕之盛，可謂超金邁元」〔註245〕。是知，明人之致力七絕，在前人成果的省視中，予以調整、

〔註242〕　〔明〕胡應麟：《詩藪》（臺北：文馨出版社，1973年），續編卷二，頁338。

〔註243〕　〔明〕許學夷著：杜維沫校點：《詩源辯體》（北京：人民文學出版社，1998年），後集纂要卷二，頁395。

〔註244〕　〔清〕陳田：《明詩紀事》（上海：上海古籍出版社，1993年），第四冊，己籤，卷1，頁1877。

〔註245〕　邵祖平：《七絕詩論・七絕詩話合編》（北京：華齡出版社，2009年），頁21。

變化，成果或難確評，然而渠等在七絕上的開展、翻新，著實已帶出了七絕創作的另種可能。

第三節　結　語

總結上述，可得到以下幾點：

第一、明人選明詩在諸詩體上的選錄，依其數量來看，以近體詩爲多，且大抵集中在七律、七絕體。這樣的現象固然與朝廷取士、詩體之發展相關，然而此間其實蘊含著明人對前賢，特別是唐人的一種追隨、反省。比方在復古派的推動下，分體選詩的選本中，五律時有選錄超過七律的情況，而體類相近的五古，亦幾乎多於七古。至於七律、七絕，係明人常用之體裁，在唐代龐大詩歌成就的籠罩下，讓他們不得不去面對、審視，與之對話，但不只是七律創作量相較於前已有大幅的提升，在七絕體的創作取材、評賞上，明人亦已嘗試著走出自己的路，尤其表現在李白、王昌齡七絕地位的確立上。是則，透過明人選明詩在諸詩體上的選錄，明人在詩歌創作、品評態度上蘊藏著的其實是復古與求新的雙重思維。

第二、明人對五律的創作，大抵以唐人（特別是杜甫）爲範式，而復古派何景明對唐詩的取法，「富於材積，領會神情，臨景構結，不倣形跡」的創作態度，呈現在作品中，尤其得到青睞，明人選明詩中選錄五律之冠，幾乎都爲何景明，並以詠古題材〈昭烈祠（廟）〉一詩爲代表作。至於五古，李夢陽對漢魏古詩的推崇，讓他備受肯定，然而伴隨著明人對五古取法對象的更多討論、探究，基本上圍繞著唐代五古的淵源、發展，萬曆期間明人選明詩或有對不同五古詩家的欣賞，如薛蕙、王世貞、孫一元等人。可知，即便漢魏古詩是明人重視的學習對象，但唐人五古仍是他們無法忽視，牽繫、推促著他們思辨五古創作的動力來源。那麼，至少在五律、五古上，明人的創作、明人選明詩中的收錄情況，毋寧說充斥著唐人成就的影響，係帶有著強烈的「復古」意識。

　　第三、有別於五律、五古，主要伴隨著復古派的推動，創作數量為之增減。在明代，七律係明人慣用之體裁，唐人在此體上的猶有未掘，留給了往後詩家努力的空間，即便他們未能全然擺落唐詩的影響，比方「唐人七律第一」的爭論，又或早先明人對高啟七律的肯定，其實帶有著對杜詩的嚮往。但事實是，在萬曆以後，楊基、李攀龍七律在選本中的屢獲重視，突顯的是明人在取法對象上的不拘杜甫，風貌更顯多元，甚者在律體嚴整上，進一步對個人情感的強調，相較此前，明人在七律上的表現，確實是「人工上見天巧」。至若體式相類的七絕，明人創作數量亦為龐大，通行程度可見一斑。唯獨前賢創作已多，明人的突破不在體裁格律的強調，主要在於評賞視角的轉換，從七絕創作淵源掘發出李白、王昌齡的七絕定位，進以抽繹出七絕創作的豪宕詩風，並就詩意的表達上，跳脫章法謀篇的經營，允許七絕更多的發揮空間，無論是重啟唐人擅用的題材──閨怨、邊塞，又或在明人慣用的酬贈寄答上，拋開舊有的書寫形式，翻出新意，以突顯詩家的匠心獨運。影響所及，明人選明詩中，李攀龍、王世貞七絕的受到肯定，殆為具體例證。由是可知，在七律、七絕的創作上，唐人的影響也許存在，然而回顧是為了前進，審視是為了突破。唯有確立前賢，才能站穩步伐，在復古與前進的思維中努力，明人嘗試走出框架，實已證明著復古的步履未曾阻礙了他們的前進。